プリンセス・ダイアリー 10

永遠のプリンセス編

Forever Princess

わたしのエージェント、ローラ・ラングリーへ、
エンドレスな忍耐(にんたい)と寛容(かんよう)と、なんといってもユーモアセンスに、愛と感謝をこめて！

謝辞

このシリーズは、多くの方々の助けがなかったら、決して世に出ることはなかったでしょう。そのうちごく一部の方々ではありますが、とくべつな感謝をささげたいと思います。

ベス・アダー、ジェニファー・ブラウン、バーバラ・キャボット、ビル・コンタディ、サラ・デーヴィス、ミシェル・ジャッフェ、ローラ・ラングリー、アビゲイル・マクエイダン、アマンダ・メイシェル、ベンジャミン・エグナッツ、プリンセス・ミアと仲間たちのためにいっしょうけんめいはたらいてくれたハーパーコリンズ・チルドレンズブックの皆（みな）さん、そしてとりわけ、最後までミアにつきあってくれた読者の方々に。

ほんとうに、めちゃくちゃ、ありがとうございました！

主な登場人物

ミア・サモパリス……………………アルバート・アインシュタイン・ハイスクールの4年生。ダウンタウンで、アーティストのママと、ママの結婚相手のジャニーニ先生と、弟ロッキー、そしてでぶねこルーイと一緒に暮らしている。ジェノヴィアのプリンセス。

ミアのママ……………………………ヘレン・サモパリス。自由奔放なアーティスト。独身でミアを産み、ミアの学校の先生と結婚し、出産。

おばあさま……………………………ミアの父方の祖母。厳格で、みんなに恐れられている。ミアにプリンセス教育をほどこす。

リリー・モスコーヴィッツ…………ミアの親友。精神科医の両親を持ち、アップタウンで暮らしている。ケーブルテレビで自分の番組を持つ行動派。ミアの良き理解者だが、理屈っぽい。

マイケル・モスコーヴィッツ………リリーの兄で、ミアの元カレ。大学3年生。成績優秀で、コンピュータと音楽愛好家。

ジャニーニ先生………………………ミアの数学の先生にして、ママと結婚したために義理の父親。

ラーズ…………………………………ミアのボディーガード。

ティナ・ハキム・バーバ……………ミアの同級生。大富豪の娘でリムジンで通学している。

ラナ・ヴァインバーガー……………ミアの天敵。美人のチアリーダー。

ロッキー・サモパリス・ジャニーニ…ミアの弟。

JP………………………………………ジョン・ポール・レノルズ－アバナシー4世。ミアのいまカレにして父親がブロードウェイの大物。

「お話に出てくるプリンセスそっくりなのよ。
むりやり世間の荒波にさらすんだもん」

『小公女』（フランシス・ホジソン・バーネット）

プリンセス・ミア：残念ながら、そういうことになります。父が退位したら、わたしは王位を継承します。ジェノヴィア国民はイギリス国民と同じように総理大臣を選出しますが、君主としての王家は独立して存在します。ジェノヴィアの場合は公国ですから、プリンスまたはプリンセスということになります。

teen STYLE：それはよかった！　ということは今後もかわらず、ティアラをつけ、リムジンに乗り、宮殿に住み、うつくしいドレスを着て……

プリンセス・ミア：……ボディーガードにつきそわれ、パパラッチにつきまとわれ、プライバシーを侵害され、みなさんのような人たちに追いかけられ、おばあさまからジェノヴィアの観光客を増やすために雑誌の取材を受けるように強制されるのかって？　ええ、そうです。いまのところはすでに、雑誌にはいやというほど掲載されているように、父が総理大臣に立候補して、父のいとこにあたるプリンス・ルネが対立候補になっています。

teen STYLE：そして、お父さまが優勢という最新調査結果が出ていますね。さて、プリンセスの卒業後の予定についておききします。マンハッタンの名門アルバート・アインシュタイン・ハイスクールを５月７日、卒業予定ですね。角帽とガウンを引き立たせるためのアクセサリーは、何をつけるご予定ですか？

プリンセス・ミア：正直いって、プリンス・ルネの選挙演説をきいて、あきれています。ルネの考えている改革とは、観光収入を増やすことです。ジェノヴィアが、マイアミやラスベガスのような休暇の目的地になりうると主張しています。そして、〈アップルビーズ〉とか〈マクドナルド〉などのチェーン店を招致して、アメリカからクルーズ船でくる観光客を引きつけようというのです。想像がつきますか？　ジェノヴィアのうつくしい基幹施設にこれ以上ダメージを与えるものがあるでしょうか？　わが国の橋には、５世紀に建設されたものもあるのですよ！

teen STYLE

EXCLUCIVE!

ティーンスタイル　独占取材！

プリンセス・ミア・サモパリスに、王族としての生活、きたるべき卒業とプロム、そして最近のマストファッションについてきいてみました！

プリンセス・ミアが多くのボランティア活動の一環として、セントラルパークの清掃をしているところを直撃取材。
　公園のベンチにペンキを塗るプリンセスなんて、なかなかお目にかかれるものではありません。この日のファッションは、7フォーオールマンカインドのローライズスキニーデニムにシンプルな白いクルーネックTシャツとエミリオ・プッチのバレエシューズ。どこから見てもセレブそのもの。
　これこそ、ティーンのスタイルを心得た真のロイヤルファミリーです！

teen STYLE：ズバリおききします。多くの人たちが、ジェノヴィアの政治にいま何が起きているのか、疑問に思っています。あなたはいまも、プリンセスなのですか？

プリンセス・ミア：はい、もちろんです。ジェノヴィアは絶対君主制でしたが、昨年、わたしが発見した先祖のプリンセス・アメリが400年前に発令した行政命令書には、イギリスと同じように立憲君主制だと宣言されていました。その文書がこの春、ジェノヴィア議会によって有効だと証明されて、わが国は2週間後に総理大臣の選挙を控えているのです。

teen STYLE：でも、王族にはかわりないのですか？

プリンセス・ミア：あ。えっと。ええ、どうでしょう。

teen STYLE：もったいぶらずに教えてください！　プロムにいかないはずはないでしょう？　長くつきあってきたボーイフレンドのマイケル・モスコーヴィッツが去年、ニホンにいった時点で破局したのは周知のことですが……カレはまだ、もどってきていないのですか？

プリンセス・ミア：わたしの知っているかぎり、まだニホンにいるはずです。わたしたちはもう、ただの友だちです。

teen STYLE：そう！　最近は、アルバート・アインシュタインの同級生、ジョン・ポール・レノルズ－アバナシー４世とのツーショットがたびたび報道されていますよね。あちらのベンチにペンキを塗っているのがカレですか？

プリンセス・ミア：あ……えっと、まあ。

teen STYLE：では……もう白状してもいいのではありませんか？
　何を着ていくのですか？　今シーズンは、メタリック素材が流行です。もちろん、ゴールドのキラキラをとりいれる予定ですよね？

プリンセス・ミア：あっ、イヤだ、ごめんなさい！　うちのボディーガードが、うっかりペンキの缶をそちらに蹴飛ばしてしまって！　もう、困ったボディーガードだこと！　クリーニング代の請求、こちらに送ってくださいね。

ラーズ：五番街、ジェノヴィア王室広報課気付で。

環境に対する被害だって、いうまでもありません。すでに、クルーズ船から投棄されるごみによって多大なダメージを……

teen STYLE：えっと……プリンセスが現在大いに懸念されている問題はよくわかりました。わたしたちも、読者が時事問題に興味を持つような誌面づくりをこころがけています。たとえば、そう、プリンセスの18歳の誕生日が5月1日に迫っていますね！　おばあさまにあたるプリンセス・クラリッサが少し前からニューヨークに滞在して超セレブな船上パーティを計画なさっているといううわさはほんとうですか？

プリンセス・ミア：何もわたしは、ジェノヴィアに改善の余地がないといっているのではありません。けれども、プリンス・ルネのいっているような方法ではありません。父のいう、わが国民にいま必要なのは日常生活の改善だという主張こそ、正しいと思います。ジェノヴィアがいま必要としているのは、プリンス・ルネではなく、父です。

teen STYLE：それで……大学では政治学を専攻なさる予定ですか？

プリンセス・ミア：はい？　あっ、いいえ、ちがいます。ジャーナリズムを専攻したいと考えています。副専攻は創作ライティングです。

teen STYLE：ほんとうですか？　では、ジャーナリストを目指すのですか？

プリンセス・ミア：じつをいうと、作家になりたいのです。むずかしいのはわかっています。けれども、手始めにロマンス小説を書いてチャンスをつかみたいと考えています。

teen STYLE：ロマンスといえば、アメリカじゅうの女の子が期待に胸をふくらませるイベントの準備が進行中なのではありませんか？　つまり、プロムです！

Her Royal Highness
Dowager Princess
Clarisse Marie Grimaldi Renaldo

プリンセス・クラリッサ・メアリー・グリマールディ・レナルド

プリンセス・アメリア・ミニョネット・
グリマールディ・サモパリス・レナルドの
18歳(さい)の誕生日を祝う夕べに
いらしていただければ幸いです。

5月1日　月曜日　　19時より

サウス・ストリート・シーポート　11埠頭(ふとう)
ジェノヴィア王室クルーザー　クラリッサ3にて

イェール大学

プリンセス・アメリア

イェール大学への入学許可、おめでとうございます！　出願者へいいお知らせをするのが、この仕事のいちばんの喜びです。あなたにこのお知らせをお届けできて、たいへんうれしく思います。わたくしどもの入学許可を、誇り（ほこ）に思ってください。イェールが、より豊かな、より生き生きとした大学になりますことを……

プリンストン大学

プリンセス・アメリア

おめでとうございます！　あなたの学業成績、課外活動、すばらしい人格が認められ、プリンストン大学にぜひともご入学いただきたいということになりました。このようにすばらしいお知らせができることをうれしく思いつつ、あなたをプリンストン大学にむかえて……

コロンビア大学

プリンセス・アメリア

おめでとうございます！　入学審査（しんさ）委員会から光栄な役目をおおせつかり、こうしてコロンビア大学の入学者として選ばれたことをお知らせいたします。あなたがこのキャンパスにもたらしてくれるであろう贈（おく）り物は、何にもかえがたいすばらしいものだと確信しています。あなたの力によって、この大学の発展と……

ハーヴァード大学
プリンセス・アメリア
あなたをハーヴァード大学に受けいれる決定がなされたとご連絡できることを、たいへん光栄に思います。ハーヴァードの古き伝統にのっとり、入学許可書を同封いたしました。あなたのすばらしい功績を祝福し……

ブラウン大学
プリンセス・アメリア
おめでとうございます！　ブラウン大学入学審査委員会は、一万九〇〇〇名の出願者のなかから厳正なる審査を終了しました。ここに、あなたの願書が通過者のなかに入っていることをお知らせいたします。あなたの……

ダフニ・ドラクロワ様
あなたの小説『心を解き放って』を返送いたしましたので、ご査収願います。現段階ではわが社では見送らせていただくことになりました。他社での幸運を祈ります。

ネッド・クリスチャンセン　ブランフト出版　副編集長

著者殿

ご寄稿、感謝いたします。厳密な審査をしましたが、わがケンブリッジ・ハウスにおける出版には至りません。今後のご精進に期待いたします。

ケンブリッジ・ハウス・ブックス

ドラクロワ様

『心を解き放って』をお送りくださり、誠にありがとうございます。わたくしどもオーサープレスは、多大に感謝しつつ、また、大きな可能性を感じています！　しかし、出版社に寄せられる原稿は、年に二〇〇〇件を超え、そのなかで際立つためには、あなたの原稿はまだ改善の余地があります。通常料金（一ページ五ドル）をお支払いいただければ、あなたの原稿『心を解き放って』をつぎのクリスマスまでに店頭に送り出すことが……

アルバート・アインシュタイン・ハイスクール

THE SENIOR PROM
卒業プロム

ぜひいらしてください！

5月6日　土曜日　19時スタート
ウォルドルフアストリア・ホテルにて

4月27日　木曜日　G&T

ミアへ。放課後、プロム用のドレス、買いにいくわよ。あと、ミアのお誕生日パーティに着ていく服も。まずは〈ヘンリベンデル〉と〈バーニーズ〉、次にダウンタウンの〈ジェフリー〉と〈ステラマッカートニー〉に乗りこむ予定。いい？　ラナより。Sent from BlackBerry

Lへ。ごめん。ムリなの。楽しんできて！　M

どーゆーイミ？　ほかに用事なんてないでしょーに。プリンセス・レッスンなんて言い訳は通用しないわよ。パーティの準備期間はレッスンしないって知ってるんだからね。セラピーともいわせないわよ。セラピーは金曜日だって知ってるし。リムジンが必要なんだから。今月はもうタクシー代がないの。D&Gでバックベルトのエナメルパンプス買っちゃったんだもん。Sent from BlackBerry

ビックリ。ドクター・ナッツのセラピーにいってることを友だちにカミングアウトして、すっかり気がラクになった。ドクターがいってたとおり。

しかも、友だちもほとんどみんな、セラピーに通ってるって判明。

だけどなかには――ラナみたいに――この話題をあまりにも軽々しく口にする傾向にある人がいる。

放課後は、ＪＰの手つだいをするの。ほら、ＪＰは来週、卒業制作でお芝居を上演することになってるから。学校に残って手つだうって約束しちゃったの。


ヤだー。あのＪＰが脚本を書いたお芝居？　あなたたちって、どうしてそういっつもベタベタなの？

いいからきて。ピンクベリーにいってフローズンヨーグルトのもっ！　おごるから！　Sent from BlackBerry

ラナは、すべてはピンクベリーで解決すると思ってる。ピンクベリーでなければ、『アリュール』マガジン。ベナジル・ブットが暗殺されてあたしが泣きやまなかったとき、ラナは最新号をくれて、おふろにつかってはしからはしまで読めっていった。「あっという間に気分がよくなるわよ！」とかいっちゃって。

断言できるけど、ラナは大マジメだった。

でもミョーなことに、いうとおりにしたらほんのちょっとだけ、たしかに気分がよくなった。

ラナ。これは芸術上の問題なの。ＪＰは脚本家で監督だから。サポートしなきゃ。あたしたち、つきあってるんだし。あたしヌキでいってきて。

ちょっとー。何いっちゃってんの？　プロムなのよ！　ま、いーわ。許したげる。それもこれも、お父さんの選挙のことでどうかしちゃってるの、わかってるからよ。あ、それと、進学のことでも。ホント、ありえない。ミアがどこの大学からも断られたなんて。わたしだってペンシルヴェニア大学に入れたのに。たぶん、パパのコネでしょうけど。Sent from BlackBerry

あはは。うん、まあね！　あたし、SATでありえない数学の成績とっちゃったし。入れてくれる大学なんてないよ。ジェノヴィア大学があたしを拒否（きょひ）するわけにいかないから助かったけど。創立者の子孫だし、いちばん寄付の多い家系だったりするからね。

ホント、ラッキーね！　ビーチのある大学なんて、うらやましー！　春休み、遊びにいってもいい？　あっ、もう切らなくちゃ。フリーナー先生にバレそう。てゆーか、わたしたち、ここにいるのもあと数日で、成績なんてもうどーでもいいのに！　Sent from BlackBerry

あはは。ホント！　ごもっとも！

4月27日　木曜日　フランス語

この学校に通い始めて四年になる。なのにいまでも、口をひらけば出てくるのはうそばかり。しかもうそをつく相手は、ラナや両親だけじゃない。いまや、すべての人にうそをついてる。フッーに考えて、いいかげんそんなバカなことはしなくなってもよさそうなもの。だけどあたしは、つらい経験と引きかえに気づいた……あれからかれこれ二年近くたとうとしてるけど。真実を口にするとどうなるか、ってことに。

いまでも、正しいことをしたって自信はある——民主主義を、ジェノヴィアにもたらしたんだもん——けど、二度とああいうことはしたくない。スゴくたくさんの人を傷つけちゃった。とくに、心から大切に思っている人たちを、あたしが真実を口にしたばっかりに。だからいまはやっぱり……うそも必要だと思ってる。

悪気のあるうそじゃないし。ちっぽけな、だれも傷つけないうそ。私利私欲とかじゃない。だって、願書を出した大学ぜんぶに入学許可されたなんていえるワケないでしょ？

そんなことといったら、どんなリアクションされることか。第一志望の大学に入れなかった人たち——とくに、入れるだけの実力を持っている人たちで、それって、いまのＡＥＨＳの四年生の約八〇パーセントくらい――は、どう思う？

っていうか、みんながなんていうかはわかってる。

もちろん、ティナみたいなやさしい子たちは、ラッキーねっていうだろう。

ラッキーかどうかなんて、カンケーないのに！ ラッキーの定義が、母親が大学時代の合コンで父親と出会い、あっという間におたがいに敵意を燃やし、それがお決まりの性的高まりへと発展してあたしができた、ってことならべつだけど。

ハッキリいって――グプタ校長がなんといおうと――あたしがすべての大学に入学許可されたこととマジメに努力したこととは、なんの関係もない。

まあ……ライティングとリーディングについては、ＳＡＴの成績もよかった。志望動機も、よく書けてたはず（自分の日記だし、そこまでうそをつかなくていい）。

それに、教科外の活動が、「民主主義に決して至らなかったかもしれない国に、それを独力でもたらしたこと」と「卒業制作に四〇〇ページの小説を執筆したこと」というのもちょっと印象的かも。

だけど、自分のことはよーくわかってる。願書を出した大学ぜんぶ、って？ そんなの、あたしがプリンセスだから入学させたがってるだけ。

ありがたく思ってないとかじゃない。どの大学も、すばらしい体験をさせてくれるはず。

ただ……ひとつでいいから、あたしを……あたしだからって理由で、ティアラとは関係なく、入学許可してくれてたらよかったのに。ペンネーム――ダフニ・ドラクロワ――で願書を出せれば、ハッキリしたはず。

いいけど。いまは、それよりもっと心配なことがある。

これからの四年間をどの大学で過ごすかってこともかなり重要だけど。しかも、ぼーっとしててママみたいに専攻を決めずにいたら、四年じゃすまなくなる。

だけど、いまはパパのことがある。もしパパが選挙で負けたら？　もとはといえば、あたしがほんとうのことなんかいわなければ選挙なんかなかったワケだし。

おばあさまは、よりによってルネがパパの対立候補になったことにめちゃくちゃキレてる。しかも、あたしがプリンセス・アメリの政令を公にしてからというもの、ヘンなうわさが流れてるし。王家がわざとアメリの文書をかくしてた、みたいなうわさ。レナルド家の権力を保つために、とかなんとか。パパはおばあさまをもてあまして、あたしのくだらないお誕生日パーティを企画するためとかなんとかいって、マンハッタンに追いやった。でないと、「わたくしたちは、宮殿から出なければいけなくなるのではありませんか？」っていう同じ質問攻撃でどうにかなりそうだから。

おばあさまはわかっちゃいない。ジェノヴィア宮殿も王家も、アメリの政令においてはちゃんと保護されてる（イギリス王室と同じで、観光収入の大きな部分を占めてるし）。あたしだって何度も説明してるのに。「おばあさま、選挙の結果がどうなっても、パパはこれからもずっとジェノヴィアのプリンスだし、おばあさまはずっとジェノヴィアのプリンスの母でプリンセスだし、あたしはずっとジェノヴィアのプリンセスなんだよ。あたしはこれからも、病院のオープンセレモニーに出なきゃいけないし、このくだらないティアラをかぶらなきゃいけないし、国葬とか国賓を歓迎するディナーに出席しなきゃいけないの。ただ、法律を制定したりしなくなるだけだよ。それは、総理大臣の仕事だから。たぶん、選挙で勝ったパパの仕事。わかった？」

だけどおばあさまは、まったくわかっちゃいない。

あんなことをしたあとであたしがパパのためにできることは、これくらいしかない。つまり、おばあさまの相手。ジェノヴィアはじつは民主主義だって公表したときは、パパが対立候補なしで総理大臣になるものだと思ってた。

まさか、トレヴェーニ伯爵（はくしゃく）夫人が義理の息子（むすこ）の選挙資金を用立てるなんて、夢にも思わなかった。気づくべきだったのに。ルネは、仕事らしい仕事なんかしてないから。ベラとのあいだに子どもが生まれたからには、何かしらはたらかなきゃいけない。おむつ交換（こうかん）以外に。

だけど、〈アップルビーズ〉？　まちがいなく、キックバックをもらってるかなんかと見た。

ジェノヴィアがチェーン店だらけになって、想像しただけでも胸がしめつけられるけど、あらたなヨーロッパのディズニーランドみたいになったら、どうなっちゃうの？

そうならないために、あたしに何ができる？

パパは、よけいな手出しはするなっていってる。もうじゅうぶんだって……。

ううう……それでよけい、罪悪感にさいなまれる。

ホント、つかれる。

ほかにもいろいろあるのに。パパとジェノヴィアの問題にくらべたらたいしたことじゃないけど……でも、たいしたことかも。っていうか、パパもジェノヴィアも、大きな変化に直面してるけど、あたしだって同じだから。

ただひとつちがうのは、パパたちはうそをついてないってこと。あたしとはちがって。まあ、パパも、おばあさまをニューヨークにこさせた理由についてはうそをついたけど（あたしのお誕生日パーティを計画するためって。ホントは、おばあさまから解放されたかっただけなのに）。

でも、パパのうそはひとつだけ。あたしは、いくつもついてる。うその上に、うそを重ねてる。

ミア・サモパリスがみんなにつきつづけてきた真っ赤なうそ

うそNo.1：もちろん真っ先にあげるのは、どこの大学にも入れなかったっていううそ（あたし以外、だれも知らない。あと、グプタ校長。あとはもちろん、親たち）。

うそNo.2：卒業制作についても、うそをついた。みんなにいってるように、『一二五四年～一六五〇年のジェノヴィアのオリーヴオイルの歴史について』なんかじゃない。（マーティネス先生はもちろん例外。指導教官だし、目を通してるから……まあ、少なくとも最初の八〇ページ。だってそれ以降、ぱたっと句読点の訂正（ていせい）がなくなってるし。あとドクター・ナッツも知ってるけど、数には入らない）。

だれも、読ませてとはいってこない。だって、一二五四年～一六五〇年のジェノヴィアのオリーヴオイルの歴史について知りたがる人なんて、フツーいないし。

ただひとりをのぞいて。

でもその人のことは、いまは考えたくない。

うそNo.3：ついさっきラナについたばっかりのうそ。プロムのドレスを買いにいけないのは、放課後、JPの手つだいをするからじゃない。ほんとうは……っていうか、それだけじゃない。ラナにくわしい話はしたくない。なんていわれるかわかってるから。いまはラナの相手をする気持ちの余裕はないし。

　ドクター・ナッツだけが、あたしがどこまでうそをついてるかを把握してる。すべてがバレる日のためにスケジュールはあけてある、といってる。必ずそういう日がくるはずだ、って。

　できれば早めにそういう日がくることを願う、って。来週であたしのセラピーもおわるから。

　ドクターは、自分の口から話したほうがいい、ともいってる。願書を出した大学ぜんぶから入学許可されたって告白して（どういうわけかドクターは、理由はあたしがプリンセスだからってだけじゃないと思ってる）、卒業制作のほんとうの内容をみんなに――読みたいといってきたただひとりの人も含めて――話して、プロムのこともちゃんと伝えたほうがいい、って。

　いわせてもらえば、セラピーが必要なのはドクターのほうだと思う。たしかにドクターは、あたしが人生の暗黒時代を過ごしてるとき、救い出してくれた（もっとも、じっさいに暗い穴からはいあがる段階は自分でやらされた）。

　だけど、あたしが自分の口からつらい真実を暴露すると思ったら、ドクターは頭がどうかしてる。

　だって、あたしが急にほんとうのことを話し始めたらたくさんの人が傷つくから。ドクターだって、プリンセス・アメリの新事実発覚のあとにヒサンなできごとがつぎつぎと起きたとき、その場にいたのに。パパとおばあさまは、あのあと何時間もドクターの診察室で過ごした。もう、サイアクだった。あんなこと、二度とイヤ。

さすがに友だちは、診察室行きにはならないだろうけど。ケニー——おっと、ケネスだったっけ。最近はそう呼べっていわれてる——はコロンビア大学の入学を熱望してたのに、第二志望のマサチューセッツ工科大学に決まった。マサチューセッツ工科大学だってすばらしい学校だけど、ケニー——っていうか、ケネス——にそんなことといってもムダ。たぶん、愛するリリー——コロンビア大学にいく予定。お兄さんといっしょ——とはなればなれになるのが気がかりなんだろう。ティナだって。第一志望のハーヴァードに入れなかった。ニューヨーク大学に入れたから、それなりによろこんでるけど。ボリスもボストンにあるバークリー音楽院に入れなくて、ニューヨークのジュリアード音楽院に決まったから。だから、ティナとボリスは少なくとも、同じ都市の大学に通える。ふたりとも、第一志望ではないけど。で、トリーシャはデューク大学にいく。ペリンは、ダートマス大学。リン・スーは、パーソンズ。シャミーカは、プリンストン。

それにしたって。だれひとり、第一志望の大学じゃない（リリーは、ハーヴァードにいきたがってた）。いっしょの大学に通いたがってたどのカップルも、同じところには入れなかった。あたしとＪＰも。っていうか、ホントは同じところに入れるけど、ＪＰは知らないし。

だって、しょうがなかったんだもん！　みんながネットで合否をチェックしたり通知の封筒を受けとったりして、だれも第一志望の大学に入れなくて、州もはなれちゃうってことがわかって泣いたりなげいたりしてるときに……自分がどこからも入学を許可されたのが気が引けてしょうがなくて、つい口走っちゃったの。「あたしなんか、どこにも入れなかったんだよ！」

そのほうが、ずっとラクだったから。ホントのことをいって人を傷つけるよりも。JPなんか真っ青になってあたしをぎゅっと抱（だ）きしめて「だいじょうぶだよ、ミア。ふたりで乗り切ろう。きっとなんとかなるよ」とかいってた。

だから……うん。ヤんなっちゃう。

だけど、信じがたいうそじゃないってところがポイント。だって、あたしの数学の成績ときたら。どこの大学に入れなくてもふしぎじゃない。

それに、いまさらどうやってホントのことをいえる？　ムリ。ぜったい、ムリ。

ドクター・ナッツは、そういうのは弱虫のやり方だっていっている。きみは勇気ある女性のはずだ、とか。エレノア・ルーズベルトとかプリンセス・アメリとかのように、これくらいの障害（みんなにうそをついちゃった、とか）は乗りこえられるはずだ、って。

だけど、卒業まであと十日しかないし！　十日くらいなら、なんだってごまかせるもん。おばあさまなんか、あたしの知ってるかぎりずっと、にせものの眉毛（まゆげ）で人の目をごまかしつづけてるんだから。

ミア！　日記、書いてるの？　なんだか、すっごく久しぶりに見る光景ね！

あ、ティナ。うん、そうだね。ほら、いままで卒業制作でいそがしかったから。

そうよね。ここ二年近く、ずっと書いていたんだものね！　ジェノヴィアのオリーヴオイルの歴史が、そんなに夢中になれるテーマとは知らなかったわ。

あ、うん、オリーヴオイルとその製品って、めちゃくちゃ興味深いんだよね！


うー、自分で自分が信じられない。何いっちゃってるんだろう？

あたしが書いたのがほんとうはなんなのか、ティナにいえればいいのに！　ティナは卒倒するだろうな。四〇〇ページの歴史ロマンス小説だって知ったら。ティナ、ロマンス小説オタクだもん！

だけど、いえない。どこの出版社も出してくれないってことは、つまんないんだろうし。

だけどそれ以上に、オリーヴオイルとその製品について四〇〇ページも読みたがる人なんて、いる？

あ、ひとりだけいた。

だけど、親切でいってくれてるだけだろうし。ホントに。それだけの理由のはず。


ミア、だいじょうぶ？

もちろん！　なんでそんなこときくの？

なんだか最近ちょっと……卒業が近づくにつれて、挙動不審になってきたから。ミアがどこの大学にも入れなかったのは知ってるけど、お父さんのコネがあるはずでしょう？　だって、プリンスでもうすぐ総理大臣だし！　ぜったい、プリンス・ルネなんて負かしちゃうわよ。ミアのお父さんなら、ＮＹＵに入れさせてくれるんじゃない？　そうしたらわたしたち、ルームメイトになれるわ！

あ、うん、そうだね！　でもそのことは、あんまり気にしないようにしてるんだ。

ミアが？　気にしない？　ここ半年、その日記にベッタリじゃなかったのだってビックリしてるのに。ラナからきいたんだけど、今日の放課後、いっしょにプロムのドレスの買い物にいかないっていったんですって？　ＪＰのお芝居のリハーサルを手つだうっていってたそうじゃない？

うわさが広まるの、はやっ。まあ、卒業まで二週間を切ると、みんなやることなくてヒマしてるから。

うん、そうなの。支えてあげなくちゃね！

そうね。だけどＪＰから、リハーサルは立ち入り禁止っていわれてるんでしょう？　上演初日にビックリさせたいから、って。だから……ほんとうの理由はなんなの、ミア？

げっ。ドクター・ナッツのいうとおり。何もかもバレる日も近いかも。

まあ、いいけど。ほんとうのことをいわなきゃいけないとしたら、ティナから始めるべき。やさしくて、偏見がなくて、いつでもあたしの味方をしてくれるティナ。

ホントいうと、あたし、プロムにいきたくないの。

えっ？　どうして？　ミア、まさか、ダンスパーティ反対なんていうフェミニスト的立場？　リリーに何か、ふきこまれた？　ミアとリリー、まだ口きいてないと思ってたけど。

口くらいきいてるよ！　ちゃんと……おたがい礼儀正しく接してるし。っていうか、しゃべらないわけにいかないの。リリーは今年、『アトム』の編集長だから。それにもう二年近く、ihatemiathermopolis.comの更新だってないし。リリーも、悪いことしたって思ってるんじゃないかな。

そうね。たぶん。学食でミアにひどいことをいって以来、一度も更新してないはずよ。リリーが何をあんなに怒っていたのか知らないけど、あの日、いうだけいってスッキリしたんじゃないかしら。

うん。それか、『アトム』のことでいそがしくてほかに手がまわらないかのどっちかだね。あとは、ケニー。っていうか、ケネス。

そうよね！　リリーがこんなに長いことひとりの人とつきあうなんてめずらしいもの。生物上級クラスのとき、わたしの目の前でイチャつくのはやめてほしいけど。だけど何ひとつ、ミアがプロムにいきたくない理由にはなってないわよ！

うん、ホントいうとね……ＪＰに誘われてないの。あたしもそれでかまわないし。いきたくないから。

それだけ？　イヤだ、ミア！　誘ってくるに決まってるじゃない！　ＪＰはお芝居のことで頭がいっぱいなだけよ。あと、ミアのお誕生日にどんなステキなプレゼントをあげようか考えるのに必死で、プロムにまで気がまわっていないんだわ。ボリスにたのんであげましょうか？　何かほのめかすようなことをいってあげてって。

　ひぇーっ。ひぇーっ、ひぇーっ、ひぇーっ。

　なんで？　どうしてこうなるの？

あ、うん、ティナ、ぜひともお願いっ！　ティナのカレシからあたしのカレシに、あたしをプロムに誘(さそ)えってほのめかしてほしい。それって、超(ちょう)ロマンチックだもんっ。プロムに誘(さそ)ってもらうシチュエーションとして、こんな理想的なことってないよ。人のカレシ経由なんて。

ミアがいいたいこと、わかるわ。そうよね。だって、わたしたちにとって、とくべつなものになるはずだったんだものね。


え、待って……。

もしかしてティナがいってるのって……。

ティナは、あたしたちが二年生のころずっと話していたことをいってるんだ。

つまり、プロムの夜にロストヴァージン、って話。

ティナってば、あれから多くの月日がたってるって、気づかないのかな。あのときは、教室にならんですわってプロムの夜のカンペキな過ごし方を妄想(もうそう)してたけど。

あのころと同じ気持ちでいるなんて、ありえないのに。

あたしは、あのころとはちがう人間なのに。

そして、あのころとはちがう人とつきあってるのに。


ウォルドルフアストリア・ホテルはこの前きいたとき、もう満室だっていわれたわよ。

オーマイガーッ！　ティナ、やっぱりマジメにいってるんだ！

本気なんだ。ひぇーっ、どうすればいい⁇

だけど、Ｗホテルもすごくいいってきいたわよ。まだ誘ってないなんて、信じられない！　ＪＰらしくないわ。

こんなことになるなんて、ホントに信じられない。こんなのって、超ありえない。

ティナにいうべき？

いえない。っていうか、いえる？

……ムリ。

ほら、いろいろあるから。期末テストとか卒業制作とか卒業式とか選挙とかあたしのお誕生日とか、いろいろ。それにね、ティナ、さっきもいったけど、あたし、プロムにいきたくないの。

おかしなこといわないで。卒業プロムにいきたくない人なんて、どこにもいないわよ。ミアから誘ってみればいいじゃない？　一八〇〇年代とかじゃないんだから。女子だって男子をプロムに誘っていいはずよ。誘われたいのはわかるけど、ミアたちはもうつきあって長いんだもの！　ただの友だちとはわけがちがうわ。いくらまだ、ふたりが……えっと、ほら、まだ……ねえ、ふたりはまだ……まだなんでしょう?

ひぇーーーっ……ティナってば、まだそんなことにこだわってるの? カワいいったらない。それにしても、ティナはいい点をついてきた。どうしてあたし、JPを誘わないんだろう? ズバリきいちゃってもよかったはず。みんながお昼休みにプロムの話をしてるときに、あたしたちは? って。

JPからイエスとかノーとかいう返事をもらうくらい、楽勝だったはず。もちろん、なんたってJPだから、イエスっていうだろうし。なぜならJPは、あたしの元カレとはちがって、プロムに対する偏見を持ってないから。問題は、ドクター・ナッツに相談するまでもなく、JPにプロムのことをきかない理由くらい自分でわかってるってこと。

あのね、ティナ、あたしにとってプロムって、もうそれほど大きいイベントじゃないの。なんか、くだらないって気がするし。パスしちゃってぜんぜんかまわないってカンジ。だから、ドレスを買いにいくなんて、時間のムダでしょ? それにあたし、ちょっと用事があるし。

ちょっと用事、って。いつになったらあたし、自分の小説のことをごまかさなくなるの? 正直にいえる相手がいるとしたら、それはティナだ。ティナなら、あたしが小説を……しかも、ロマンス小説を書いたといっても、笑わないだろう。あたしをロマンス小説ワールドに導いてくれたのはティナだし。ロマンスのおもしろさを教えてくれて、どんなにクールか気づかせてくれた。ティナは、あたしがロマンスを書いたと知ったら、読ませてっていうに決まってる。ジェノヴィアのオリーヴオイルの歴史なんか、まともな神経を持った人ならぜったいに読みたがらないけど。

っていうか、ひとり例外がいる。

それって……ホント、そのことを考えるたびに泣きたくなっちゃう。だって、そんなやさしいこといってくれるなんて……っていうか、メールだけど。だって、マイケルとはメールでしかやりとりしてないから。マイケルは、あたしの卒業論文を読ませてほしいってメールでいってきた。あたしたち、月に二、三回、不定期にメールしてるだけ。あくまでもかるーく、なにげないカンジで。たとえばわかれたあと、あたしが最初にマイケルに送ったメールは、「ハイ、元気？　こっちは雪がふってるの。ミヨーでしょ？　じゃ、またね。バイバイ」

だからマイケルからメールでいわれたときは、ビックリした。「一二五四年～一六五〇年のジェノヴィアのオリーヴオイルの歴史についての卒業論文？　クールだな。読ませてくれよ」

もー、ビックリしたのなんのって。だって、あたしの卒業論文を読みたがる人なんていない。ひとりも。ママだって。そういう意味で安全なテーマを選んだつもり。だれも読みたがらないテーマ。

それまでは、だれも。

ところが、マイケル・モスコーヴィッツがはるばるニホンから（二年前にいったきり、ロボットアームの研究にかかりっきり。完成なんて一生しないんじゃないかな。話題にするのも悪い気がして、もうきくのもやめちゃった。マイケルもほとんど答えてくれないし）、読みたいといってきた。

四〇〇ページだっていったのに。

かまわない、って。

めちゃくちゃタイクツだっていったのに。

あたしが書いたものがタイクツなわけがない、って。

以来、あたしはマイケルにメールするのをやめた。

だって、ほかにどうしろっていうの？　マイケルにファイルを送るなんて、できない！　会ったことない出版社の人にになら送れる。だけど、元カレになんてムリ！　マイケルになんて！　だって……ラブシーンがあるんだもんっ！

っていうか……どうしてマイケルはそんなことがいえるの？　あたしが書いたものがタイクツなわけない、なんて。

マイケルってば、どうして？　どーーーして⁇

あたしたち、もうただの友だちになったはずだし。

とにかく、ワケわかんない。

それに、ティナに読ませるわけにもいかない。何をそんなにおじけづいてるのか自分でもよくわからない。自分の書いた小説をネットで公開する人だっていっぱいいるのに。

だけど、あたしにはできない。理由は不明だけど。っていうか……。

ホントはわかってる。こわいから。ティナが――もちろんマイケルも、あとＪＰとかほかの人もだけど——おもしろくないって感じるんじゃないかって。

もちろん、マーティネス先生はおもしろいっていってくれたけど。

でも、ぜんぶ読んだとは思えない。

あたしのかんちがいで、じつは作家としてサイアクだったら？　一年近くをムダにしちゃってたら？　まあ、ジェノヴィアのオリーヴオイルについて書くのに二年もかけたなんてムダだって思われてるだろうけど。

だけど、ホントにそのとおりだったら？

げっ。ティナのプロム話のメール、おわってなかった！


ミア！　プロムはくだらなくなんかないわ！　どうしちゃったの？

自分でもわかんないけど。卒業が近くなって気がぬけたのかも。卒業病、みたいな。ほら、みんなだって授業に身が入ってないでしょ？　それと同じ。ただ……うん、いいや。ＪＰにプロムのこと、話してみる。

ほんとう???　ほんとうに話す???　ぜったいに???

うん、きいてみる。ごめん。いろいろ気がかりなことが多かったから。

じゃ、今日の放課後、いっしょにお買い物にいく？

うー、やれやれ。買い物なんか、ホントにいきたくない。それ以外なら、なんでもする。プリンセス・レッスンのほうがまだマシ。

うん。もちろん、いくよ。

やったあ！　すっごく楽しみ！　だいじょうぶよ。お父さんの心配なんて、忘れさせてあげるから！
それに……キャッ、先生！

Je ne ferai pas le texte dans la classe.（授業中にメールはしません）
Je ne ferai pas le texte dans la classe.
Je ne ferai pas le texte dans la classe.
Je ne ferai pas le texte dans la classe.
Je ne ferai pas le texte dans la classe.
Je ne ferai pas le texte dans la classe.

4月27日　木曜日　心理学Ⅱ

どう?!　あたしだって、たまにはホントのこと、いえるんだから。

ティナに、ＪＰからプロムに誘われてないってホントのことをいった。どっちにしてもあたしもいきたくない、って。それでも、何も起きてない。

そんなのまちがってるって主張されただけ。

でも、それは想定内。ティナは超ロマンチストだから、プロムを高校生活のメインイベントだと思うのはとうぜん。

あたしだって、そう思ってた時期があった。昔の日記が何よりの証拠。前は、プロムのことばっかり考えてた。プロムにいけないくらいなら死んだほうがまし、くらいに。

ある意味、あんなふうにワクワクできたころにもどりたいかも。

だけど、だれでもいつかはオトナになるものだし。

正直いって、何を大騒ぎしてるのかわかんない。ゴハン食べて（ゴムみたいなチキンとマズいドレッシングのかかったしおれたレタス）、ダンスして（ヘンな音楽に合わせて）、それだけのことだし。

あーあ、できるものなら……。

ぎゃぁぁぁぁぁぁ!!!　オーマイガーッ。またしても、ポケットのなかでブルブルふるえてる……。

アメルアへ。げつようぶのしょうたいきゃくリストをつくりなおさなければいけめせん。ほんとうにこまっているのでせよ。わたくしがしょうていしたみなさんは、ヴィゴのはなしでは、イエスとおへんじをくださいませた。あなたのいとこのハンクも、ミラノのショーからかけつけるそうですゆ。そしていま、あなたのははおやからきいたはなしなのですげ、あのあなたのいなかもののそふぼが、インディアナからわざわざひこうきでやってくるということでせ。これには、ほんとうにおどろかされますた。しょうたいしないわけにはいきませんが、まさかくるとはゆめにもおめっていませんでしたよ。わずらわしいにもほどがありめす。あなたのしょうていきゃくをふたり、さくじょしてもらわなければいけめせんね。あのクルーザーには、さんびゃくにんがげんどですけら。すぐにでんわをかけていらっっっしゃい。あなたのおばあせも、クラリッサより。Sent from BlackBerry

オーマイガーッ。パパってば、どうしておばあさまにブラックベリーなんか持たせちゃったの？

傍観者効果(ぼうかんしゃこうか)：緊急事態(きんきゅうじたい)をひとりで目撃(もくげき)するより他人がたくさんいるときに目撃(もくげき)したほうが手をさしのべようとする気持ちがうすらぐという、心理的現象。キティ・ジェノヴェーゼ事件がいい例。若い女性が、何十人もの人に声がきこえる場所で何度も刺(さ)されたのに、だれも警察に連絡(れんらく)しなかった。みんな、ほかの人がすると思っていたから。

宿題
世界史：さあ？
英文学：えーっと
三角法：こんな授業、大キライだし
G&T：ボリスが卒業制作としてカーネギーホールで演奏するのは知ってるけど、いいかげん、ショパンをきかされるのは、ホントにうんざりなんだってばーーーーーーーーっっっ！
フランス語：J’ai malà la tête
心理学Ⅱ：この授業のノートをとる必要さえ感じない。心理学なんて、専門分野だもん

4月27日　木曜日　ジェフリー

ありえないってば。

さっき、みんなでリムジンに乗りこもうと廊下を歩いてるときJPが、「やあ、おそろいでおでかけ?」とかいってきて、とめる間もなくラナが答えた。「プロムのドレスを買いにいくのよ」

ラナとティナとシャミーカとトリーシャがいっせいに眉をくいっとあげて、JPを期待に満ちた目で見つめた。ねえ、何かお忘れじゃなくて?　カノジョを誘わなくていいの?　みたいに。

うわさが広がるの、はやっ。JPがあたしを誘ってないって。ティナ、ホントありがと!

ティナに悪気がないのはわかってるけど。

JPはおだやかな笑みを浮かべていった。「そうか、楽しそうだね。気をつけて、ガールズも、ラーズも」そして、講堂のほうに歩いていった。リハーサルがあるから。

全員、あ然。てっきりJPがおでこをピシャリと打って「おっと!　プロムか!　そうだった!」とかいうと思ってたらしい。それで、あたしの前にひざまずいてあたしの手をそっととり、おろかな自分をゆるしてほしい、たのむからいっしょにいってほしいと懇願するとでも。

あたしはみんなに、おどろくようなことじゃないといってやった。なんとも思ってないって。JP

は、自分のお芝居『大衆のなかのプリンス』のことで頭がいっぱいなんだって。

それって、あたしにもわかる。あたしだって本を書いてるとき、同じ気持ちだった。ほかのことはなんにも考えられなかった。ヒマさえあればベッドの上にラップトップをかかえてすわりこみ、でぶねこルーイ（サイコーの執筆ネコだと判明）をとなりに寝かせて書きまくった。

っていうか、そのせいで日記やらなんやらを、二年近くお休みしてたんだもん。クリエイティブな制作活動に集中しているときは、ほかのことに気をとられていられない。

だから、ドクター・ナッツはあたしに本を書けってすすめたんじゃないかな。気持ちをそらすために……ほかの、いろんなことから。

いろんな人から。

そういうわけで、あたしには本を書くことがかなり効果的だった。スゴく癒された。書いたりリサーチしているあいだは日記を書きたくならなかった。すべてを、『心を解き放って』に注いだ。で、もちろん書きおわって（そしてすべての出版社から拒否されて）みると、ふいにまた、日記を書きたくなってきた。

これって、いいことなのかな？　わかんないけど。

というわけで、ＪＰがお芝居に没頭しちゃうのもわかる。

ただしあたしとちがってＪＰは、『大衆のなかのプリンス』を少なくともオフブロードウェイで上演するチャンスが大アリ。お父さんが演劇界の大物だったりするから。

それに主演のステイシー・チーズマンは、Gapキッズのコマーシャルとかもやってるし、ショーン・ペンの映画にも出演してる。しかも相手役に、ブラッド・ピットの何番目かのいとこの甥の、アンドリュー・ローエンスタインを起用した。あのお芝居は、大きな話題になることまちがいなし。観た人の話だと、ハリウッドに進出する可能性さえ見えるらしい。

で、プロムの話にもどるわけだけど……ＪＰがあたしを愛してるかどうか、わかんないとかじゃない。ＪＰはそれこそ一日一〇回くらい、愛してるっていってるし……。

オーマイガーッ。このカンジ、すっかり忘れてたけど、あたしが日記を書き始めるとまわりがまるで見えなくなってみんながイラッとするんだった。ラナなんか、バッジェリーミシュカのストラップレスのドレスを試着しろなんて無謀なことをいってきた。

あのねー、あたし、オシャレを心得てきたんだから。ホントに。外見って、自分のことを内心どう感じているかを反映する。髪も洗わずにパジャマのままでいるとか似合わなかったり流行おくれだったりする服を着るとかしてると、それはつまり、「わたしは自分のことをかまっていません。だから、あなたもわたしをかまわないでください」っていっているようなもの。

やっぱり、努力は必要。「わたしは知る価値のある人間です」ってほかの人にわかってもらうために。何も高い服を着なくてもいい。きちんとした似合う服を着ていればいい。

いまはそれがわかる。

暴飲暴食はやめたから、体重増加もストップしたし、ブラのサイズもＢカップにもどった。

だから、オシャレのことは、ホントにわかってきたの。

なのに、どうしてラナって、あたしにパープルなんかすすめようとするの？　王家のカラーだからって、王家の人間ならみんな似合うわけじゃないのに！

4月27日　木曜日　ロフト

ダフニ・ドラクロワ様
貴殿（きでん）の原稿（げんこう）を拝読する機会をいただき、感謝いたします。誠に遺憾（いかん）ながら、今回はご意向にそうことができません。

署名もなし？　あんまりじゃない？

さっき帰るなり、ママにきかれた。どうして最近、うちの住所に出版社からダフニ・ドラクロワという人宛（あ）ての手紙が届くのか、って。

バレバレ！

またしてもうそをつこうかと思ったけど、いずれママにはバレることだし。とくに、『心を解き放って』が出版されて、ジェノヴィア王立病院にあたらしい棟（とう）を寄付したりする日がきたら。

っていうか、まあ、作家が本を出版してどれくらいもらえるのかは知らないけど。

だから、あたしは答えた。「偽名（ぎめい）で原稿（げんこう）を送ってみたの。出版の可能性あるかなーなんてね」

ママは前から、あたしが書いてるのはホントはオリーヴオイルの歴史なんかじゃないっていうたがってた。部屋で、『マリー・アントワネット』のサントラをききながらでぶねこルーイをとなりにおいて、一日じゅう——っていうか、学校にいってるときと、プリンセス・レッスンと、セラピーと、ティナやJPと出かけてるとき以外ずっと——キーをたたいてるとこ、目撃されてるし。じつの母親にうそをつくなんて、よくないのはわかってる。だけど、ホントは何を書いてるかをいったら、読みたがるだろうし。

っていうか、母親にラブシーン？　じょーだんでしょ。かんべんして。

「へーえ」ママはそういって、手紙を指さした。「で、なんていってきた？」

「あ、ダメだって」

「ふーん。出版業界もきびしいものね。しかも、ジェノヴィアのオリーヴオイルの歴史でしょう？」

「うん。ごもっとも」

オーマイガーッ。あたしって、どこまでうそつきなの？　どこがティーンのお手本？

ラッキーなことに、ママとスムーズに会話するのはむずかしかった。ジャニーニ先生がドラムの練習をしてたから。となりでロッキーも、おもちゃのドラムセットをバンバンたたいてるし。

ロッキーはあたしを見るなり、ドラムスティックをほっぽって走ってくると、ひざに飛びついてきて叫んだ。「ミィィィィィィィアァァァァァァァァ！」

帰ってきたのをよろこんでくれる人がいるのって、いいものだ。

「うん、ただいま。夕ゴハン、何？」

「ジョバンニのピザの日だよ」ジャニーニ先生がドラムスティックを持ったままいった。

「どこいってたの？」ロッキーがたずねる。

「友だちと買い物」

「だって、なんにも持ってないじゃん」ロッキーは、手ぶらのあたしを見ていった。

「まあね」あたしはロッキーに引っつかれたまま、ナイフやフォークをとりにキッチンにむかった。

食器の準備はあたしの役目だ。プリンセスも仕事をするってのはドクター・ナッツのセラピーのときに決めたことのひとつ。「プロムのドレスを買いにいったんだけど、あたしいかないから。プロムなんてつまんないし」

「いつからプロムがつまらなくなったんだ？」ジャニーニ先生が、タオルを首に巻いてたずねた。

「ミアが大学入学を控えた皮肉っぽい辛口少女になったときからよ」ママがいって、あたしを指さした。「そうそう、夕食のあと、家族会議があるわよ。あ、もしもし？」

もしもしを受話器にむかっていうと、ママは定番のオーダーをした。

「家族会議って？」あたしは、ママが電話を切るとたずねた。

「あなたのことよ。あなたのお父さんも、電話で参加するそうよ」

ううう。ジェノヴィアにいるパパからの電話ほど、待ち遠しいものってない。これから楽しいことが始まるっていう合図だから。って、うそだってば。

「あたし、なんかした？」だって、本気で何もしてないもん（みんなにあらゆることでうそをついてる以外には）。門限だっていつも守ってるし。しかもそれって、目を光らせてるボディーガードがいるからって理由じゃない。うちのカレシときたら、めちゃくちゃ心配性。パパに（ママと義理の父にも）悪い印象を持たれるのを極度におそれてるから、デートのときはいつも門限の三〇分前には帰らせようとして、ものすごい勢いでラーズにあたしを押しつける。

だから、パパがなんで電話してくるのか知らないけど……あたしは何もしてない。

少なくとも、今回は。

ピザがくる前に、ルーイのようすを見にきた。ルーイのことは、かなり気がかり。だって仮にあたしが、みんなの怒りを買うのを承知でジェノヴィア大学じゃなくてアメリカの大学にいくとする。その場合の問題は、どこの大学も寮でネコを飼わせてくれないってこと。つまり、でぶねこルーイといっしょに暮らしつつ大学に通おうと思ったら、寮には入れない。そうなったら友だちもできない。

だけど、ルーイをおいていくなんてムリ。

だからルーイは最近、あたしが家にいないときは、あたしの部屋にいる（ロッキーはあたしのバフィーのフィギアをめちゃくちゃにしちゃうから立ち入り禁止になってる）。

あたしが大学にいくってことは、ルーイが四年間、あたしの部屋にかくれてなきゃいけないってことだ。いっしょに眠る人もいなくて、大好きな耳の裏をかいてくれる人もいなくて。

そんなこと、あってはならない。

ママは、自分の部屋にルーイがうつってくればいいといってる。

だけど、ルーイがジャニーニ先生といっしょに寝たがるとは思えない。いびき、スゴいんだもん。

あ、ケータイが鳴ってる！　ＪＰからだ。

4月27日　木曜日　午後7時半　ロフト

ＪＰが、プロムのドレスの買い物はどうだったかってきいてきた。もちろん、うそをついた。「サイコーだったよ！」とかいっちゃって。

そこからあたしたちの会話は、トワイライトゾーンに突入した。

「何か買った？」

どーゆー質問？　本気でビックリ。っていうか、例の〝プロムにカノジョを誘ってない問題〟があるのに。いかないって決めつけてたあたしがバカだったらしい。

あたしは答えた。「ううん……」

そのあと、さらなる衝撃が待っていた。ＪＰがつづけてきいた。「そっか。買ったら何色にしたか、教えてくれよ。コサージュの色を決めなくちゃいけないからさ」

は？　もしもし？

「ちょっと待って。え……あたしたち、プロムにいくことになってるの？」

ＪＰは、声をあげて笑った。「当たり前じゃないか！　もう一ヶ月も前にチケット買ってるんだよ」

！！！！！！！！！！！！！！！！！！！！！！！！！！！！！！！！！！！！！！

それからＪＰは、あたしがだまってるのに気づいて笑うのをやめていった。「え？　ミア、ぼくたち、いっしょにいくんだよな？」

あんまりビックリして、なんていったらいいかわからなかった。っていうか、あたし……。

あたし、ＪＰのこと、好きだもん。ホントに！

ただどういうわけか、ＪＰといっしょにプロムにいくっていう考えを好きになれないだけ。

だけど、どうやってＪＰの心を傷つけずにそのことを説明すればいいのかわからない。ティナにいったみたいにプロムなんてくだらないって話しても、うまくいく気がしない。

しかも、一ヶ月も前にチケットを買ったっていうし。安いものじゃないから。

気づいたら、あたしは口ばしってた。「わかんない。だって……だって、誘われてないし」

ホントのことだもん。あたし、ホントのことをいってる。

だけどＪＰの反応ときたら。「ミア！　ぼくたち、もう二年近くもつきあってるんだよ？　誘う必要なんかないだろう？」

誘う必要なんかない⁇

信じられない。いくら長くつきあってたって……やっぱりちゃんと誘われたいものでしょ？

男子が女子をプロムに連れていきたかったら、誘うのがフツーなんじゃないの……

……いくらふたりが、二年近くつきあってきたからって。

っていうか、あたしが悪いの？　多くを求めすぎ？　そうは思わない。

だけどやっぱり、あたしが悪いのかな。とうぜんいくものだと決めつけられるんじゃなくてちゃんと誘ってもらいたいと思うのは、多くを求めすぎなのかも。

わかんない。もはや、何もかもわからなくなってきた。

ＪＰは、あたしがだまってるから、悪いことをいっちゃったって気づいたらしく、やっと口をひらいた。「えっと……ちゃんと誘わなきゃいけなかったのかな？」

あたしは返事をした。「あ、まあ」だって、なんていったらいいか、わかんなかったんだもん！

心のどこかで「そう！　そのとおり！　ちゃんと誘わなきゃいけなかったんだよ！」って叫んでたけど、べつのどこかで、「ちょっと、ミア、わざわざ波風立てることないってば。あと十日で卒業なんだから。たったの十日。さらっと流しなよ」って声がきこえてた。

だけど、ドクター・ナッツからいいかげんほんとうのことをいえっていわれたし。今日はすでに、ティナにうそをつかないですませた。自分のカレシにもうそをつかないほうがいいような気がする。

だから……。

「誘ってくれたほうがよかったかな」気づいたらそういっていて、自分でぎょっとした。

ＪＰは、めちゃくちゃありえないリアクションをした。

げらげら笑ったの！

ホントに。こんなおもしろいセリフはきいたことない、みたいに。

「そういうことだったのか」

そういうことって、どーゆーこと？

さっぱりわからない。ＪＰはなんか口調がヘンで、それってまったくＪＰらしくなかった。

「自分のぶんのチケット代は払うよ。ほかの人を連れていきたければべつだけど」

「ミア！」ＪＰは、ふいに笑いやんだ。「きみ以外の人なんか、連れていくわけないだろう？　ほかにだれを連れていくっていうんだよ？」

「さあ、わかんないけど。いってみただけ。だって、ＪＰにとっての卒業プロムでもあるんだから。誘いたい人を誘えばいいよ」

「ぼくはきみを誘ってるんだよ」ＪＰはムスッとした声でいった。たまにこういう声になる。デートにいきたいのに、あたしが小説を書きたくて家にいたいといったときだ。もっとも、小説を書きたいとはいってないけど。ＪＰは、あたしが書いてたのがほんとうの小説とは知らない。

「そうなの？」あたしは、ちょっとおどろいていった。「いま、誘ってるってこと？」

「いや、いまじゃないよ」ＪＰはあわてていった。「どうやらぼくは、ロマンチックなお誘いの手順を踏みわすれたらしい。すぐに手を打つよ。近いうちに誘うから待っててくれ。ぜったい断れないような、ほんもののお誘いをするから」

　正直いって、これをきいたとき、心臓がドクンとした。なんてやさしいの的なうれしいドクンではなくて、どっちかというと、げっ何をするつもりなの的な不安のドクン。

「えっと、まさか、全校生徒の前で恥ずかしいことをしようとしてるんじゃないよね？」

「ちがうよ」ＪＰは、ちょっと引いてた。「どうしてそんなことをいうんだ？」

「あ、えっと」バカみたいにきこえるのはわかってたけど、いそいで一気にいった。「ライフタイムチャンネルでドキュメンタリーを観たことがあるの。よろいかぶとを身につけた男の人が、ロマンチックな演出のために白馬で女の人のオフィスに乗りつけてプロポーズするの」
「ミア」ＪＰはイラッとした声でいった。まあ、ムリもないかも。「ぼくは、よろいかぶとを身につけて白馬に乗って学校にいってプロムに誘ったりはしない。さすがにもうちょっとロマンチックな方法を考えられると思う」

どういうわけか、少しも安心できない。

「あのね、ＪＰ、プロムなんてくだらないよ。っていうか、ウォルドルフでダンスするだけだし」
「友だちとは卒業してちがう大学にいったら二度と会えないかもしれない」
「だけど月曜日の夜だって、ジェノヴィア王室のクルーザーであたしのお誕生日パーティがあるし」
「そうだね。だけど、まったく同じってわけではない。そのあと、ふたりっきりになれるチャンスもないだろうし」

は？　なんの話？

あ、そっか。パパラッチがいるからってことかな。

ひゃーっ。ＪＰは本気でプロムにいきたがってるんだ。

まあ、ムリもないかも。アルバート・アインシュタインの生徒として参加する最後の行事だし。卒業式はべつとして。卒業式は、用意周到にもプロムの翌日になってる。

だから、あたしは答えた。「わかったよ。じゃ、お誘いを楽しみにしてる」そして、空気がビミョーにピリピリしてきてたから話題をかえようとしていった。「で。リハーサルはうまくいった？」

するとＪＰは、ステイシー・チーズマンがセリフをおぼえてくれないって五分くらいもんくをいいつづけたから、あたしはピザがきたからもう切らなくちゃといった。それって、うそだけど（ミア・サモパリスの真っ赤なうそNo.４）。ピザはまだきてない。

正直いって、こわかった。ＪＰが白く塗った馬に乗ってよろいかぶとを身につけて学校にくるつもりがないのはわかったけど。

でも、それと同じくらい決まり悪いことをするかもしれない。

あたしはＪＰが好き。しつこいくらい書いてるのはわかってるけど。マイケルを愛してたのとは、たしかにちがう。だけどあたしたち、共通点がたくさんある。ふたりとも書くのが好きだし、同い年だし、おばあさまはＪＰを気に入ってるし、友だちもほとんど（どういうわけか、ボリスはちがうけど）ＪＰが好きだし。

だけど、たまに思っちゃう……オーマイガーッ、こんなこと書いてること自体信じられないけど、でもやっぱりたまに……。

ううう。もしかして、やっぱりママのいうとおりなのかも。ママは、ＪＰはあたしが何かやりたいというと必ず自分もやりたがるって指摘してた。あたしがやりたくないっていうと必ず自分もやりたくないっていう、って。

ＪＰがあたしとちがう意見をいうのは、ハッキリいって、あたしが小説を書いてるときにデートにいきたがらなかったときだけ。

だけどそれは、あたしといっしょにいられないのがイヤだからだ。それって、めちゃくちゃロマンチックなはず。女子はみんな、そういってる。とくにティナ。カレシがいつでもいっしょにいたがってくれて、したいと思ったらなんでもいっしょにしてくれるなんて、理想的だって。

でもママだけはそのことに気づいてて、ムカつかないかってきいてきた。どういう意味かとたずねたら、ママはいった。「カメレオンとつきあっててムカつかないかってこと。自分の意見はないわけ？それとも、なんでもあなたに合わせるのが個性なの？」

そこにきて、あたしたちははげしい言い合いになった。で、ドクター・ナッツの診察室(しんさつ)で緊急(きんきゅう)の家族セラピーが行われた。

そのときママは、今後はあたしの恋愛(れんあい)には口をはさまないと約束した。

ＪＰに関するもうひとつの問題については、一度も口にしてない。ドクター・ナッツにも、ママにも。

ひとつには、そんなことをしゃべったらママをよろこばせるだけだから。そしてもうひとつには……カンペキな関係なんてありえないから。ティナとボリスだってそう。ボリスはティナがいくらやめてほしいってたのんでも、まだパンツにセーターをインしてる。それでもふたりは幸せだ。ジャニー二先生はいびきをかくけど、ママは耳栓(みみせん)とホワイトノイズでしのいでる。

カレシが、あたしがすることならなんでも賛成してくれて、あたしがしたがることをなんでもしたがるくらい、なんてことない。

ただし、もうひとつの例の問題については、解決できるかどうか自信がない……。

あ、ホントにピザがきたから、もういかなくちゃ。

4月27日　木曜日　真夜中　ロフト

オーマイガーッ。

家族会議は、選挙の話をして、パパからどこの大学にいくつもりかと責めたてられただけじゃおわらなかった。ハッキリいって、大惨事。

まず、パパに期限をいいわたされた。選挙当日（プロムの日でもある）までに、これから四年間をどこの大学で過ごすかを決めなくちゃいけない。

おばあさまももちろん電話をかけてきて口をはさんできた（サラ・ローレンス大学にいけといっている。自分がパンティストッキングをはいてた時代に、おじいさまと結婚してなかったらいきたかった大学）。

とにかく、やれやれ。家族会議の議題はそのことだった。っていうか、最初のうちは。あたしがどこの大学にいくかを九日後に決定するってこと。

みんな、ありがと！　プレッシャーかけないでくれて！

パパは、どこの大学にいこうがあたしがよければかまわないといってる。とはいいつつも、アイビー・リーグの八校かサラ・ローレンスか名門女子大セブンシスターズの七校のうちどこかを想定してるのはミエミエ。

「イェールにいったらどうだ？　ＪＰといっしょに通えるではないか」パパはずっといってる。

たしかに、ＪＰはイェールにいきたがってた。レベルの高い演劇学部があるから。

だけど、あたしはイェールにいく気はない。マンハッタンから遠すぎる。

しかも、ＪＰはあたしがジェノヴィア大学にいくと思ってるから、自分もいっしょに通う決心をしてる。ジェノヴィア大学には演劇学部はないし、せっかくの将来を棒にふることになるよ、っていったのに。いっしょにいられればかまわないんだって。

とにかく、ここまでは、それほど動揺するようなことじゃなかった。問題はそのあと。

おばあさまがパーティの招待客リストのことでえんえんともんくをいったあとだった。パパがいった。「そろそろミアに見せたほうがいいのではないか？」するとママがいった。「あのねー、フィリップ、ちょっと大げさなんじゃない？　電話を切らずに待ってなくてもいいのよ。あとで見せとくから」するとパパはいった。「わたしも家族の一員だからな。ミアを支えてやりたい」するとママはいった。「ホント、大げさ。ま、そこまでいうなら」そして、立ちあがって自分の部屋にむかった。

きいているあたしはもう、なんか、ドキドキしてきた。「なんなの？」

するとジャニーニ先生がいった。「ああ、たいしたことじゃない。お父さんが、インターナショナルビジネスCNN.comで見つけた記事をメールで送ってきたんだ」

「ミア、おまえに読ませたい記事がある」パパの声が、スピーカーフォンごしにきこえる。「学校で人づてにきくのではなく」

ヤな予感。
ママが持ってきたパパのメールのプリントアウトは、ルネとはなんの関係もなかった。

ニューヨーク（AP通信） ロボットアームは外科手術の未来を担っているが、なかでもカーディオアームと名づけられたロボットアームは、心臓外科手術に革命的変化をもたらすであろう。すでに製作者のマイケル・モスコーヴィッツ（二一歳　マンハッタン在住）は、多くの富を手にしている。

　モスコーヴィッツ氏の発明は、高度な画像技術を備えた初の外科手術ロボット互換機とうたわれている。モスコーヴィッツ氏は二年を費やし、日本の科学者のチームを率いて、自らの企業〈パブロフ・サージカル〉のカーディオアームを設計した。

〈パブロフ・サージカル〉は、アメリカ合衆国におけるロボットアームの独占販売権を所有しており、その株価は昨年、五〇〇パーセント近くも急騰している。専門家のあいだでは、反騰はそれ以上になると分析されている。

　モスコーヴィッツ氏設計の製品の需要は高まっており、いまのところ市場を独占している。ロボットアームは手術時に外科医によって遠隔操作されるもので、食品医薬品局によって昨年、一般的な使用が許可された。

　カーディオアームは、手術中に体内に挿入する小型ハンドヘルド外科用カメラを装備するこれまでの手術用器具に比べ、より正確にして人体への負担が少ないと考えられる。術後の回復も、これまでよりはるかに早い。

「ロボットアームを使用してできることは——操作と透視における可能性はいうまでもなく——ほかの方法では決してなしとげられない」と、コロンビア大学メディカルセンター、心臓病学長、アーサー・ワード博士は述べている。

アメリカの病院ではすでにカーディオアームを使用した手術が五〇例あり、順番待ちが何百件にものぼっている。しかし、一〇〇万ドルから一五〇万ドルの費用を要するため、決して安いとはいえない。モスコーヴィッツ氏は、国内の数ヶ所の小児科にカーディオアームを寄付しており、今週末はコロンビア大学メディカルセンターにも寄付を行うことになっている。モスコーヴィッツ氏の出身校である大学側は、この寄付を大歓迎している。

「これは、非常に完成度が高く、非常に需要の多い、無類の技術だ」ワード博士はいう。「ロボット工学の観点から見て、カーディオアームは明らかな先端技術である。モスコーヴィッツ氏は、外科医療の分野にすばらしい功績を残した」


！！！


あ、そう、ふーん。元カノって、だれよりも情報がおそく入るみたい。

っていうか、だから何？　マイケルの才能が、世界的に認知された。そうあってしかるべきだったとおりに。マイケルは、富と名声を手にして当然。スゴくいっしょうけんめいやってきたんだし。マイケルが子どもたちの命を救おうとしてたのは知ってるし、いま、それを実現しつつある。

ただ……ただ、なんか……。

っていうか、マイケルはどうしてあたしに話してくれなかったの???

でも考えてみたら、マイケルが最後のメールでなんていえばよかった？「あ、ところでさ、ぼくのロボットアームがたいへんな成功を収めて、全国的に多くの命を救えるし、会社の株がウォールストリートで急騰したんだよね」とか？

まさかね。

だいたい、卒業論文を読ませてくれっていわれて恐れをなしてメールするのをやめたのは、あたしのほうだし。もしかしたらマイケルは、自分のカーディオアームにひとつ一五〇〇万ドルの値がついて、ロボットアーム市場に不動の地位を築いたことを話そうとしてたのかもしれない。

または、「土曜日にぼくの発明したロボットアームをコロンビア大学メディカルセンターに寄付しにアメリカに戻るから、もうすぐ会えるよ」とか。

もしかしてマイケルはあたしとわかれたあと、何度かアメリカにもどってきて、家族やらなんやらに会ってたのかも。あたしに知らせる必要なんかないし。会ってお茶するとかじゃないから。あたしたち、わかれたんだもん。

だいたい、あたし、すでにカレシがいるし。

ただ……記事には、マイケル・モスコーヴィッツ（二一歳　マンハッタン在住）って書いてあった。ニホンのツクバじゃなくて。

ってことは、マイケルはもう、マンハッタンに住んでるんだ。ここにいるんだ。あたしの卒業論文を読みたいといってきたマイケルが、この街にいる。

うー、パニクってきた。

っていうか……メールしなきゃいけないのは、あたしのほうだけど。マイケルはちゃんとメールのエチケットを守って、あたしの返信を待ってるんだから。パタッと連絡を絶ったんだから、マイケルはどう思ってる？　せっかくやさしいこと――考えてみたらカレシでさえいってくれなかったこと――をいってくれたのに、いきなり音信不通になるなんて。

ううう……そういえば、あたしにはマイケルの首のにおいをしょっちゅうクンクンしたがるミョーな癖があったっけ。マイケルの首のにおいさえかげば、いつでもおだやかでハッピーな気分になれた。あんなのって、ホント……ラナにいわせれば、ヘンタイ。

でも……あたしの記憶が確かなら、マイケルはいつも、ＪＰよりはるかにいいにおいがした。ＪＰは相変わらず、ドライクリーニングのにおいしかしない。ラナにすすめられて、お誕生日にコロンをプレゼントしたけど。

意味なかった。ＪＰは、そのコロンのにおいになっただけだった。それプラス、ドライクリーニングの洗剤。

マイケルがマンハッタンにもどってきてたのに知らなかったなんて、信じられない！　パパが教えてくれて、ホントよかったー！

パパは、パパラッチに質問されたときにガードをかためておけるように話したんだといっている。こうして記者発表されたからには、近々じゅうぶんありえる話だ。

いわせてもらえば、ジェノヴィア広報課にコメントを考えてもらう必要なんてない。モスコーヴィッツ氏にとってほんとうによろこぶべきことだし成功を心からうれしく思っている、とか。プレス用コメントくらい、自分で考えられるもん。

うん、よかったー。マイケルがマンハッタンにもどってきても、あたし、まったく動揺してない。動揺してないどころじゃない。マイケルのために、よろこんでる。たぶんマイケルはあたしのことなんかけろっと忘れちゃってるだろうし、あたしの本を読みたいといったこともまったく覚えてないだろうし。っていうか、卒業論文。大金持ちのロボットアーム開発者になったいまとなっては、昔つきあってた女子高生とくだらないメールのやりとりをしようなんて、思いもよらないだろうし。

だいたいハッキリいって、マイケルとまた会えるかどうかなんて、どうでもいいし。だって、カレシいるもん。非の打ちどころのないカンペキなカレシが。いまだって、あたしをプロムに誘うサイコーにロマンチックな方法を考えてくれてるはず。茶色い馬を白く塗るとかじゃなくて。たぶん。

そろそろベッドに入ろうっと。きっと、あっという間に眠っちゃう。マイケルがマンハッタンにもどってきてるとか、マイケルがあたしの本を読みたがってたとか、うだうだ考えて眠れないなんてこと、ぜったいにないんだから！

ありえないってば。

見てなさいって。

4月28日　金曜日　ホームルーム

ううう……サイアクの気分。しかも、見た目もヒサン。ひと晩じゅう、マイケルがマンハッタンにいる、マイケルがマンハッタンにいる、ってもんもんとしてて眠れなかった。

しかももっとサイアクなことに、始業前の『アトム』の編集会議をサボっちゃった。ドクター・ナッツが知ったらしぶい顔をするだろうな。

今朝は、マイケルがコロンビア大学メディカルセンターにカーディオアームを寄付する授与式に、リリー編集長がだれかを取材にいかせるんじゃないかって気がしてならなかったから。っていうか、マイケルはＡＥＨＳの卒業生だし。ＡＥＨＳの卒業生が子どもたちの命を救う発明をして、それを有名大学に寄付するんだから、まちがいなく大ニュースだろうし。

この記事を最新号に載せるから取材にいけっていわれるような事態は避けたい。リリーはあたしに敵対するような行動を表だってはとらなくなったけど。あたしたち、できるだけおたがいを刺激しないようにしてるから。

だけど、その手のことはやりかねない。ちょっとしたへそ曲がり的思いつきで。

そしてあたしは、マイケルには会いたくない。っていうか、マイケルの輝かしいカムバックの記事を取材する高校生記者として、なんて。そんなの、たえられない。

しかも、卒業論文を読ませろって言われたら???

マイケルがおぼえてる可能性が低いのはわかってる。でも、ありえなくはない。

それにあたしの髪、今朝はうしろがミョーなカンジにピンピンはねちゃってるし。

ムリ。今度マイケルに会うときは、髪もばっちりキメて、ちゃんとした作家になっていたい。ああ、神さま、どうかお願いですから、このふたつともをかなえてください！

たしかにあたしは、ヨーロッパの小さい公国に民主主義をもたらした。それって、大きな成果だ。一八歳にして作家になりたいなんて（あと三日ほどで一八歳になっちゃうから非現実的だけど）、バカみたいだとは思う。

だけど、あの本を書くためにめちゃくちゃがんばったんだもん！　人生のほぼ二年間を、あの本に注ぎこんだ。まずはリサーチしなきゃだったから、それこそ五百冊くらいのロマンス小説を読んだ。で、自分はどういうふうに書こうか、考えた。

それから、中世のイギリスについての本を五百万冊くらい読んで背景を調べた。

そのあと、じっさいに書き始めた。

もちろん、たったひとつの歴史ロマンス小説が世界を変えるなんて思ってない。

だけど、読んでハッピーな気分になってくれる人が少しでもいたらうれしい。書いているとき、あたしがハッピーになったみたいに。

オーマイガーッ。あたし、どうしてどうでもいいことをいつまでもしつこく悩んでるの？　あたしには、ステキなカレシがいるんだから。いつも愛してるっていってくれて、しょっちゅうデートに連れてってくれて、まわりじゅうの人がみんな、カンペキだっていってくれるカレが。

たしかに、プロムに誘うのは忘れてたけど。あと、もうひとつ、例の問題があるけど。

だけど、どっちにしてもプロムにはいきたくなかった。だって、プロムなんて子どもっぽいし、あたしはもう子どもじゃないもん。あと三日で一八歳になる。そうなったら、法的にもオトナだし……。

だれもまだ、カーディオアームの話はしてない。すでにティナにも、シャミーカにも、ペリンにも、もちろんＪＰにも会ったのに。

まだ、インターナショナルビジネスCNN.com以外では報道されてないのかな。

どうか、このままこのニュースがどこでも流れませんように。

4月28日　金曜日　三階の吹き抜け

さっき、ティナから緊急メールがきた。授業の退出許可をもらってここで待ち合わせ、って！

何があったのかぜんぜん想像つかないけど、きっと一大事だ。あたしたち、最近は授業をサボらないように心がけてたから。じっさいは、もうすぐ大学にいくから授業に出る必要なんかないのに。

まさか、ボリスとケンカなんかしてないといいけど。あのふたり、めちゃくちゃ仲良しだもん。ボリスにはたまにイラッとするけど、ティナにベタボレなのはどこから見てもわかる。プロムの誘い方だって、めちゃくちゃステキだったし。プロムのチケットを赤いバラのつぼみにくっつけて、ティファニーの小箱まで添えてあったの。

オーマイガーッ。ティナのお気に入りの〈ケイ・ジュエラー〉からアップグレードしちゃってた。で、箱のなかにはまた箱が入ってた。ベルベットのリング用ボックス（ティナはそれを見て心臓発作を起こしそうになったらしい）。

なかには、超ゴージャスなエメラルドのリングが入ってた（婚約指輪じゃなくてステディの印のプロミスリングだって、ボリスがあわてていったらしい）。そしてリングの内側には、ティナとボリスのイニシャルがからみ合ったデザインと、プロムの日付が入ってた。

ティナは、もう少しで内臓を吐きそうになったといっていた。月曜日に学校にくると、みんなにリングを見せてくれた（ボリスは〈パーセ〉でディナーのときにわたしたらしい。いまのところニューヨークでもっとも高いフレンチレストラン。ボリスにそんなお金があるのは、あこがれのジョシュア・ベルのようにアルバムをレコーディングしたからだ。あれ以来、ボリスは自意識過剰になりっぱなし。しかも、来週カーネギーホールで演奏会をしないかっていわれて、それが卒業制作のかわりになった。あたしたち全員、招待されてる。ＪＰとあたしもいく予定）。

ティナのお父さんは、指輪のことをあんまりよく思ってない。けど、ボリスが送った冷凍オマハ・ステーキは、大好評だったそうだ（あそこのお肉、なかなか手に入らない最高級品だってあたしが教えてあげた。ボリスにはもっと感謝されてもいいはず）。

だから、ミスター・ハキム・バーバも、いつの日かボリスが家族の一員になるという考えを受けいれだしたみたいだ。

おっと、ティナがきた。泣いてないってことは、もしかして……。

4月28日　金曜日　三角法

あ、そ。ボリスのことじゃなかった。

マイケルのこと。

考えてみたら、わかりそうなものだったけど。

ティナは、あたしに関するニュースが出たらすぐにわかるようにグーグルのアラートを設定してる。

で、ニューヨーク・ポストにマイケルがコロンビア大学メディカルセンターに寄付を行うっていうニュースが載ったので、アラートがきた（インターナショナルビジネスCNN.comとはちがい、記事の焦点はマイケルが昔あたしとつきあってたことに当たってた）。

ティナって、やっぱやさしい。ほかの人にきかされる前に教えてくれようとしたらしい。パパがおそれてたみたいに、パパラッチからきくなんてことがないように。

あたしは、もう知ってるよ、といった。

それがまちがいだった。

「知ってる?! 知っていて、すぐにわたしに教えてくれなかったの? ミア、どうして?」

ほらね。あたしって、どうしてこうなんだろう。正直なことをいうたびに、問題が発生する。

「あたしも知ったばっかりなの。きのうの夜。でも、べつに動揺してないよ。ホント。マイケルのことはおわったの。いまはＪＰがいるし。マイケルがもどってきても、カンペキなんともないから」

オーマイガーッ。あたしって、とんでもないうそつき。

しかも、うそがうまいワケでもない。ティナは、めちゃくちゃうたがわしいって顔をしてた。

「マイケル、何もいってなかったの? メールで、もどってくるっていう話は出なかったの?」

もちろん、ホントのことはいえない。マイケルに卒論を読みたいっていわれて恐れをなしてメールするのをやめちゃった、なんて。

そんなことをいったらティナは、恐れをなした原因を知りたがる。そうなったら、あたしの卒論はじつは出版されるのを期待して書いたロマンス小説だってことを説明しなきゃいけなくなる。

そしてあたしは、それを知ったティナの悲鳴をきく心の準備ができてない。読みたいっていわれるのなんて、もってのほか。

「うん、出なかった」そう答えるしかなかった。

「ヘンねえ。だって、ミアたち、もう友だちになったんでしょう? 少なくとも、ミアはずっとそういっていたわよ。以前と同じように友だちにもどった、って。友だちだったら、片方がもう片方と同じ国に、それどころか同じ街にもどってくることになったら、話すのがふつうじゃない? いわなかったなんて、逆に意味深だわ」

「そんなことないってば」あわてていった。「急だったからじゃないかな。話すヒマもなくて……」

「メールを送るヒマもない？『ミア、マンハッタンにもどることになったよ』って？　ありえないわ」ティナは首を横にふった。長い黒髪が肩の上でゆれる。「何かあるに決まってるわ」ティナはうたがわしそうに眉を寄せた。「なんとなく、想像はつくけど」

ティナのことは大好き。べつべつの大学にいくのは、すごくさみしい（ティナと同じＮＹＵにはいくら入学許可されててもいけない。ＮＹＵなんて、あたしにはめちゃくちゃレベル高い。ティナは胸部外科医を目指して医進課程のクラスをとるからほとんど会えないだろうし）。

だけどいまは、ティナのいつものぶっとんだ理論をきく気分じゃない。

ってことで、あたしはティナの口に手を当ててだまらせた。

「やめて」

ティナはビックリして、大きな茶色い目をぱちくりさせた。

「ふぇ？」ティナはあたしの手のむこうでいった。

「いわないで。何をいおうとしてるか知らないけど」

「イヤなことじゃにゃいわにょ」ティナはあたしの手のひらにむかっていった。

「そういう問題じゃなくて、とにかくききたくないの。いわないって約束してくれる？」

ティナはうなずいた。あたしは手をどけた。

「ティッシュ、いる？」ティナはあたしの手を見ながらいった。もちろん、リップグロスでギトギト。

今度はあたしがうなずいた。

とうとう、ティナはいった。「で、どうするつもり？」

「べつに、どうもしないよ」

「だって、ミア……」ティナは、しんちょうにことばを選びだした。「ミアとＪＰがもんくなく幸せなのはわかってるわよ。でも、マイケルに会いたいって、これっぽっちも思わないの？」

ラッキーなことに、ちょうどそのときベルが鳴ったので、荷物を持って〝すたこらさっさかさー〟（ロッキーの最近のお気に入りのことば）しなきゃいけなかった（ロッキーがいつそんなことばを開発したのか知らないけど。あと、スニーカーのことを、〝すたっこらー〟とか。オーマイガーッ。大学にいってるあいだロッキーの成長ぶりを見られないなんて、さみしすぎ。休暇には、ジェノヴィアにいかないかぎりはもどってこられるけど、いっしょに暮らすのとはちがうもん！）。

で、ティナの質問には答えずにすんだ。

なんかいまとなっては、ティナの理論をきいとけばよかったかなって気もする。やっと、心拍数が平常に近くなってきたから（どういうわけか、吹き抜けにいたときはめちゃくちゃバクバクしてた）。

ハッキリいえるけど、きいてたら、ぜったいに笑っちゃってたはず。

あ、そっか。あとできいてみればいいんだ。

やっぱ、やめとこうかな。

うん、やめといたほうがいいかも。

4月28日　金曜日　G&T

なんかね。みんな、すっかりどうかしちゃってる。

そのうち数名（つまり、ラナ、トリーシャ、シャミーカ、ティナ）は、いくらなんでもいきすぎ。

卒業前で気が抜けたって言い訳をいいことに、なんでもアリにしちゃってるんだろうけど。

ティナとランチの前に廊下を歩いていると、ラナとトリーシャとシャミーカにバッタリ会った。ティナは、まわりの騒々しさに負けないように大声でいった。「みんな、マイケルがもどってきたのよ！　ロボットアームが大成功をおさめたんですって！　マイケル、大金持ちになったのよ！」

ラナとトリーシャは想像どおり、金切り声をあげた。近くにあった火災報知機のガラスがバキバキ割れるかと思った。シャミーカは比較的落ち着いていたけど、目をギョッと見開いた。

それから、みんなで学食でヨーグルトとサラダを買うために並んでるとき（まったく。みんな、プロムまでに二キロ落とそうと必死。あたしは、トウフバーガーにした）、ティナがみんなに、マイケルがコロンビア大学メディカルセンターにカーディオアームを寄付する話をした。ラナがいった。

「ウッソー。それって、いつ？　明日？　みんなでいこっ」

あたしは、心臓が口から飛び出しそうになった。「ううん。みんな、って、あたしはいかないよ」

「あたしもー」トリーシャが賛同する。「あたし、日サロの予約してるし。白のドレス着るから」

「何いってんの」ラナは、全員のぶんのダイエットコーラをとりながらいった。「日焼けなんて、いつでもいいでしょ」

「だけど、月曜日はミアのパーティだってあるし。セレブもくるんでしょ?」

「トリーシャのいうとおりだよ。優先順位ってものがあるから」あたしは断固としていった。「青白い肌でセレブの前に出ないことのほうが、あたしの元カレをストーカーすることより大切」

「マイケルをストーカーするつもりはないけど」シャミーカがいった。「ラナには賛成。こんなイベント、見逃す手はないわよ。マイケルがどんなふうか、見てみたいし。ミアは見たくないの?」

「うん」あたしはきっぱりいった。「しかも、入れないんじゃないかな。招待客とマスコミ以外、シャットアウトだと思うよ」

「あら、そんなの楽勝よ」ラナがいった。「ミアならなんとかできるでしょ。プリンセスだもの。しかも『アトム』の編集じゃないの。プレスパスをリリーにもらえばいいでしょ」

あたしはランチのトレイを持って、ラナをギロリとにらんだ。一瞬の間があって、ラナは自分がいったことの意味に気づいたらしく、いった。「あ、そっか。マイケル、リリーのお兄さんだものね。それにリリーは、去年ミアがマイケルをフッたことでキレちゃってるままだっけ?」

「もう、この話はやめよう」なんか、もう食欲なくなってきた。

「ラナの妹、今年は『アトム』に記事を書いてないの?」シャミーカがラナにたずねた。

ラナは、妹のグレチェンのほうに目をやった。ドア近くのテーブルに、ほかのチアリーダーたちといっしょにすわってる。

「あっ、そっかー。いいとこに気づいたわね。あの子って、いまからいい大学に入ることなんか考えちゃってるから、課外活動の欄に書けることにはやたら熱心なの。今朝もまちがいなく、『アトム』の編集会議に出てるはずよ。マイケルの取材にいけるかどうか、きいてこようっと」

うー、ふたりとも、フォークで刺してやりたい。

「もういいかな」あたしは、歯ぎしりしたい気分でいった。「あそこのテーブル、ＪＰがいるんだからね。みんな、いっしょにすわるならこの話はやめてね。カレシの前だし。いい？」

あたしはＪＰをじっと見すえながら、テーブルにむかった。ラナのほうを見たい気持ちを必死でおさえながら。ＪＰは、ボリスとペリンとリン・スーとしゃべっていたけど、あたしに気づくと顔をあげて、ニッコリした。あたしもニッコリした。

だけどあたしは視線のはしっこで、ラナが妹の頭をぽんとたたいて、ミュウミュウのバッグをうばってなかを引っかきまわしてるのを見てしまった。

ううう。何をしてるのかは、ミエミエ。グレチェン、明日の授与式のプレスパスを持ってるんだ。

「調子、どう？」ＪＰはあたしがすわるとたずねた。

「サイコー」あたしはうそをついた。

ミア・サモパリスの真っ赤なうそNo.５。

「そりゃ、よかった。あ、そうだ、ききたいことがあったんだ」

あたしは、トウフバーガーを口に持っていく途中でかたまった。オーマイガーッ。ここで？　いま？　ＪＰってば、学食で、みんなの前で、あたしをプロムに誘うつもり？　それがＪＰのいうロマンチックな誘い方？

　まさかね。ありえない。ＪＰは前に、両親が出かけているときに家で料理を作ってくれたことがある。あのときなんか、スッゴい演出だった。

　バレンタインだって、はずさなかった。一回目のバレンタインは、カワいいハートのロケットに（もちろんティファニー）ふたりのイニシャルが彫ってあったし、二回目は、ダイアモンドがつながってるネックレス（うちの外ではじめてキスしてからずいぶんたったね、っていう印）。

　まさかそのＪＰが、学食でトウフバーガーをかぶりついてる最中にプロムに誘うわけがない。だけど考えてみたら……ＪＰは、誘う必要さえないと思ってたんだっけ。ってことは……。

　ティナはボリスのとなりにトレイをすべらせながら、ＪＰのことばをきいて、口をあんぐりあけた。ティナっていつも、これだから。やっぱり、『心を解き放って』のことはぜったい話せない。ティナがだまっていられるワケがないもん。

　ティナはハッとわれに返るといった。「えっ？　ＪＰ、ミアにききたいことがあるの？　ねえ、みんな？　ＪＰがミアにききたいことがあるんですって」

　ＪＰは、ちょっとほっぺたを赤くした。学食じゅうが静まりかえって、みんなが期待をこめた目でこちらを見つめている。「グプタ校長とか先生方に、大学の推薦状を書いてもらったお礼を用意したかどうか、ききたかったんだけどさ」

　おっと。あ、そ。ほっ。

「うん。ジェノヴィア製手吹きクリスタルのゴブレット六個セット。王室の紋章入り」

「そっか。うちは、〈バーンズ&ノーブル〉の商品券を買おうかって相談してたんだ」

「いいと思うよ」おばあさまはいつも、贈り物のこととなるとやりすぎる傾向にあるから。

「うちは、スワロフスキーのクリスタルのリンゴ」リン・スーとペリンが同時にいった。ふたりとも必要以上にオタクっぽく見えた。いまじゃ、ちがうのに。〝リュック隊〟とはすっかり手を切ってる。

〝リュック隊〟というのは、JPがケニー――っていうか、ケネス――のグループにつけた名前で、どこへいくにも本がぎっしりつまった巨大リュックをしょっているオタクたちのこと。

リリーも前は学食で同じテーブルにすわっていた。でもいまは、『リリーにおまかせ』の視聴率が急上昇して、お昼休みもいそがしくて学食でのんびりしてられなくなった。リリーは最近、ピアスをいくつもして、しょっちゅう髪の色をかえて、ふしぎな植物みたいに見える。リュック隊のみんなは、リリーがこなくなってさぞかし残念がってるだろうな。

「ね、決定よ」ラナが、トレイをおきながらいった。「明日の二時ね、ヘンジンちゃん」

最近ラナは、あたしを呼ぶのにただの〝ヘンジン〟じゃなくて〝ちゃん〟をつけるようになった。悪気はないのはわかってきたけど。

「何が明日の二時だって?」JPがたずねた。

「べつに」あたしはあわてていった。するとシャミーカが、自分のトレイをテーブルにおきながら、援護してくれた。「ネイルサロンの予約よ。ダイエットコーラ、持ってきてくれてありがと、ミア」

「なんの話をしてるんだ」JPがボリスにたずねた。

「きかないほうがいいよ」ボリスはさとすようにいった。「ムシしてれば、そのうちおさまるから」

暗黙(あんもく)の了解(りょうかい)みたいに、どんどん決まっていく。そしてランチがおわって教室にむかって歩いてるとき、男子たちがいなくなるとみんなして大っぴらに話しだした。ラナは、グレチェンからプレスパスを（ふたりぶん。記者用とカメラマン用）うばいとっていた。マイケルがコロンビア大学にカーディオアームを寄付する授与(じゅよ)式の。

どうやら、全員で乗りこむつもりでいるらしい（プレスパスふたりぶん＝五人全員の入場許可書、というラナ・ワールド的な思考）

だけど現実のワールドでは、あたしもいくと思ったら大まちがい。あたし、あの場所に近づく気はさらさらないから。っていうか、マイケルには会いたくないし、会うわけにはいかない。ましてや、ラナ・ヴァインバーガーの妹のプレスパスをつかってこそこそ会うなんて、じょーだんじゃない。ぜったいに。

げっ、ボリスがまたあの曲をギーコギーコ練習しだした！

リリーなんか、教室にきやしないし。ま、いまさらおどろかないけど。『リリーにおまかせ』がソウルで放送されることが決まってから、G&Tの教室にはあらわれてない。毎日、お昼休みと五時間目は、撮影(さつえい)をしている。学校側もリリーが校外に出るのを許可して単位まであげちゃってる。

それって、クールだと思う。たぶんリリーは、韓国(かんこく)では大スターだろうな。

っていうか、リリーがスターになるのは前からわかってたけど。

ただ、スターになってもリリーとは友だちでいるような気がしていた。

ま、ものごとには変化がつきものなんだろうな。

4月28日　金曜日　フランス語

ティナは、がんがんメールしてくる。あたし、返信してないのに。

明日、マイケルがコロンビア大学メディカルセンターにカーディオアームを寄付するのを見にいくのに、何を着ていくのかってしきりにきいてくる。

ティナ・ワールドで暮らしたら、どんな気分なんだろう。

何もかも、キラキラ光ってるんだろうな。

4月28日　金曜日　心理学Ⅱ

とうとうティナに、明日いくつもりはない、とメールした。

そのあとピタリとメールがやんだから、ティナ・ワールドで何が起きてるんだろう、ってちょっとふしぎ。

だけど、五秒ごとに着信音が鳴らないのって、平和。

アメリアへ。まだあなたのへんずをもらっていませんにょ。パーティのしょうたいきょくを25めい、へらしてもらうひつようげあります。せんちょうが、さんびゃくにんをのせてふねをだすのはむりだろうといっているのでしゅ。さいだいで、275にんまでへらさなければいけめせん。フランクのめいとおいのネイサンとクレアは、こなくてもいいのではないかとおもっていましゅ。あなたのおかあさまは、どうでしょう？　いなくてももんだいないのではありませんけ？　わかってくれるでしょううううう。あと、フランクもでしゅううううう。でんわをまっていますよ。あなたのおばあさま、クラリッサより。Sent from BlackBerry

オーマイガーッ。

主要組織適合遺伝子複合体（ＭＨＣ）：ほとんどの哺乳類に見られる遺伝子群。嗅覚（におい）の認知によって仲間を選別するときに重要な役割を果たすといわれている。研究によると、女子大生に男子が着用したＴシャツのにおいをかいでもらうと、自分のＭＨＣとはまったく異なるＭＨＣを持つ男子が着用したものを必ず選ぶ。このことは、ＭＨＣが異なる男性が遺伝子的に理想的な相手であるという事実によるものだといわれている（反対のＭＨＣ遺伝子を組み合わせると、最強の免疫システムを持つ子孫が生まれる)。男女が遺伝子的に異なれば異なるほど、その子孫の免疫システムは強くなる。このことは、その種のメスの嗅覚を通じて証明することができる。

宿題

世界史：期末テスト勉強

英文学：同上

三角法：同上

G&T：うー、もうショパンはこりごり

フランス語：期末テスト

心理学Ⅱ：期末テスト

4月28日　金曜日　ドクター・ナッツの待合室

サイアク。ラストから二番目のセラピーのためにやってきたら、だれがすわってるかと思えば……ジェノヴィアの未亡人のプリンセスその人。

「は？　どーゆー……」キレかけたけど、ギリギリふみとどまった。

「アメリア、やっと会えましたね」おばあさまは、カーライル・ホテルでお茶するために待ち合わせてたかなんかみたいにいった。「どうして電話をかけてこないのです？」

あたしは、ギョッとした。「おばあさま。これからあたし、セラピーなんだけど？」

「ええ、わかっています」おばあさまは、受付の人にニッコリしてみせた。「承知の上です。ほかにどうやって連絡をとれというのです？　あなたときたら、折り返し電話もしてこなければ、わたくしのメールに返信もしてこないのですからねぇ。あなたたち若者は、やけに熱心にメールばかりしているものと思っていましたけれど？　まったく、ここでつかまえる以外に方法がなかったのですよ」

「おばあさま」本気でキレそうだった。「お誕生日パーティの招待客のことなら、おばあさまの社交界の友だちを呼ぶために自分の母親と義理の父親をリストからはずすつもりはないからね。あといっとくけど、こんな話をするためにセラピーの前に待ち伏せするなんて、ホントいけないことだから。

前にいっしょにセラピー受けたことはあるけど、あれは前もってスケジュールを決めてやったことでしょ。勝手にきて、あたしにあれこれ……」

「おや、まあ」おばあさまは、手をひらひらさせた。イラン国王から贈られたサファイアのカクテルリングがピカピカ光る。「何をいっているのです。招待客のことなら、ヴィゴが解決してくれましたよ。それに心配はいりません。あなたのお母さまははずしていませんから。もっとも、お母さまのご両親に関しては知りませんけれどねぇ。操縦室からのながめを楽しんでくれるといいのですが。まったく、そんな話をしにきたのではありませんよ。わたくしの用件は、〝あの少年〟のことです」

一瞬、何をいわれてるのか、わからなかった。「JP?」おばあさま、JPを「あの少年」って呼んだことはないのに。お気に入りだから。ふたりでいっしょにいると、あたしがきいたこともない古いブロードウェイのミュージカルの話に夢中になっちゃっておばあさまは、おじいさまと結婚してヨーロッパの小国のプリンセスになるという選択をしてなかったらショービジネスの世界で大成功してたって、かなりはげしく思いこんでいる。

「ジョン・ポールではありません」おばあさまは、何をいいだすかと思えば、みたいな顔をした。「もうひとりのほうですよ。あと……あの少年が発明したもののことです」

マイケル? おばあさま、マイケルの話をするためにあたしをセラピーの待合室まで追いかけてきたの?

やれやれ。ヴィゴ、ありがと。ホントによけいなお世話をしてくれて。おばあさまのブラックベリーに、あたしに関するニュースのグーグルアラートを設定してくれたんでしょ?

「何いっちゃってんの？」この時点では、おばあさまが何をたくらんでるか、まったくわかってなかった。ぜんぜん、ピンときてなかった。まだ、おばあさまが心配してるのはパーティのことだと思いこんでいた。「マイケルも招待したいの？　あのね、悪いけど、おばあさま、ムリ。いくらマイケルが大金持ちの有名発明家になったからって、急にパーティに招待なんかできないよ。もしおばあさまがマイケルを招待したら、ハッキリいっとくけど、あたし……」

「いいえ、アメリア」おばあさまは手をのばしてきてあたしの手をつかんだ。いつもの、坐骨神経痛の部分にマッサージをしろと強要するときとはかなりちがったカンジで。なんか、まるであたしの手をつかんだというより……包みこんだみたいなカンジ。

　あたしはかなりビックリして、革のソファにしずみこんでおばあさまを見つめた。えっ？　どうしちゃったの？

「アームですよ」おばあさまはいった。フツーの人みたいに。お茶を飲むときに小指を立てるなって命令してるときとはまったくちがった口調で。「ロボットアームです」

　へ？　あたしは目をぱちくりさせた。「なんて？」

「必要なのです。病院にひとつ。ひとつ、いただいてもらわなければいけません」

は???　あたしは、さらに目をぱちくりさせた。前からおばあさまって頭がおかしいんじゃないかとは思ってたけど……っていうか、おばあさまと会った瞬間からずっと。

「おばあさま」あたしは、そーっとおばあさまの脈に触れた。「心臓のクスリ、ちゃんと飲んでる？」

「寄付を求めているのではありません」おばあさまは早口でいった。少し、いつものおばあさまっぽくなってきた。「お金は払うと伝えてください。アメリア、考えてもごらんなさい。ジェノヴィアの病院にあのような器具を入れることができれば、わたくしたちの国民の健康状態をかなり引き上げることができるのです。心臓手術のためにパリやスイスまでいかなくてもよくなるのですよ」

あたしはおばあさまに握られた手を引きぬいた。あ、そ。そういうこと。

「オーマイガーッ！　おばあさま！」

「なんです？」おばあさまは、あたしの大声にうろたえた。「どうしたというのです？　わたくしは、マイケルに発明した器具をひとつわけてもらいなさいといっているだけですよ。寄付ではありません。さっきもいったように、お金はきちんと……」

「だけど、前につきあってたのを利用しろっていってるんでしょ。そうすれば、パパが選挙でルネより有利になるから！」

おばあさまは、入れ墨の眉毛を寄せた。

「選挙のことなど、ひと言もいってないではありませんか！」おばあさまは、超エラそうにいいはなった。「ですけれどね、アメリア、あなたが明日のコロンビア大学の授与式にいく予定なら……」

「おばあさまっ！」あたしはソファからぱっと立ちあがった。「なんてオソロしいことというの？　パパがカーディオアームを買ったら選挙で有利になるって本気で考えてる？」

おばあさまは、ぽかんとした顔であたしを見つめた。

「ええ。そうですよ」

「民主主義って、票をお金で買えないことに意義があるんだよ！」

「おやまあ、アメリア」おばあさまは、バカにしたようにふんっといった。「何を子どもっぽいことをいっているのです？　お金で買えないものなどありませんよ。それに、これをきいたらどう思うでしょうねぇ？　この前、かかりつけ医にいわれたのですよ。わたくしの心臓の状態がさらに悪化しているそうなのです。バイパス手術が必要になるかもしれないのですよ」

えっ？　おばあさま、マジメな顔でいってる？

「それって、ホント？」

「ええ。すぐに、というわけではありませんけどねぇ。けれども、サイドカーは週に三杯に減らさなければいけないといわれてしまいましたよ」

ううう……やっぱ、だまされた。

「おばあさま。帰って。いますぐ」

おばあさまは、顔をしかめてみせた。

「アメリア、あなたのお父さまが今回の選挙で負けるようなことがあったらどれほどの打撃を受けるかはわかるはずですよ。ジェノヴィアのプリンスであることにはかわらないとはいっても、統治をしなくなるのですからねぇ。そしてそれは、アメリア、ほかでもないあなたの責任なのですよ」

キィーッ。もう限界。「出てって！」

おばあさまは出ていった。ラーズと受付の人にむかって陰険にブツブツいいながら。ふたりとも、あたしたちのやりとりをめちゃくちゃおもしろそうにながめていたから。

ハッキリいって、どこがおもしろいのか、さっぱり意味不明。

たぶんおばあさまにとっては、元カレを利用して予約待ちリストの先頭に割りこんで（マイケルがそんなことしてくれるはずないし）、一〇〇万ドルする医療器具をゲットすることなんて、日常的な行為なんだろう。

だけど、いくら同じ遺伝子を持ってるからって、あたしはおばあさまとはまったくちがう。

共通点はゼロ。

4月28日　金曜日
ドクター・ナッツの診療室から家に帰るリムジンのなか

ドクター・ナッツは例によって、あたしの問題にこれっぽっちも同情を示してくれなかった。すべては自分でまいた種だと思ってるらしい。

どうしてあたしには、フツーのやさしいセラピストがついてくれないの？

オーマイガーッ。よりによって、マンハッタンじゅうでただひとり、向精神薬を信用してないセラピストに当たっちゃうなんて。しかも、あたしの身にふりかかるしょうもないできごとはすべて（少なくとも最近のことは）、自分の気持ちに正直にならないせいだと思ってるんだから。

「カレシが卒業プロムに誘ってくれないことが、どうして自分の気持ちに正直にならないせいだっていうんですか？」あたしはきいてみた。

「では、誘われたら？」ドクターは、質問を質問で返してきた。セラピストの常套手段のひとつ。

「イエスというつもりだったのかい？」

「えーっと」なんか、決まり悪くなってきた（ほーらね！　あたし、自分の気持ちに正直になって、この質問をされて決まり悪いって認めてるもん！）「プロムにはいきたくないんです」

「自分がさっきした質問の答えはもう出ているんじゃないかな」ドクターの目が、メガネのレンズの奥で自己満足の光をキラリと放った。

は？　どーゆーイミ？　だからなんだっていうの？

それからもうひとつ。どうしてもいっときたいことがある。

セラピーなんて、もはやあたしの役には立たない。

たしかに以前、役に立ったことはあった。ドクターが飼っていた馬たちの話をえんえんとしてくれたことでどん底から脱出できたし、パパのことも、ジェノヴィアのことも、王家がプリンセス・アメリの行政命令を知っていてかくしていたといううわさのことも、気にならなくなってきた。もちろん、大学進学適性試験とか、願書の提出とか、マイケルやリリーを失ったこととかも、忘れさせてくれた。もしかして、もうプレッシャーもなくなったし（ある程度）、ドクターは子どものセラピストだしあたしはもう子どもじゃないから——っていうか月曜日以降はもうオトナ——セラピーを卒業する準備が整ったのかも。だから、来週が最後のセラピーなんだ。

ま、いいけど。

あたしはドクターに、大学をどうやって選べばいいかとか、パパの選挙に間に合うようにカーディオアームを売れってマイケルにたのむよういわれてることとかを相談しようとした。あと、『心を解き放って』のことを正直にみんなにいうべきかどうか。

ドクターは、建設的なアドヴァイスをくれるかわりに、前に飼っていたシュガーという名前の馬について語りだした。だれもがすばらしい馬だといっているときいて買ったサラブレッドで、たしかにドクターもすばらしい馬だと思った。

書類の上では。

シュガーは紙の上ではたいへんすぐれた馬だったけど、ドクターは相性が合わなくてけっきょく売ることにした。だんだんシュガーを避けてほかの馬にばかり乗るようになったから、シュガーにとってもよくないと判断して。

は？　で、この話が、あたしとどういう関係があるの？

だいたい、馬の話なんてもうこりごりで、これ以上きかされたらギャーッて叫んじゃいそう。

しかも、どこの大学にいこうかとか、ＪＰ（とマイケル）のことをどうしようかとか、どうやったらみんなにうそをつくのをやめられるかとか、何ひとつ解決してない。

みんなに、ロマンス小説家になりたいってさらっといえばいいかな？　っていうか、そんなことをいっても笑われる（ロマンス小説をじっさいに読んでない人はとくに）のはわかってるけど、べつに気にならないし。プリンセスだって、笑われるから。そんなの、もう慣れっこだもん。

でも……みんながあたしが書いた本を読んで、これってもしかして……

あたしのことだって思ったら？

だって、ちがうもん。弓矢の撃ち方なんて知らないし（あたしをモデルにしたあのまちがいだらけの映画に出てくることは、うそばっかり）。

だいたい、馬にシュガーなんて名前、どういうつもり？　あまりにもありがちじゃない？

4月28日　金曜日　午後7時　ロフト

ドラクロワ様
原稿をお送りいただき、ありがとうございます。検討を重ねた結果、『心を解き放って』の出版は今回は見送りとさせていただきました。

ペンブルック出版

またしても！

お誕生日パーティ狂想曲の前奏がすでに始まってる。おばあちゃんとおじいちゃんは、今回はトライベッカ・グランドホテルに泊まる予定で、ママとジャニーニ先生は、できるだけふたりっきりで行動させないように必死で準備してる。

おっと。ティナからメールだ。

ロマンスいのち：明日の一時半、ブロードウェイ168で待ち合わせね。献納式っていったかしら？　とにかくその式は二時スタートで、早めに着けばいい席がとれるわ。そうすれば、マイケルを近くで見られるわね。

彼女たちはどうして、あたしがそんなものにはいかないってことをわかろうとしないのかな。

でぶルーイ：ラッキー！

「ラッキー」ってのは、うそじゃない。だって、ティナのいってること、ラッキーそうにきこえるから。

みんながブロードウェイ168で待ちぼうけをくらうのは心苦しいけど、人生が公平だなんて、だれがいった？

ロマンスいのち：待って……ミア、まさか、こないつもりじゃないでしょうね？

げっ。どうしてわかったの???

でぶルーイ：いかないよ。いかないっていったよね？

ロマンスいのち：ミア、こなくちゃダメよ！　ミアがこなかったら意味ないわ！　だって、マイケルがあのあとどんなふうになったか、少しくらい興味あるでしょう？　それに、もうごまかさないでね……マイケルがまだミアのことを思ってるかどうかも。そういう意味で、ね。

でぶルーイ：ティナ、あたしにはもう、カレがいるんだよ。どっちにしても、公(おおやけ)の場で会っただけでマイケルがまだ「そういう意味で」あたしを思ってるかどうかなんてわかるわけないでしょ？

オーマイガーッ。まだ思ってるかどうか???

ロマンスいのち：きっとわかるわ。遠くで目が合っただけで、わかるはずよ。だから、ね？　何着ていく？

ちょうどいいタイミングで、ＪＰから電話がきた。今日のところはリハーサルがおわったから〈ブルーリボン〉にスシを食べにいこう、っていうお誘(さそ)い。お父さんのプロデューサーとしてのコネをつかえば、ふたり分のテーブルを用意してもらえる（金曜の夜の人気店だから、フツーならムリ）。

タゴハンのべつの選択肢としては、きのうのピザの残りと、おとといの〈ナンバーワン・ヌードル・ソン〉のコールドセサミヌードルの残り。

または、プラザホテルの改装したてのおばあさまのコンドミニアムにぶらっと顔を出して、おばあさまとヴィゴといっしょにサラダを食べながら、パーティの計画を立てる。

うーん、どうしよう？　選べない。

でも考えてみたらJPはここぞとばかりに、あたしをプロムに誘うかもしれない。お誘いカードをカキの殻とかウナギとかの下にすべりこませるとかして。

だけど、この会話をおわらせるためなら、それくらいのキケンは覚悟しなきゃ。

でぶルーイ：ごめん、ティナ。これからJPと出かけるの。あとでメールするね！

4月28日　金曜日　真夜中　ロフト

今夜のディナーでプロムに誘われるかも、なんて心配は無用だった。JPはリハーサルでくたくたで――しかもイラついてた。

で、ディナーがおわると、あらたな問題発生。なんかミョーなんだけど、ＪＰとデートのときはやたらパパラッチがあらわれる気がする。マイケルのときは、そんなことなかったのに。

これが、ただの大学生（当時マイケルはそうだった）とデートするのと、ＪＰみたいな金持ちプロデューサーの息子とデートするのとのちがいかも。

とにかく、〈ブルーリボン〉を出ると、パパラッチがわんさか待ちかまえていた。一瞬、ドリュー・バリモアがあたらしい恋人といっしょにきてるとかだと思って、思わずきょろきょろしちゃった。だけど、写真を撮ろうとしてる対象は、あたしだった。

最初はべつに、かまわなかった。ルブタンのあたらしいブーツはいてたし、写真くらいよくってよって気分だった。ラナのいうように、ルブタンさえはいてれば悪いことはぜったいに起きない（インテリジェンスは感じないけど、的を射てる）。

そのとき、ひとりが叫んだ。「プリンセス！　お父さんが選挙で負けそうで、しかも相手は、国どころかコインランドリーの洗濯機さえ動かせないいとこだということを、どう感じていますか？」

あたしだって、ムダに四年も（まあ、中断はあったけど）プリンセス・レッスンを受けてきたワケじゃない。こんな質問に動揺するもんですか。あたしはさらっと答えた。「ノーコメントです」

だけど、それがまちがいだったらしい。ひと言でも返事をしたら最後、パパラッチたちはよってたかって質問を浴びせてくる。ＪＰとラーズといっしょにロフトにもどろうとしても（お店からたったの二ブロックだから、わざわざリムジンでこなかった）、パパラッチたちが押しよせてきて、まともに歩けない。しかもあたしのルブタン、一〇センチヒールだし。

だから、ラーズとＪＰに両脇をかためられてても、パパラッチたちはしっかり追いついてきた。

「お父さんは、世論調査で敗色が濃厚になっているんですよね？」『ジャーナリスト』の記者がいった。「さぞかしご心痛なことでしょう。もともとプリンセスがよけいなことをいわなければ、こんなことにはならなかったんですから」

なんてヒドいことをいうの？　しかも、政治のことなんてまったくわかっちゃいない。

「わたしは、ジェノヴィア国民のために正しいことをしただけです」あたしはおばあさまに教わったとおり、カンジいい笑みを浮かべる努力をしながら答えた。「では、失礼します……」

「みなさん、もういいでしょう？」ＪＰがいった。ラーズがコートをひらいて銃をちらつかせてるけど、それくらいでパパラッチはひるまない。撃つわけないのがバレバレだから（もっともラーズは必要に応じて、肩をゆすって蹴散らすことはある）。「彼女にかまわないでもらえませんか？」

「あなたがボーイフレンドですね？」パパラッチのひとりがいった。「アバナシー-レノルズさん？それとも、レノルズ-アバナシーさんでしたっけ？」

「レノルズ-アバナシーです。あの、押さないでいただけますか？」

「自分は、手首だけをつかって鼻の軟骨を頭のなかにぶちこむ特別訓練を受けているんだが……」ラーズがパパラッチにむかっていった。「それに関して、どうお考えです？」

「プリンセス、月曜日のパーティに、サー・ポール・マッカートニーがデニス・リチャーズを連れてくるというのはほんとうですか？」レポーターのひとりが叫んだ。

「ウィリアム王子も出席するのですか？」べつのレポーターが叫ぶ。

「元カレは？」三番目が叫ぶ。「マンハッタンにもどってきたからには……」

その瞬間、ラーズがタクシーをとめて、あたしをホントに放りこんだ。そして、レポーターを全員ふりきるまでソーホーを何周かするようにいった（みんな、ロフトで待ち伏せはしなくなっていた。ママとジャニーニ先生とあたしをふくむ住人たちが、何度も頭の上に水入り風船を投下させたから）。

あー、ＪＰがお芝居でいそがしくてよかったー。あたし（またはマイケル・モスコーヴィッツ）の名前をググるくらいなら、朝ゴハンを食べるのを思い出すのが先だろうし。それくらい、いまはいそがしい。

というわけでロフトにもどってくると、レポーターがうろついている痕跡はなかった（ママの狙いがバッチリなおかげで、何度もびちょびちょになった経験があるから）。

するとＪＰが、寄ってもいいかとたずねた。

ＪＰに指摘されて（ラーズにきかれないようにこっそり耳元で）気づいたけど、あたしたち、ずいぶん長いことふたりっきりになってない。ＪＰのリハーサルやら、あたしのプリンセス関係やらで。

そこであたしはラーズに玄関でおやすみをいって、ＪＰを家にあげた。だってＪＰはさっき、スゴくやさしかったし。パパラッチからあたしを守ってくれて。

ＪＰについてきたうその数々を思うと、罪悪感。ホント、悪いと思ってる。

4月29日　土曜日　午前10時　ロフト

目が覚めてからというものずっと、レポーターにいわれたことが頭のなかをかけめぐってる……パパが世論調査で負けてるってことと、それがぜんぶあたしの責任だってこと。

そんなことないのはわかってる。っていうか、まあ、たしかに選挙を行うことになったのはあたしの責任だけど。

でも、パパが負けてるのはあたしの責任じゃない。

そう考えるとつぎはごく自然な流れとして、ドクター・ナッツの待合室でおばあさまがいってたことがよみがえってくる。マイケルのカーディオアームをひとつ手に入れることができれば、パパがルネに勝つ可能性が高くなる、って。

ただし、そんな考え方はいけないのもわかってる。ジェノヴィアにカーディオアームが必要なのは、国民の命を救うためだ。

王立ジェノヴィア病院にカーディオアームがひとつあったところで、おばあさまが信じこんでるみたいに、経済が活性化されたり、観光客が増えたり、パパの選挙に役に立ったりはしない。

だけど、病気の人が治療(ちりょう)のためにわざわざ国外の病院にいく必要がなくなるのはたしかだ。自分の国でロボットアームによる心臓手術を受けられるんだから。時間と費用の節約になる。

しかも記事に書いてあったけど、治りも早い。カーディオアームは精度が高いから。

あたしは何も、カーディオアームを手に入れればみんながパパに投票するだろう、なんていってるんじゃない。ただ、国民のためになるしプリンセスとして正しい行為だっていってるだけ。

それに、今日あそこへいくからといって、マイケルと復縁したがってるってことにはならない。っていうか、むこうにその気があればだけど、それってぜったいにありえない。マイケルはもう遠い存在だもん。その証拠に、マンハッタンにもどってきてるのに電話もしてこない。メールも。

あたしはただ、コロンビア大学のあの式にいくべきだと感じてるだけ。真のプリンセスなら国民のためにそうすべきだから。国民に、最新式の医療器具を手に入れるべき。

ただし、そうすることで世界一しょうもない人間みたいにならずにすむ方法がわからない。っていうかまさか、「ねえマイケル、あたしたちって前につきあってたんだから、あたしがヒドいことをしたのは置いといて、ジェノヴィアをカーディオアームの予約待ちリストの一番にねじこんでくれない？　小切手なら用意してあるから」とかいえないし。

だけど、どういってもけっきょく同じな気がする。プリンセスたるには、自分のプライドを捨てて国民のために正しいことをすることも必要。いくら、内心は恥ずかしくてしょうがなくても。

それに、マイケルはまだ、ジュディス・ガーシュナーのことであたしに借りがあるし。

過去の恋愛関係を利用してカーディオアームを手に入れようだなんて、ごう慢だしズルいかもしれないけど、大切なのはジェノヴィアだし。

国のためにしなきゃいけないことならなんでもするのが、あたしの王族としての義務。ティアラのコームを頭にさしてきたこの四年間は、ムダじゃなかったはず。

おばあさまから学んだのは、スープ用のスプーンの見分け方だけじゃない。

ティナに連絡しようっと。

4月29日　土曜日　午後1時45分
コロンビア大学メディカルセンター
サイモン&ルイーズ・テンプルマン治療パビリオン

サイアク。失敗。大まちがい。超ダメダメ。

目が覚めたときは、ジェノヴィア国民のためだっていう崇高な考えを持っていた。

正直いって、ちょっとだけ下心もあったかも。パパの選挙に有利になるって。

だけどじっさいは、とんでもなかった。マイケルの家族全員、きてるんだもん。モスコーヴィッツ家せいぞろい！　おばあちゃんまで！　そうなの、ナナ・モスコーヴィッツまできてる！

決まり悪すぎて、気を失いそう。

いちおう、みんなを最後列にすわらせることはできた（ここのセキュリティ、超テキトー。ふたりぶんのパスしかないのに、全員入れた）。いちばんうしろなら、モスコーヴィッツ家のだれかに見られる可能性は低い（ラーズと、ティナのボディーガードのワヒムは背が高すぎて目立つから、外で待ってもらった。ふたりとも、不満そうだったけど。だってどうしろっていうの？　リリーに見つかるリスクはぜったい避けたい）。

　ここで大切なのは、あたしがマイケルと話をすることだし。

だけど、リリーがいるとは思ってなかったんだもん！　それって、大バカだけど。もちろん、想像すればわかることだ。っていうか、マイケルの家族が（もちろん妹もふくむ。その妹が連れてきたケニー、っていうかケネスは、スーツなんか着ちゃってた。リリーもワンピースなんか着ちゃって、ピアスもぜんぶはずしてた。もう少しでリリーだって気づかないところだった）、こんなに大切で貴重なイベントに出席しないはずがない。

　リリーの前でマイケルに近づいて話しかけるなんて、できない。いくらリリーとあたしがいちおうもはや敵対関係にはないからといって、やっぱりもう友だちじゃないし。この状況でihatemiathermopolis.comが復活したら、サイアクだもん。

　だけど、あたしがお兄さんを、えーっと、まあ利用して、カーディオアームを手に入れようとしてるってうたがわれたら、サイトの復活はまぬがれない。

　ラナは、ビビるようなことじゃないからとっとと両親にあいさつしてくれば、といっている。ラナは、歴代の元カレの親たち全員（なんたってラナだから、アッパーイーストサイドの半数近くじゃないかな）と友好関係を保ってるんだって。

　だけどラナは、あたしとマイケルほど長く人とつきあったことないし。カレの妹と親友だったなんてこともないし、リリーがあたしにキレてるみたいに妹にキレられたこともないし。だから、公の場で親のところにいって「あら、お久しぶり」なんていうのは、ラナにとっては楽勝だろう。

だけどあたしは、両ドクター・モスコーヴィッツのところにいって、「こんにちは、ドクター・モスコーヴィッツとドクター・モスコーヴィッツ。ごきげんいかがですか？　あたしのこと、覚えてます？　息子さんに超ビッチな態度をとった、娘さんの元親友のミアです。あらっ、こんにちは、ナナ・モスコーヴィッツさん。前によくユダヤのお菓子のルゲラーを作っていただきましたよね？　あれ、スッゴくおいしかったです。あのころはよかったー」なんていえるワケ、ないし！

とにかく。この授与式って、かなり大がかりなイベントらしく（人がうじゃうじゃいてラッキー。かくれてれば見つからない）、あらゆる取材がきてる。

いまのところ、マイケルの姿は見てない。

ティナは、いいかげん日記を書くのをやめろといっている。いつマイケルがくるかわからないんだから、って。しかも、あたしがしてきた黒いサングラスとベレー帽は注意をひくだけでちっとも変装になってない、っていわれた。

だけど、ティナに何がわかるっていうの？　こんな経験、ないでしょ？　ティナは……

オー。

マイ。

ガーッ。

マイケルが入ってきた……。

呼吸停止。

4月29日　土曜日　午後3時
コロンビア大学メディカルセンター　化粧室

うん。あたし、パニクってる。

めちゃくちゃ、超パニクってる。

だって……ありえないくらい、カッコいいんだもん。

海外生活のあいだ、どうやってカラダをきたえたのかは知らないけど……『バットマン』のクリスチャン・ベールみたいにヒマラヤの僧のもとで修行してた、っていうのがラナの見解。トリーシャは、フツーにウエイトリフティングしてたんじゃないのっていってるし、シャミーカは、リフティングと有酸素運動を組み合わせたんじゃないかといっている。

ティナは、「ステキの神さまがおりてきた」んだといっている。

なんでもいいけど、とにかくマイケルは肩幅がラーズと同じくらい広くなってた。

それに、髪型もオトナの男性ってカンジにキマってるし、どういうわけか手もめちゃくちゃ大きくなってて、ステージにあがってドクター・アーサー・ワードと握手したときも緊張どころか余裕が感じられた。何百人もの人の前で話をするなんて日常、みたいなんだもん！

ホントにそうなんだろうけど。

口元に笑みを浮かべながら観客の目をしっかり見て、あたしがおばあさまにそうしろっていつもいわれている通り。メモも見ないでスピーチしてるってことは、内容をぜんぶ暗記してるんだ（これもまた、おばあさまにいつもいわれている通り）。

しかも、ジョークをまじえたスマートなスピーチで、あたしは思わず背すじをのばしてベレー帽とサングラスをとって、まじまじと見つめちゃった。そしたら、カラダの内側がとろけそうになっちゃって、気づいた。ここにきたのは、大まちがいだった。サイアクの選択。

だって、またしても全力で気づかされちゃったんだもん。マイケルとわかれたなんて、あたしって大バカだって。

ＪＰのことを好きじゃない、とかじゃない。

ただ、願わくは……あのとき……。

よくわかんないけど。

ここにこなきゃよかった、というのはハッキリわかってる。あともうひとつ。マイケルが話し始めて、この場に立てた感謝をみんなにして、パブロフ・サージカル（もちろん名前の由来はわかってた。マイケルの世界一カワいい愛犬、パブロフ）の設立を思いついた経緯を語りだしたとき、あとで話しかけるのなんてぜったいにムリだと気づいた。たとえリリーやご両親やナナ・モスコーヴィッツがその場にいなくても。

ジェノヴィア国民のためでも。ムリ。ぜったいにできない。

マイケルに近づいていって話しかけたりしたら、首にしがみつかないでいられる自信がない。『心を解き放って』で主人公のフィニュラがヒューゴにしたみたいに。

わかってるってば。あたしには、カレシがいる。そのカレシのこと、好きだし！　たとえ……まあ、例の問題があっても。

だからあたしは考えた。もうじゅうぶんにわかったから、最後列だしマイケルの話がおわったらそっと抜けだそう、って。

楽勝で抜けだせると思ってた。ラーズはまだワヒムといっしょにロビーにいるし。もっともちょくちょくなかをのぞきこんで、こっちをギロギロにらみつけてるけど（おばあさま直伝）。いまのところ見つかる可能性はないし、ラナかトリーシャが前の列にすわってる記者とイチャつき始めるのだけが心配だけど、イケメン記者はいないからたぶんセーフ。

そのとき、マイケルがチームのほかのメンバーを紹介し始めた。マイケルがカーディオアームを発明したり、市場に出したりするのを手つだった仕事仲間。

そのなかに、めちゃくちゃカワいい女の子がいた。名前は、ミドリ。ミドリがステージに出てきて、マイケルとハグしたとき、あたしにはわかった……っていうか、ハッキリ感じちゃった。

このふたり、つきあってる。そう思うと同時にあたしは、朝ゴハンに食べたオートミールとレーズンが胃のなかから喉のほうにあがってくるのを感じた。ワケわかんないけど。だってあたしたち、もうわかれてるんだし。それにそうそう、さっきもいったけど、あたしにはカレシがいるし！

ティナはそのハグを見て、耳打ちしてきた。「あのふたり、ただの友だちに決まってるわ。ただの仲間よ。だいじょうぶ、心配いらないわ」

あたしはささやき返した。「うん、そうだね。職場でマイクロミニはいてる女の子に、オトコはフツー目もくれないものだもんね」

もちろん、ティナは返事ができなかった。ミドリのマイクロミニは、めちゃくちゃキュートでよく似合ってた。この場にいたオトコは全員、目もくれてなかったはず……って、ありえないッ！

そのとき、マイケルがカーディオアームを取りだして——想像してたのよりずっと大きい——みんなが拍手した。マイケルはおじぎをして、そのとき見えた黒髪がめちゃくちゃステキだった。

それからドクター・アーサー・ワードがサプライズで、マイケルに科学の名誉修士号を贈った。するとみんながまた拍手して、両ドクター・モスコーヴィッツがナナとリリーといっしょにステージにのぼって（ケニー——っていうか、ケネス——はその場に残ったけど、リリーがこっちにおいでと合図して、さんざん遠慮して、リリーがしきりに手招きして、そのうちイラッとしたカンジで足を踏みならすといういかにもの行動に出て、リリーを知らない人たちでさえ笑ったので、やっと出ていった）、家族全員がハグをした。あたしは……。

本気で吐きそうになった。ホントに。

マイケルにあたらしいカノジョができたからとか、そんなつまんない理由じゃなくて。

家族全員でハグしあってるのを見てたら、あんまりステキで胸がつまっちゃったから。みんな、あたしの知ってる人たち。しかも、よーく知ってる。ご両親が離婚しそうになったこととか、いまは復縁しつつあることとか、リリーがいろんな面でアブナいこととか、マイケルがニホンにいってすごく

努力したこととか、それで

……それでみんな、すごく幸せそうなんだもん。なんかめちゃくちゃ……ステキ。成功と勝利を手にした、この上なくすばらしい瞬間。

そんな瞬間に立ち会って、幸せな家族をじーっと監視してるなんて。マイケルを利用して手に入れようとひそかに狙っているものがあるから。たしかにあたしの国が必要としてるものだけど、あたしなんかに手に入れる資格はない。っていうか、ちゃんと順番を待つべきだ。

なんか、この家族のプライバシーを侵害してるような気分。あたしにはここにいる権利はないって気がする。だって、ホントにそうだから。理由をこじつけてきてるんだし。

もう、ここから立ち去らなくちゃ。

あたしはいっしょにきたみんなをじっと見て――涙がたまった目でできるかぎりじっと――さらっといった。「帰ろっ」

「だって、まだ話もしていないじゃない！」ティナが叫んだ。

「話すつもり、ないから」そういいながら、これこそプリンセスらしい行為だって思った。マイケルに迷惑をかけないこと。マイケルはいま、幸せなんだから。妄想だらけで頭がどうかしちゃってるあたしみたいなのが、マイケルの人生に立ち入っちゃいけない。マイケルには、カワイくて賢いマイクロミニ・ミドリがいるんだから。マイクロミニ・ミドリじゃなくても、そんなカンジのだれか。うそつきでロマンス作家志望のプリンセス・ミアなんかの出る幕じゃない。

しかも、そうそう、カレシだっているし。

「ひとりずつ、そっと出よう。最初にあたしが出るね。化粧室に寄りたいし」記憶があたらしいうちに、どうしても書いておきたかった。しかも、アイラインとマスカラを直さなきゃだし。涙で流れちゃったから。「ブロードウェイ168で落ち合おう」

「マジ、ありえなーい」ラナがいった。ラナはいつでも自分の気持ちをストレートに表現できる。

「リムジンが外で待ってるから。〈ピンクベリー〉にいこう。あたしのおごり」

「ピンクベリー？　じょーだんでしょ。〈ノブ〉くらい連れてってもらわなきゃ」ラナがいった。

「わかった」

で、あたしはそーっと化粧室にやってきた。メイクを直して、日記を書いている。

ホント、これでよかったんだ。マイケルを自由にしてあげたほうがいい。っていうか、べつにマイケルはあたしのものじゃないけど。とにかく、これがあたしにできる最善のこと。おばあさまはそうは思わないだろうけど。でも、ぜったいにこのほうがプリンセスらしい行為だ。モスコーヴィッツ家の人たち、スッゴく幸せそうだったもん。あのリリーでさえ。

リリーが幸せそうなことなんか、そうそうないし。

さてと、みんなのところにいこう。これ以上待たせるとラーズに撃たれちゃうかも。あたし……

ん？　なんか、見覚えのある靴が……。

オーマイガーッ。

4月29日　土曜日　午後4時　家に帰るリムジンのなか

オーマイガーッ。

リリー。リリーだった。

トイレであたしのとなりの個室にいた。

リリーはとっくに、あたしの厚底パンプスに気づいてた。プラダの新作。二年前にはいてたのじゃなくて。あれは、リリーにウェブ上で容赦なくけなされた。

「ミア？　そこにいるの、ミアでしょ？　ロビーでラーズを見かけたような気がしたから……」

なんて答えろって？　ちがうとはいえないし。でしょ？

で、出ていくと、リリーがいた。こんなとこでナニしてんの的な混乱した表情を浮かべて。

不幸中の幸いで、観客席にすわってるあいだに、こんなときのための言い訳は考えておいた。

ミア・サモパリスの真っ赤なうそNo.6。

「あ、ハイ、リリー」あたしってば、超お調子者。「グレチェン・ヴァインバーガーが今日、こられなくなっちゃったからプレスパスをわたされて、授与式の取材をかわりにやってくれってたのまれたの」そういって、グレチェンのプレスパスをバッグから取りだして、とんでもない大うそをごまかすために見せた。「かまわなかったかな？」

　リリーは、だまってプレスパスを見つめていた。それからあたしのほうを見上げた（あたしはまだリリーより一五センチくらい背が高い。しかも厚底パンプスはいてたし）。

　うー、なんか、リリーの視線、ヤなカンジ。うたがわれてるみたいな。

　そういえばいまさらだけど、リリーにはいつもうそを見抜かれてたっけ（あたしの鼻の孔がふくらむから）。

　だけどあたしも、うそをつく練習ならさんざん鏡の前でしたし。おばあさまの前でもした。うそをついているのがバレバレの人間が一国を治めようだなんて、不適切にもホドがあるから。

　とにかく、いまはリリーにうそがバレてないって自信がある。だけど、念のためにあたしはいった。

「問題ないよね？　リリーたちのじゃまにならないように、できるだけ目立たないようにしてたんだけど。だって、リリーたち家族にとってとくべつな日だし、それにあたしも……あたしも、マイケルにとって、ホントによかったたって思ってるし」

　最後の部分はうそじゃない。

　リリーは眉を寄せた。めずらしく、目の周りを黒くふちどってない。

　ぶたれる。そう思った。リリーにぶたれる、って。

「マジで『アトム』の取材のためにきたの？」リリーは、ぴしゃりといった。

「うん」だって、うそじゃないし。ちゃんと家に帰ってから、四〇〇ワードの記事を書いて月曜の朝に提出するつもりだもん。

リリーは、あやしんでいるような顔のままいった。

「で、ミア、うちの兄のことをよかったと思ってるって、本気？」

「もちろんだよ」

これもまた、ホントのことだ。

リリーがつぎにいったことに、あたしはめちゃくちゃ衝撃を受けて、一瞬口がきけなくなった。

「ミアがきてくれて、うれしいよ。グレチェンの代理とはいえ」なんか、一〇〇パーセント本気にきこえる。「それに、ミアがきてくれたことはマイケルにとっても大きいはずだよ。せっかくいるのに、マイケルにあいさつもしないで帰すワケにいかないからね」

その瞬間、またしてもオートミールを吐きそうになった。へ???

「あ、えっと」あたしはすごい勢いで後ずさりして、もう少しでほかの個室から出てきたおばあちゃんに激突しそうになった。「ううん、だいじょうぶ！『アトム』の記事はもう書けそうだし。大切な家族の時間でしょ。じゃましたくないし。っていうか、車も待ってるし、もういかなくちゃ」

「バカいわないで」リリーは手をのばしてきて、あたしの手首をつかんだ。親しみをこめた〝いいからいいから〟的なやさしいつかみ方じゃない。〝もう逃がさないよ、いっしょにくるんだからね〟的なつかみ方。正直いって、ちょっとこわかった。「プリンセスでしょ？　車をいつ出すかなんて、自分の好きに決められるじゃん。編集長としていわせてもらうけど、マイケルから直接話をきいてもらわないと。だいたい、ミアがきてたのにあいさつもしないで帰ったってきいたら、マイケルだって傷つくよ。まさかとは思うけど……」リリーはあたしの手首に不吉な力を加えつつ、煮えたぎる溶岩さえ凍ってしまいそうな視線をむけてきた。「ミア、またマイケルを傷つけるつもりじゃないよね。あたしの見てる前で」

あたしが？　マイケルを傷つける？　あのねー、フラれたのはあたしのほうだって、わざわざいわなきゃダメ？

まあたしかに、フラれても仕方ないようなバカなことをしたのはあたしだけど。それにしたって。

いったい、どうなっちゃってんの？　これって、あたしがなんだか知らないけど一昨年リリーにしたことへの復讐パート2かなんか？　あたしを会場に引きずっていって、みんなの前で——とりわけマイケルの前で——恥をかかせるようなオソロシいことをやろうとか、いおうとか、そういう魂胆？だけど……もしこれが、復讐とかじゃなかったら？　この二年間、なんだか知らないけどあたしに対して怒っていたことを、もう根に持ってなかったら？　キケンをおかすだけの価値はあるかも。だって、いろいろあったけど——ihatemiathermopolis.com なんてサイトまで——やっぱりリリーと親友じゃないのはさみしいから。

あたしとリリーがいっしょに化粧室から出てくると、ラーズがぎょっとして顔をあげて目を見開いた。ラーズも、リリーとあたしが腹心の友じゃなくなったのを知ってるから。それに手首をつかまれてるところからして、あたしが自分の意志で同行してるんじゃないって察したんじゃないかな。だけど、あたしはラーズにむかって首を横に振って合図した。これはあたし自身の問題だし、あたしが自分の力で乗り切らなきゃ。なんとかして。

ホールのむこうでティナがこっちに気づいたのも見えた。ラッキーなことに、リリーのほうはティナに気づいてない。ティナは、リリーがあたしの手首をつかんでいるのに気づいて、口をあんぐりあけた。どう見ても親しみをこめた動作ではないから。ティナはぱっとケータイを耳に当てて、口パクでいった。「電話して！」

あたしはうなずいた。うん、もちろん。電話するに決まってるでしょ。電話して、こんなことにあたしを巻きこんでくれた感謝の気持ちを伝えたいし（もっともあたしがここにきたのは、プリンセスらしい行為をしよう計画の一環だけど）。

気がついたときには、リリーに引きずられてステージに近づいていた。

ううう、即死しそう。ホントに。

だけど、前におばあさまにきっぱりいわれたことがある。恥ずかしくて死んだ人はいない。長い人類の歴史のなかで、ひとりも。

このあたしが、生ける証拠だし。おばあさまみたいな祖母を持ってても死んだりしてない。

だから少なくとも、ここから生きて出ることはできるはず。

「マイケル」リリーが、ステージの真ん中くらいまでくると大声で叫んだ。あたしの手首をはなして、手をにぎってる。なんか、ミョーな気分。リリーとは小さいころに横断歩道をわたるとき、いつも手をつないでたっけ。母親たちにそうしろっていわれてたから。そうすれば、Ｍ１バスにひかれずにすむからって（ハッキリいって、ふたり同時にひかれるはず）。あのころリリーの手はいつも、汗ばんでて、キャンディでべとべとしてた。

いまは、さらさらでひんやりしてる。オトナの手だ。なんか、ヘンな気分。

マイケルは、いろんな人と——ニホン語で——話をするのにいそがしそうだった。リリーがさらに二度も名前を呼んで、やっとこちらをむいて、あたしたちを見た。

マイケルの黒い瞳と目が合ったとき、あたしは久しぶりの再会にも冷静沈着で落ち着き払っていた、っていえたらどんなにいいか。軽やかに笑って、その場にふさわしいセリフをちゃんといえたんだったら。自分ひとりの力で一国に民主主義をもたらして、四〇〇ページのロマンス小説を書きあげて、出願した大学すべてに（プリンセスだからってだけの理由だとしても）合格したあとで、約二年前に雪の結晶ネックレスを投げつけて以来の再会を、カンペキな思慮深さと分別を持って対処した、っていえたらどんなにいいか。

でも、ぜんぜんムリ。マイケルと目が合ったとき、顔じゅうがカーッと熱くなるのを感じた。しかも、手があっという間に汗でべちょべちょになった。頭がくらくらしてめまいがしてきた。

「ミア」マイケルは、マイケルっぽい低い声でいった。話をしていた人たちに、ちょっと失礼といってから。そして、ニッコリした。頭クラクラ目の前フラフラが、百万倍。まちがいなく、気を失う。

「あ、えっと、久しぶり」あたしはいった。たぶんニッコリしたと思うけど、自信ない。

「ミアは、『アトム』の代表できたんだよ」リリーが、あたしがそれ以上何もいわないので説明した。それ以上、何もいえなかったんだもん。ビーバーにかじられた木みたいにバタリと倒れずにいるだけでせいいっぱい。「マイケルの取材をしにきたの。だよね、ミア？」

あたしはうなずいた。取材？　アトム？　リリー、何いっちゃってんの？

あ、そっか。学校新聞ね。

「元気だった？」マイケルがいった。あたしにむかって。マイケルがあたしにむかって、親しそうにやさしく話しかけている。

だけど、頭のなかで言葉がまとまらない。口から発するなんて、ましてやムリ。あたしは、スティーヴン・キングのＴＶムービー『ザ・スタンド』でロブ・ロウが演じてた人みたいに口がきけなくなっちゃった。ただし、あんなイケメンじゃないけど。

「ミア、質問したら？」リリーがあたしをつついた。っていうか、肩をガツンとたたいた。

「キャッ」

おっと、声が出た！

「ラーズはどこだ？」マイケルが笑いながらたずねた。「リリー、気をつけたほうがいいぞ。武装した護衛を連れてるんだからさ」

「ラーズなら、どっか近くにいるはず」あたしはなんとか答えた。やった！　文章がいえた。笑い声はふるえてたけど。「あ、あたしなら元気だよ。さっき、きいてくれたよね？　ありがとう。マイケルは、調子どう？」

イエース！　しゃべってる！

「絶好調だよ」

そのとき、マイケルのお母さんが近づいてきた。「マイケル、こちら、『ニューヨーク・タイムズ』からいらしたんですって。話をおききになりたいそうよ。ちょっとだけ……」そして、あたしを見て、目を真ん丸くした。「まあ。ミア」

そう。通訳すると、〝まあ。きてたのね。うちの子どもたちの人生を台なしにしたあなたが〟。

あたしの妄想じゃないはず。っていうか、ティナレベルの妄想をすれば、〝まあ。きてたのね。うちの息子がこの二年間ずっと恋いこがれていたあなたが〟ってことになるだろうけど。

それって、マイクロミニ・ミドリを目撃したいまとなっては、ありえないってわかってる。

「こんにちは、ドクター・モスコーヴィッツ」あたしは、超小声でいった。「お元気ですか？」

「おかげさまで元気よ」ドクター・モスコーヴィッツはニッコリして、あたしのほっぺたにキスをした。「ずいぶん久しぶりね。きてくれて、とてもうれしいわ」

「学校新聞の取材をしにきたんです」あたしはあわてて説明した。いいながら、めちゃくちゃバカっぽくきこえるのがわかったけど、ここにきたほんとうの理由をさとられたくない。「でも、マイケルがいそがしいのはわかってますから。マイケル、いいからタイムズの人と話を……」

「いいや、だいじょうぶだよ。時間ならあとでいくらでもあるから」マイケルがいった。

「ヤだ、何いってんの？」ホントなら手をのばしてマイケルを記者のほうに押しやりたかったけど、あたしたちはもうつきあってないから接触するわけにいかない。本心をいえば、手をスーツの袖のなかにつっこんでその下にあるものを触りたくてしょうがなかったけど。考えてみたら、そんなふうに感じるなんてビックリ。だってあたし、カレシいるし。「相手はタイムズだよ！」

「じゃ、明日あたり、ふたりでお茶でもしにいったら？」リリーがさりげなくいった。ちょうどそのとき、ケネス――どう？　ちゃんと呼べたでしょ？――がぶらぶら近づいてきた。「ほら、プライベートでインタビューすればいいじゃん」

リリー、どういうつもり？　何いっちゃってんの？　なんか、リリーが急に、あたしをきらってるのを忘れちゃったみたい。または、だれも見てないうちに悪役リリーが消えて正義のリリーといれかわっちゃったみたい。

「そうだな」マイケルは、ぱっと明るい顔になった。「いい考えだ。ミア、どう？　明日あたり？〈カフェ・ダンテ〉で、そうだな、一時くらい？」

自分が何をしているかもわからないまま、マイケルの言葉に浮かされるように、あたしはうなずいて答えた。「うん。明日の一時。だいじょうぶ。じゃ、またね」

そして、マイケルはむこうに歩いていった……けど、最後にもう一度ふりかえっていった。「そうだ、例の卒論、持ってこいよ。早く読みたいからさ！」

オーマイガーッ。

リリーは気づいたらしい。あたしの背中をつついて（またしても、やさしいとはいえない強さで）たずねた。「ミア？　どうかした？」

マイケルはもうタイムズの記者と話をしてた。あたしはミジメな気分でリリーを見つめて、ぱっと頭に浮かんだことを口にした。「どうして急にやさしくしてくれるようになったの？」

リリーは口をあんぐりあけて、何かいおうとした。そのときケネスがリリーの腰に腕をまわして、あたしをにらみつけるといった。「ミア、まだＪＰとつきあってるのか？」

あたしは、ぽかんとして目をぱちくりさせた。「うん」

「そっか。なら、いいや」ケネスはそういって、リリーのむきをかえさせてむこうをむいた。あたしに対して怒ってるかなんかみたいに。

リリーも、抵抗しなかった。

それって、ミョー。だってリリーは、オトコにあれこれいわれていうことをきくタイプじゃないから。いくら好きな相手だって。好き以上だろうけど。

とにかく、これで約二年ぶりのマイケルとの再会は終了。あたしは、集められるかぎりの威厳をかき集めてステージからおりた（ボディーガードに護衛されてると、こういうときに助かる）。そして、みんなが待ってるリムジンにむかった。くわしい報告を求められたから、日記に書いたことを話した（もちろん、何ヶ所か省いたけど）。

これから、〈ノブ〉に連れていかなくちゃ。みんな、メニューにのってるスシをぜんぶ試すってはりきってる。

だけどあたしには、シェフ・マツシタの作りだす繊細な味をたんのうするような集中力はなさそう。頭のなかは、マイケルにどうやってあたしの書いた小説を見せよう？　ってことでいっぱいだから。

ホントに。おかしいかもしれないけど、まちがいなく、あたしはパニクってる。

だって、マイケルに小説を見せるなんて、できない。マイケルは、人々の命を救うロボットアームを発明した。あたしはロマンス小説を書いた。それって、とても同じレベルで話せることじゃない。

それに、コロンビア大学の科学の名誉修士号をもらったばかりの人に、あたしが書いたラブシーンを読ませるなんて、ぜったいにイヤ。

恥ずかしいにもホドがある。

4月29日 土曜日 午後7時 ロフト

やっぱり、ドクター・ナッツのいうとおり。

うそばっかりつくのは、本気でやめにしなくちゃ。っていうか明日、学校新聞のインタビューだかなんだかでマイケルに会うなら（ドタキャンなんてムリ。いかなかったら、もともと『アトム』の取材目的じゃなかったってみとめるようなもの。じつはカーディオアームがほしくていったなんて白状できない。ましてや、冷やかし半分の友だちといっしょにストーカーしにいったなんて）、卒論を見せなくちゃいけない。

ぜったいに逃げられない。マイケルは、しっかり覚えてた……ワケわかんないけど。だって、マイケルはいま、宇宙一いそがしいはずだから。

で、元カレにほんとうのことを話すってことはつまり、いまのあたしにとって元カレよりも大切な人たちにも白状しなくちゃいけない。たとえば、親友とか、今カレとか。

だって、そうしなかったら反則だもん。っていうか、マイケルが『心を解き放って』のことを知ってて、ティナやJPが知らないって？

だから、あたしは決心した。ここはひとつ、覚悟を決めて、みんなに見せよう。今週末のうちに。

いまだって、ティナにメールでファイルを送ったところ。今夜はヒマそのものだから。JPはリハーサルだし、ロッキーのお守りをしてるだけ。ママとジャニーニ先生は、NYUのとんでもない拡張主義について話し合う地域集会にいってる。早いところ手を打たないと、ヴィレッジに住めるのは信託資金のある二〇歳の芸術学部の学生ばっかりになっちゃうからって。

ティナに原稿を送るとき、こんなメッセージをつけた。

ティナへ

怒らないでほしいんだけど、あたしが書いた卒論は、一二五四年〜一六五〇年のジェノヴィアのオリーヴオイルの歴史についてだっていったの、覚えてる？　あのね、あれって、うそなの。ホントは、四〇〇ページの中世ロマンス小説なの。『心を解き放って』っていうタイトルで、一二九一年のイングランドが舞台。フィニュラっていう女の子が十字軍からもどってきたばかりの騎士を誘拐して身代金を要求するの。身ごもった妹のためにお金が必要だから、ホップと大麦を買ってビールをつくるために（当時はそれがフツーだったから）。

だけど、フィニュラも知らないことがあって、じつはその騎士はフィニュラの村の伯爵で、フィニュラのほうも、伯爵が知らないヒミツを持ってるの。

『心を解き放って』を、添付するね。ムリに読まなくていいからね。ただ、うそをついたことを許してほしくて。バカなことしたって思ってる。どうしてうそなんかついちゃったのかな。たぶん、自信がなくて恥ずかしかったんだと思う。あと、ラブシーン満載だし。

ティナがまだ友だちでいてくれますように。LOVE、ミアより

まだ返信はないけど、いまごろハキム・バーバ家は家族で食事にいってるはずだし、ティナは食事中のメールチェックを禁止されてるから。家族の決まりで、お父さんもちゃんと守ってる。お医者さんから高血圧を注意されてるし。

なんか、具合悪くなってきた。同時に、ちょっとワクワクする。ティナの反応が気になって。ティナ、なんていうだろう。うそをついてたことで怒るかな？　それとも、舞い上がるかも。ロマンス小説って、ティナが世界でいちばん好きなものだから。

だけど、あたしが書いたのも気に入ってくれるかも。

それより、ＪＰになんていわれるか心配。っていうか、あたしが将来は作家になりたいって知ってるけど。

でも、ロマンスを書こうかななんて、一度もいったことないし。

そのうちわかるけど。ＪＰにもファイルを送るから。

4月29日　土曜日　午後8時半　ロフト

ティナからメールがきた！

もう、ミアってば！　ロマンス小説を書いたのにわたしにだまってたなんて、信じられないわ!!!　すごいじゃない!!!　I LUV U!!!　ロマンス小説は不滅よ!!!　さっそく読み始めたけど、ほんとうにステキ!!!　出版社に持ちこんでみるべきよ!!!　本を一冊書いたなんて、すごすぎるわ!!!　ティナより
P．S．ちょっと話があるの。メールには書けないことよ。悪いことではないけれど。本を読んで思いついたの。電話ちょうだい!!!

メールを読んでたら、電話が鳴った。ＪＰからだ。受話器をとると、あたしが「もしもし」もいわないうちに、いきなりいわれた。「ロマンス小説を書いたって？」

ＪＰは笑ってた。イジワルな笑いじゃなくて、親しみをこめて〝信じられないよ〟ってカンジで。気づいたときには、あたしも笑ってた。

「うん。あたしの卒論のこと、覚えてる？」

「一二五四年～一六五〇年のジェノヴィアのオリーヴオイルの歴史について、だろう？　もちろんだよ」ＪＰは、うたがわしそうな声でいった。

「うん。あれね、じつはちょっと……うそだったの」ああ、神さま、お願いです。きらわれませんように。「あたしの卒論、歴史ロマンス小説だったの。さっき送ったやつ。中世もので、一二九一年のイングランドが舞台なの。あたしのこと、きらいにならない？」

「きらいになる？」ＪＰはまた笑った。「きらいになんかならないよ。なるわけないだろう。だけど、ロマンス小説？」ＪＰは、またいった。「ティナが読んでるような？」

「うん」どうして何度も確認するの？　そこまでヘンなことじゃないのに。「っていうか、ティナが好んで読むようなのとはちょっとちがうけど。でも、似たようなものかな。ほら、ドクター・ナッツに、ジェノヴィアを立憲君主制にしたこととかはすばらしいけど、国民のためだけじゃなくて自分自身のためにも何かすべきだっていわれたの。で、書くのは大好きだから、小説を書いてみようかなと思って。ドクターも賛成してくれたし。だってあたし、作家になりたいし、どっちにしてもしょっちゅう日記書いてるし。それで、ほら、ロマンス小説は好きだから。満足感を与えてくれるし、じつはストレス解消にもなるんだよ。ドミナ・レイの人たちだって、ビジネスや政治の世界のリーダー的存在ばっかりだけど、ロマンス小説を読んでリラックスしてる人がたくさんいるんだって……」

やたらべらべらしゃべってるのはわかってる。ＪＰがだまりこくってるのもムリない。

「ロマンス小説を書いたのか？」ＪＰはやっといった。またしても。

ミョーだけど、ＪＰはあたしがうそをついたってことよりも、ロマンス小説を書いたってことに動揺(よう)してるみたいだ。

「あ、うん」あたしは、めちゃくちゃおどろかれてるのを気にしないようにしながらつづけた。「あたしね、中世についてすごくたくさん調べたの。ほら、プリンセス・アメリが生きてたころの時代とか。そのあと、書き始めたの。で、出版したいと思ってるんだけど……」

「出版したい？」ＪＰはくりかえした。「出版」ってところで、少し声が引っくり返った。

「うん」ビックリされて、ビックリした。小説を書いたら、出版したいと思うものじゃないの？ っていうか、ＪＰだって脚本(きゃくほん)を書いて、上演しようとしてたんじゃないの？ でしょ？「ただし、あんまりうまくいってないけど。どこも興味持ってくれてないみたい。あやしげな出版社からは連絡(れんらく)きたけど、お金を払(はら)えっていわれたし。でも、よくあることじゃないかな。ほら、Ｊ・Ｋ・ローリングだって、ハリー・ポッターを最初に書いたときは何度も出版を断られて、それで……」

「出版社は、書いたのがきみだって知ってるのか？ ジェノヴィアのプリンセスだって？」ＪＰが口をはさんできた。

「ううん、まさか。ペンネームつかったもん。あたしが書いたっていったら、出版したがるに決まってるし。そうなったら、ほんとうに気に入ってくれて、いい作品だから出版する価値があると思ったのか、ジェノヴィアのプリンセスが書いたから出版したいだけなのか、わかんないでしょ。それって、大きくちがうよね？ そんなんじゃ、出版してほしくないもん。あたしね、プリンセスだってこととは関係なく自分の力がみとめられたのかどうか、たしかめたいの。あたしが書いたものがよかったからっていう理由でなきゃ、イヤなの。大傑作(けっさく)でなくてもいいから」

ＪＰは、ふーっとため息をついた。

「ミア、きみは何をやっているんだ？」

へ？　あたしはきょとんとした。「何をやってる？　どういう意味？」

「どうして自分を安売りするんだ？　どうして大衆向けのフィクションなんか書くんだ？」

正直いって、まったくついていけなかった。「自分を安売り」って、なんのことだか意味不明。それに、大衆向けフィクションって？　ほかにどんなフィクションを書けばいいの？　実在の人物をモデルにしたフィクションとか？　それなら前に一度書いたことがある……ずっと前。実在の人物をモデルにした短編を書いた。っていうか、モデルにしたのはＪＰ。まだよく知らないときだ。

そしてラストシーンで、その登場人物を地下鉄のＦ線の線路に飛びこみ自殺させちゃった！

ギリギリのところでマズいと気づいたからよかったけど、もう少しでリリーの文芸雑誌をとおして全校生徒の手にわたるところだった。そんなことしちゃ、いけない。実在の人物をモデルにした物語を書いて、ラストシーンでＦ線に身投げさせるなんて、ぜったいにしちゃいけない。

だって、その人が読んで自分のことだと知ったら、傷ついちゃうもん。

あたしは、だれも傷つけたくない。

だけど、ＪＰにこの話はしてない。ＪＰは、自分をモデルにした短編のことは知らない。

だから、大衆向けフィクションがどうのこうのっていう質問に対して、あたしは答えた。「うん、まあ。だって……楽しいから。そういうの、好きだし」

「だがミア、きみはもっと価値のある作品を書けるはずだよ」

正直、ちょっと傷ついた。まるで、あたしの小説――ほとんど二年間を費やして書きあげた、ＪＰがまだ読んでもいない小説――なんか、なんの価値もないっていわれてるみたいな気がしたから。

うー。こんなリアクションされるとは、まったく思ってなかった。

「まずは読んでみてよ」あたしは、ふいに浮かんできた涙をこらえながらいった。どうして涙なんか出てきたのか、わかんないけど。「それから、判断して」

ＪＰはすぐに、しまったという声になった。

「それはそうだな。きみのいうとおりだ。ごめん。あのさ……リハーサルにもどらなくちゃいけないんだ。この話は明日また、できるかな？」

「うん。電話ちょうだい」

「ああ、電話する。愛してるよ、ミア」

「あたしも愛してる」あたしは電話を切った。

うん、きっと、だいじょうぶ。だいじょうぶに決まってる。ＪＰは『心を解き放って』を読んできっと気に入ってくれる。あたしにはわかる。あたしが来週、『大衆のなかのプリンス』の初日を観て気に入るのと同じように。何もかも、うまくいくに決まってる！　だからこそ、あたしたちはおたがいにとってピッタリの相手なんだもん。ふたりとも、クリエイティブだから。芸術家だから。

それに、ＪＰはきっと『心を解き放って』の評論をしてくれるはず。カンペキな本なんてないから。でも、それでいいの。だって、芸術家カップルってそういうもの。スティーヴン・キングとタビサ・キングみたいに。ＪＰの意見ならよろこんで受けいれる。あたしも、『大衆のなかのプリンス』について批評するかもしれないし。明日いっしょにあたしの小説について話し合って、それで……。

オーマイガーッ!!　明日はマイケルと会ってお茶するんだった!!!

もう眠れない。ぜったい眠れない。眠れっこない。

4月30日　日曜日　午前3時　ロフト

『アトム』の取材のマイケルへの質問事項

1．カーディオアームを発明しようと思ったきっかけは？
2．ニホンに二ヶ月暮らした感想は？　そのあいだずっとニホンから出なかったと仮定して。前にもマンハッタンにもどってきたのにあたしに電話もしなかったとかじゃないとして。もちろん、あたしたちはわかれたんだから、なんの問題もないんだけど。
3．アメリカの何がいちばん恋しかったですか？
~~4．ニホンのどこがいちばん好きですか？~~
（この質問はできない！　マイクロミニ・ミドリっていわれたら？　そんなの、たえられない！　しかも、そんな答えを学校新聞に載せるわけにいかないし！　あ、でも、いちおうきいてみようかな。スシとか答えるかもしれないし……）

4．ニホンのどこがいちばん好きですか？（お願いだから、マイクロミニ・ミドリっていいませんように！）

~~5．パブロフ・サージカルのカーディオアームの予約待ちリストはどれくらいありますか？~~

（この質問もできない！　だって、ほしがってるのがミエミエだし……）

5．仮に、もしある小国がカーディオアームを病院にひとつ導入したがっているとして（そして、もちろん現金で支払うとして）、どんな手続きが必要ですか？　パブロフ・サージカルは小切手オッケーですか？　または、アメリカンエクスプレスのブラックカードの支払いはできますか？　その場合、この場で支払うことは可能ですか？

6．動物に生まれかわるなら、何になりますか？　理由は？（やれやれ。これって、サイコーにバカらしい質問だけど、あたしにインタビューする人はみんなこの質問するから、きいといたほうがいいかなと思って）

7．ニューヨークにはどれくらい滞在する予定ですか？　それともこのまま住むつもりですか？　カリフォルニアのシリコンバレーとかに引っ越すことも考えていますか？　コンピュータの若き新鋭はみんな住んでいるそうなので。
8．AEHSの卒業生として、在校時代のいちばんいい思い出は？（宗教無制限ウィンターダンスパーティ。そう答えて。四年生のときの宗教無制限ウィンターダンスパーティ、って）
9．AEHSの今年の卒業生に贈ることばはありますか？

ぎゃぁぁぁぁぁぁぁぁぁぁぁぁぁこんなのってしょうもないーーーーっ!!!

4月30日　日曜日　正午　ロフト

まだ。まだ、マイケルにきくいい質問が思いつかない。もう、これでせいいっぱい。JPの〝ロマンスを書いたのか？〃発言のあとだし。ティナから「ふたりっきりで」話がしたいというメールが九〇〇通くらいきてるし。電話で話せないくらい大切なことなんて、さっぱり思い当たらないんだけど。でもティナは、あたしのケータイの電波をルネがこっそりハッカーに録音させてるかもしれないといってきかない。だから、しばらくはあんまり刺激的な話やメールをケータイの電波をつかってしないつもりだといっている。

何を考えてるかは知らないけど、あんまりききたくないような気がする。

もしかして、マイケルへの質問がこれ以上思いつかない理由は、今朝の目覚めにあるのかも。ロッキーに顔をげんこつでボコボコたたかれて、大声で起こされた。「びっくらー！」

たしかに、〝びっくら〟した。ロッキーが部屋にいることに、びっくら。勝手に入っちゃいけないことになってるし、ドアノブにぬるぬるを塗ってあるから大人しかあけられないはず。

ところが、ドアをあけてくれる大人がそばにいた。その大人はあたしをじっと見下ろして、うれしそうな満面の笑みを浮かべていた。

「おやまあ、ミア！　元気だった？」

オーマイガーッ。おばあちゃん。となりには、おじいちゃんもいる。あたしの部屋に。ベッドルームに。

うん、やっぱり、どこの大学にいくか決めたら引っ越そう。決めるまであと一週間もない。

「ちょっと早いけど、お誕生日おめでとう！」おばあちゃんが叫んだ。「おやおや、まったく、一〇時にまだベッドのなか？　何さまのつもりかねえ？　どっかのプリンセスとか？」

これで、おばあちゃんとおじいちゃんは大爆笑。あたしは毛布をぱっと頭からかぶって、叫んだ。

「ママーーーーッ！」

「お母さんったら」ママがやってきた。「やめてちょうだい。あとでいくらでも時間はあるんだから」

「そうかねぇ」おばあちゃんはいった。声からして、顔をしかめてるのがわかる。「あんたたちときたら、美術館やらツアーやらなんやらにやたらと連れていこうとしてるから」

「あら、ミアだって、そのツアーによろこんでついてきてくれるわよ」ママの声がする。

あたしはぱっと毛布をはいで、ママをにらみつけた。ママも負けずににらみ返してくる。ってことは、どうやらあたし、あとでおばあちゃんとおじいちゃんをセントラルパークの動物園に連れていかなきゃいけないらしい。

孫として、それがあたしにできるせいいっぱいなのはわかってる。とはいえ。あたしだって、ほかにやることがないとかじゃないし！

やることのひとつに、マイケルとのカフェデート、えっと、インタビューの準備がある。ホントならもう、おわってるはずなんだけど。でも、手がぶるぶるふるえててアイラインをひくペンシルを持つのもひと苦労。

ジャニーニ先生とロッキーは、おばあちゃんとおじいちゃんのためにドラムのリサイタルをひらいてる。

どうか、耳鳴りと頭痛なしでここから出かけられますように。

4月30日　日曜日　午後12時55分
マクドゥーガル・ストリートのカフェ・ダンテ

手が汗(あせ)びっちょり。こんなに精神的に弱いなんて、しょうもない。うちの家系はみんな、フェミニストなのに。パパだって。ジェノヴィア女性連盟を後援(こうえん)してたりするし。おばあさまだって会員だ。

おばあさまといえば、今日はすでに四回も、パーティのこととパパの選挙のことでメールしてきてる。そのたびに削除してるけど。あんなどうかしちゃってるメールなんて、読んでるヒマないもん！
マイケル、どこにいるの？　ラーズとあたしは、すでに到着してる。まだ五分前なのはわかってるけど（必要があればパパラッチを追い払っときたかったし。だけど、ふしぎなことにひとりもいない。あとは、ライティングのいい場所にすわれるようにベストな席を選びたかったから。ラナがいつも、男女で会うときはライティングに注意を払うことが必須だっていってる。たとえその男女がただの友だちでも。しかも、ボディーガード用のテーブルを確保したかった。ほどほどに近くて、でも強迫観念をおぼえるほど監視されない距離を保ったテーブル。ごめんね、ラーズ、うしろからこの日記読んでるならいっとくけど。あ、バレてるからね）。で、いったいマイケルは……

オーマイガーッ。きた。あたしたちを探してきょろきょろしてる。

キャーッ、めちゃくちゃカッコいい。きのうよりさらにカッコよさが増してる。

それに、めちゃくちゃステキな黒いポロシャツを着てて、あえていわせてもらえば、きのう、スーツの袖の下がどうなってるのか妄想したすべてが、当たってたのがわかった。つまり、筋肉のこと。

ラナがいってた『バットマン』のクリスチャン・ベール的筋肉美ってのは、かなり近い。

もちろん、あたしにはカレシがいる。これはただ、徹底的に調査を行うジャーナリズム精神で観察してるだけ。

!!!

マイケルが、こっちを見た!!!　こっちにくる!!!
息ができない。さようなら。

『アトム』の取材におけるマイケル・モスコーヴィッツへのインタビュー　4月30日　日曜日　ミア・サモパリスによる　iPhoneにて録音（のちに書き起こし）

ミア：では、会話を録音してもかまいませんか？
マイケル：さっきもいいっていったよね（笑）。
ミア：わかってるけど、承諾も録音しなきゃいけないの。バカみたいだけど。
マイケル：（まだ笑いながら）ちょっとヘンな気はするけどね。ほら、きみにインタビューされるなんてさ。なんたって、相手はきみだから。それに……ほら、セレブはきみのほうだから。
ミア：でも、いまはマイケルの番なの。あらためて、インタビューを受けてくれてホントにありがとう。いそがしいのはわかってるから、わざわざ時間を割いてくれてホントに感謝してる。
マイケル：ミア……当然じゃないか。
ミア：では、最初の質問です。カーディオアームを発明しようと思った動機は？
マイケル：ああ、医学界に必要だと感じたとき、自分にはその必要を満たす技術的知識があるんじゃないかと思ったんだ。過去にも似たような製品をつくる試みはされてきたけど、ぼくのは、進化した画像化技術を備えた最初のものだ。どんな技術か、よかったら説明してもいいけど、それだけのスペースがとれるとは思えないからなあ。『アトム』の記事がどれくらいの長さか、覚えているしね。

ミア：あ、うん、説明はなくてだいじょうぶ（笑）。

マイケル：あとは、もちろん、きみだよ。

ミア：へ？

マイケル：カーディオアームを発明した動機だ。ひとつには、きみだよ。ニホンに発つ前にいったこと、覚えてるだろう？　世界じゅうの人に自分がプリンセスとつきあう価値のある人間だって示したいって。何をかんちがいしてるんだって感じだけどさ……大きな理由だったんだよ。あのころは。

ミア：あ、ああ、そう。あのころは、ね。

マイケル：恥ずかしかったらこのことは書く必要はないよ。カレシに読まれたくないだろうしね。

ミア：ＪＰ？　ううん……ううん、ＪＰは気にしないと思う。まさか。っていうか、ぜんぶ知ってるし。あたしたち、何もかも相手に話してるから。

マイケル：そっか。じゃ、ここでぼくと会ってることも知ってるんだね？

ミア：あ、えっと、うん、もちろん！　で、どこまできいたっけ？　あ、そうそう、ニホンに長く暮らしてみて、どうでしたか？

マイケル：すばらしかったよ！　ニホンは、すばらしい国だ。ぜひともおすすめするよ。

ミア：ホント？　じゃ、これから先……あ、待った、これはあとできくんだった……ごめん、今朝、おばあちゃんに早く起こされて、考えがまとまってないの。

マイケル：プリンセス・クラリッサは元気？

ミア：あ、そっちじゃなくて。もうひとりのおばあちゃん。お誕生日パーティのために出てきたの。
マイケル：あ、そうか。そうだ、パーティに招待してくれてありがとう。
ミア：……パーティに招待？
マイケル：うん。今朝、届いたよ。おふくろからきいたけど、親たちとリリーのぶんの招待状は、きのうの夜、届いたそうだよ。リリーのこと、水に流してくれて感謝してるよ。リリーはケニーといっしょにいくっていっている。両親もだ。ぼくも、いく方向で調整中だ。
ミア：（ひとり言で）おばあさま！
マイケル：なんかいった？
ミア：べつに。えっと、それで……はなれているあいだ、アメリカでいちばん恋しかったのは？
マイケル：えっと……きみ？
ミア：あははは。マジメに答えて。
マイケル：ごめん。そうだな。犬のパブロフかな。
ミア：ニホンのどこがいちばん好きでしたか？
マイケル：人、だな。ほんとうにすばらしい人たちと、たくさん出会ったよ。会えなくなって、さみしいだろうな。チームのメンバーとしていっしょにこられた人たち以外はね。
ミア：あ。そうなの？　ってことは……これからずっと、アメリカにいるの？
マイケル：うん。マンハッタンに部屋を借りた。パブロフ・サージカルはここにオフィスを構える予定だ。製造はほとんど、カリフォルニアのパロアルトで行うつもりだけどね。

ミア：ふーん。で……

マイケル：こちらからひとつ、質問してもいいかな？

ミア：……うん。

マイケル：きみの卒論は、いつ読ませてもらえるんだ？

ミア：うー、きかれると思った……。

マイケル：思ったなら、どこにあるんだ？

ミア：ひとつ、いっとかなきゃいけないことがあるの。

マイケル：おっと。その顔には見覚えがあるぞ。

ミア：ううう。あのね、あたしの卒論、一二五四年〜一六五〇年のジェノヴィアのオリーヴオイルの歴史についてじゃないの。

マイケル：ん？

ミア：ホントいうと、四〇〇ページの中世歴史ロマンス小説なの。

マイケル：すごいじゃないか。見せてくれよ。

ミア：あのね、マイケル。親切でいってくれてるだけでしょ？　読まなくていいよ。

マイケル：読まなくていい？　ぼくが読みたがってないと思う？

ミア：じゃあ、ファイルをメールしたら、あたしが帰るまでは読まないって約束してくれる？

マイケル：えっ、いま？　この場でケータイに送ってくれるのか？　もちろん約束するよ。

ミア：わかった。じゃあ、はい、送ったよ。

マイケル：すごいな。待った。ダフネ・ドラクロワってだれだ？
ミア：読まないっていったでしょっ！
マイケル：おおっと。自分の顔、見てみろよ。ぼくがはいてる赤いコンバースと同じ色になってるよ。
ミア：ご指摘ありがとう。悪いけど気が変わったから。ケータイ貸して。削除するから。
マイケル：えっ？　ダメだよ。今夜、読むよ。おい、やめろって！　ラーズ、助けてくれ、プリンセスに襲われてるんだ！
ラーズ：プリンセスが何者かに襲われたら介入するが、プリンセスが何者かを襲った場合は知らない。
ミア：貸して！
マイケル：あっ……。
ウエイター：どうかなさいましたか？
マイケル：いいや。
ミア：何も。
ラーズ：だいじょうぶだ、ほうっておいてくれ。カフェインのとりすぎだろう。
ミア：ごめん、マイケル。クリーニング代、払うから……。
マイケル：何いってるんだよ……なあ、これ、まだ録音してるのか？
録音終了

4月30日　日曜日　午後2時半
ワシントン・スクエア・パークのベンチ

ってことで、さんざんな結果だった。

さらにサイアクなことになったのは、マイケルにバイバイをいったとき——愚かにも送ってしまった小説のファイルを削除するためにマイケルのｉＰｈｏｎｅをうばおうとして失敗したあと——で、立ち上がって店を出ようとしておわかれの握手をするために手を差しだすと、マイケルがあたしの手をじっと見つめていった。「それじゃ、ちょっと味気なくないか？」

そして、ハグしようと腕を広げた。もちろん、友だちとしてのハグ。っていうか、それ以上の意味があるワケないし。

そしてあたしは、笑っていった。「それもそうだね」

そしてあたしは、マイケルとハグした。

そしてあたしは、うっかりマイケルのにおいをかいだ。

そして、どわってよみがえってきた。マイケルの腕のなかにいると、いつもすごくほっとしてあたたかかった。こんなふうに抱きしめられると、いつも二度とはなれたくなくなった。あたしはその場で、〈カフェ・ダンテ〉の真ん中で、『アトム』のインタビューの直後なのに、デートとかそういうんじゃないのに、二度とはなれたくなくなった。バカみたい。ありえない。だから、ものすごい意志の力ではなれた。マイケル的においをこれ以上かがないように。すごく久しぶりにかいだにおいを。

あたし、どうしちゃったの？

で、とてもまっすぐ家に帰れない。こんな気分のまま、家にいるかもしれないインディアナ州（またはジェノヴィア）からきたさまざまな家族のだれとも、遭遇したくないから。公園のベンチにすわって、どんなに自分がバカなことをしたか忘れたい（ラーズが近くに立ってる。両親といっしょにNYUを見学にきて、「げっ、もしかしてあれ……そうだよ！　ジェノヴィアのプリンセス・ミアじゃんっ」て叫ぶ学生たちからガードしてくれてる）。そのうちフツーの状態にもどって、指のふるえもおさまって、バカな一年生のときにもどったみたいに心臓がマイ・ケル、マイ・ケル、マイ・ケルって打つのをやめてくれますように。

マイケルのデニムにこぼしたホットチョコレートが落ちますように。

神さまでもなんでも、おたずねしたい。どうしてあたしは、昔つきあっていて、わかれて、カンペキ一〇〇パーセントおわってるはずの相手といるときに、オトナな行動がとれないの？

なんか、だって……久しぶりにマイケルのすぐ近くにすわってて、スゴくミョーだったんだもん。あたしたちはもうただの友だちなのはわかってる。それにもちろん、あたしにはカレシがいることも、マイケルにはカノジョがいることも（たぶん。ズバリきけなかった）。

だけど、マイケルがあんまり……あーん、わかんないっ！　説明できないの！　なんか、ある種の近づけないオーラを発してて。

もちろん、近づいて触れちゃいけないのはわかってる（触れちゃったけど。だって、マイケルのほうからいってきたんだもん。ハグなんかしたらどういうことになるか、わかってないから。もしかして、わかってた？　ううん、そんなはずはない。マイケルってドSじゃないし。妹とはちがって）。

だけどマイケルといっしょにカフェにいたら、なんか……なんか、あのころにもどったみたいだった。もちろん、ときはずいぶん流れたけど。ただし、いい意味でのはず。だって、録音だけきくとあたしはバカみたいかもしれないけど（さっき再生してみた。ただの大バカみたいだった）、あのときは自分がバカみたいだとは思ってなかったし。昔、マイケルの近くにいたときとはちがってた。それって……マイケルと最後に会ってからすごくいろんなことが起きたからじゃないかな。あたしも、いろんなことに前より自信が持てるようになったし。ついさっきのハグ事件はべつとして。

たとえば、再生してみて気づいたけど、マイケルってば、あたしのことをからかって楽しんでる？　ほんのちょっとだけど。

かまわないけど。っていうか、かまわないどころじゃない。

オーマーガーッ。あたし、何を書いてるの⁇

だからどーした、だけど。だってマイケルは、あたしが『アトム』のインタビュー目的であそこにいったと思ってるはずだし。

うー、大あばれしちゃった！　カフェで！　七歳児みたいに！　ううう。あたし、いつになったらオトナとしてふるまえるようになるの？　少しは、公の場で気品らしきものがただよう態度をとれるようになってきたと思ってたのに。

なのに、カフェで元カレとｉＰｈｏｎｅ争奪戦なんて！　しかも、ホットチョコレートを元カレにぶちまけちゃった！

しかも、元カレのにおいをかいじゃった。

しかもそのときたぶん、シャンデリアイヤリングを片方、なくしちゃった。

あのときパパラッチがあらわれて、写真を撮られてたらと思うと……ああ、よかった。

考えてみたらふしぎ。ひとりもいなかった。最近、いく先々についてくるみたいなのに。

ま、いいけど。

とにかく、やっぱりなんか……やさしくない？　マイケルのことだけど。あと、あたしがロマンス小説を書いたといったときのマイケルのリアクションも。ファイルを送ったことは、めちゃくちゃ後悔してるけど。

マイケル、読むっていってた！　今夜！

もちろん、ＪＰだって同じことをいってた。でも、自分を安売りするなともいった。マイケルは、そういうことはひとつもいわなかった。

だけど、マイケルはあたしのカレシじゃないし。ＪＰみたいに、あたしの利益をいちばんに考えてくれてるわけじゃない。

でも、カーディオアームを発明した動機のひとつはあたしだっていわれたとき、めちゃくちゃカンゲキしちゃった。いくら大昔のこととはいえ。わかれる前の。

リリーのことを水に流してくれてありがとう、ともいってた。マイケルは真相を知らないらしい。

だって、ずっと根に持ってたのはあたしのほうじゃないし……。

げっ、おばあさまから電話だ。今度はとらなくちゃ。こっちにもいいたいことがある。

「アメリア？」おばあさまの声は、トンネルのなかにいるみたいだった。うしろでドライヤーの音がしてるから、髪をセットしてる最中なんだろうけど。「どこにいるのです？　どうしてわたくしのイーメールに返事をよこさないのですか？」

「おばあさま、ききたいのはこっちだよ。どうしてあたしの元カレとその家族を、明日のお誕生日パーティに招待したの？　まさか、カーディオアーム狙いとかいわないでよね。だって……」

「そうに決まっているではありませんか」プシューッていう音がきこえた。おばあさまが、「パオロ、やめてちょうだい。ヘアスプレーをあまりかけないようにといったではありませんか」といってる。

それから、おばあさまはもっと大きい声でいった。「アメリア？　きいているのですか？」

いまさらおばあさまの言動でおどろくことなんかないはずだ。だけど、やっぱりおどろいちゃう。しょうこりもなく。

「おばあさま」カンペキ、キレた。ただの元カレじゃないんだから。マイケルなんだからね。「そういうこと、しないで。そんなふうに人を利用しないで」

「アメリア、愚かなことをいうものではありませんよ。あなただって、お父さまに選挙に勝ってほしいでしょう？　あのアームなにがしが、必要なのです。すでに話したはずですけれどねぇ。あなたがいわれたとおりに動いていれば、明日のパーティで、現在の愛人の前で昔の愛人をもてなさなければいけないような決まりの悪い思いをしなくてすんだのですよ。さぞかしやりにくいでしょうが……」

「昔のあいじ……？」すぐそこで思春期の少年たちがスケートボードをしている。そのうちひとりが、公園に設置されてるスケボー専用のコンクリートの丘で転倒するのが見えた。あの少年の気持ち、よーくわかる。「おばあさま。マイケルは、愛人なんかじゃないから。あたしたちは……」

「パオロ、いったでしょう？　スプレーはあまりかけないでちょうだい。ほら、ラメルを見てごらんなさい。かわいそうに。過呼吸になっているではありませんか。ラメルの肺活量は、人間とはちがうのですよ！」おばあさまの声が、大きくなったり小さくなったりする。「さてアメリア、明日の夜に着るドレスのことですけれどね。シャネルから送られて……」

キャッチが入った。ティナだ！

「おばあさま。まだ気はすんでないけど、もう切らなくちゃ」

「何をいっているのです。とんでもないことですよ。まだ話はおわっていません。明日、〈ドミナ・レイ〉から会員にならないかといわれたらどうするかを相談しなければいけません。きっとそういうことになるはずです。あなたは……」

悪いとは思うけど、もうおばあさまのたわごとはさんざんきいた。

「じゃあね、おばあさま」あたしはいって、ティナからの電話に切り替えた。おばあさまがキレても、あとで対処すればいい。

「ああ、ミア！」ティナは、いきなり叫んだ。「どこにいるの？」

「ワシントン・スクエア・パーク。ベンチにすわってる。マイケルに会って、ホットチョコレートをデニムにこぼしちゃった。マイケルとわかれぎわにハグしちゃった。マイケルをにおっちゃった」

「ホットチョコレートをデニムにこぼした？　におっちゃった？」ティナは、パニクってる。

「うん」スケボー少年たちは競いあってつぎつぎジャンプにトライするけど、ほとんどみんな、転倒してる。ラーズは、軽くニヤつきながらながめてる。そのうち、ボードを借りてお手本を見せてやろうなんて考えを起こさないでくれるといいけど。「スッゴく、スッゴく、いいにおいだった」

かなりの間があって、ティナはやっと理解したらしい。

「ミア。マイケルはミアにとって、ＪＰよりいいにおいなの？」

「うん」あたしは小声で答えた。「そんなの前からだもん。ＪＰはクリーニングのにおいしかしないし」

「ミア、ＪＰにコロンを買ったんじゃなかった？」

「買ったよ。でも、意味なかった」

「ミア。どうしても話がしたいの。こっちにきてくれないかしら」

「ムリなの。おばあちゃんとおじいちゃんをセントラルパークの動物園に連れてかなきゃだから」

「じゃあ、待ち合わせましょう。動物園で」

「ティナ。なんだっていうの？　電話で話せないような大切な用事って、何？」

「ミア、わかってるでしょう？」

ううん。わかってないんだってば！

「四時一五分に、ペンギン小屋の前」

どういうわけか、セントラルパークのペンギン小屋は、あたしがドツボにはまったときにいつもたどりつく場所。

「ヒントだけでもくれない？　何と関係あること？　ボリス？　マイケル？　ＪＰ？」

「ミアの書いた小説よ」ティナはいった。そして電話を切った。

あたしの書いた小説？　あの小説が、どう関係しようがあるの？　まさか……。

そんなにヒドかった？

ううう。ＪＰもマイケルも、いまごろあの小説を読んでいるはず。まさにいまこのときかも！

考えただけで、吐きそう。

4月30日　日曜日　午後4時
セントラルパークのペンギン小屋の前

ふう。

今カレに大衆小説を書くなんて自分を安売りしてるっていわれて、元カレの（いまごろあたしの小説を読んでいるはず。まさにいまこのとき！）デニムにホットチョコレートをぶちまけて、親友に、あたしの小説——あたしが二一ヶ月ずっととりくんできた小説——のことで話があるから会いたいといわれて、これ以上、この二四時間はサイアクになりようがないと思ってた。

それが大まちがいだとわかったのは、ママと義理の父親と弟と祖父母とボディーガードと連れだって動物園に着いたとき。

　どうやらあたしって、一七年と三六四日前、とくべつラッキーな星の下に生まれたらしい。

　セントラルパークは、春の初めのよく晴れた日曜の午後、それほど混雑してなくて、ロッキーの巨大ベビーカーを押しながら人ごみをぬって歩くのは楽勝だった（なワケ、ないでしょ!!!）。

　それに、巨漢のボディーガードが人目につくったらない。わざわざカラダにピタッとはりつくようなブラックのスーツと、それに合わせたブラックのシャツとネクタイっていう服装を選んできたし。

　しかも、おばあちゃんが目立つこと、目立つこと。ショッキングピンクのＸＬサイズのジューシークチュールもどきトレーナーだもん（オシリのところにJuicyじゃなくてSpicyって書いてある。スパイシーなおばあちゃんのオシリなんて想像したくない。ジューシーならいいってもんでもないけど）。

　その上、おじいちゃんがニューヨークのドレスコードを拒否して、お気に入りのトラクターのジョンディアのロゴ入り緑と黄色のキャップをかぶってた。

　さんざん苦労してやっとロッキーに、お気に入りのホッキョクグマとサルを見せられた。正直いって、うちの弟ってめちゃくちゃカワいい。とくにサルのものまねをして、わきの下やらなんやらをポリポリかいてるとき（父親ゆずりの能力なのはミエミエ。ジャニーニ先生、怒らないでね）。

　おばあちゃんは、ロッキーだけじゃなくてあたしといっしょにいられてスゴくよろこんでた。ラッキーなことに、このあとまだいっしょに過ごす時間がある……おばあちゃんとおじいちゃんチョイスのレストランでディナー。そのチョイスっていうのが……〈アップルビーズ〉。

　ギャーッ！　気づいてなかったけどタイムズ・スクエアに〈アップルビーズ〉があって、そこにふたりはいきたがってる。これをきいたとき、あたしはラーズのほうをむいていった。「お願いだからいますぐあたしの脳天に弾をぶちこんで」やってくれなかったけど。

よりによって、〈アップルビーズ〉？　マンハッタンに星の数ほどあるレストランのなかで？　アメリカのどこにいってもたいてい見つかるチェーン店に？

あたしはおばあちゃんに、値段を気にしてるならアメックスのブラックカード持ってるからどこでも好きなお店にいけるんだよ、といった。すると、値段の問題じゃないといわれた。問題は、おじいちゃん。おじいちゃんは、かわったものを食べるのが好きじゃない。いつも同じお店にいきたがる。そうすれば、何を注文すればいいかわかるから。

外食の楽しみって、あたらしい食べ物に挑戦することじゃないの⁉

天国にいるあらゆる神さまに祈るのみ。パパラッチがあらわれて、ジェノヴィアのプリンセスであるあたしが、パパが選挙で大事なときに〈アップルビーズ〉から出てくるのを激写されませんように。

ともあれ、おばあちゃんは大学の話ばかりしたがる。あたしが何を勉強すべきかってことについて、わんさか意見してくる。おばあちゃんの意見では、あたしが学ぶべきなのは……看護。看護師なら仕事に困ることもないし、アメリカ社会が高齢化してるからいい看護師はつねに需要が高いって。

おっしゃるとおりだしとても気高い仕事だけど、あたしにはできそうもないと答えておいた。プリンセスだったりするから、大部分の時間をジェノヴィアで過ごすことが可能な職業を選ばなきゃいけない。船に名前をつけるとか慈善興業を主催するとか、いろんなプリンセス業があるから。

看護師だと、両立できそうにないし。

その点、作家なら自分の宮殿(きゅうでん)の部屋でできる。

しかも大学進学適性試験の成績を見るかぎり、あたしに看護してほしいと思う人がいるとは思えない。

ティナみたいな理数系が得意な人があたしのかわりに医療(いりょう)分野に進んでくれるからよかった。

ティナといえば、待ち合わせのためにさっき、こっそりペンギン小屋の前にきた。ママたちはロッキーに、もうすぐ三歳(さい)ならではの大騒(おおさわ)ぎでおねだりされたアイスだかなんだかを買いにいった。このペンギン小屋、この前あたしがきたときから少し改装されてる。においがなくなったし、ライトも明るくなって書きやすい。だけど、人が多いったら！

それでもやっぱり、この街をはなれて大学にいくなんて、ムリ！　ありえない！

あ、ティナがきた。なんか……心配そうな顔してる。もしかして、あたしがこれからどこにディナーをしにいくかを知ってるとか？

まさかね……。

4月30日　日曜日　午後6時半
タイムズ・スクエアの〈アップルビーズ〉の化粧室

えっと……ペンギン小屋の前でティナにいわれたことで、パニックがとどまるところを知らない！

これから、起きたことをそのまま書くつもり。床に落ちてるつぶれたフレンチフライは見ないようにして（トイレでフレンチフライ食べるって、どーゆーこと？　だれがトイレでものを食べるの???悪いけど、オェーッ）、ここが〈アップルビーズ〉の女子トイレだってことも考えないようにしてる。おばあちゃんとおじいちゃんから解放される場所がここしかないんだもん。

ペンギン小屋の前で待ってるとティナが近づいてきて、いった。「会えてよかったわ、ミア。どうしても話をしなくちゃ」

あたしってば、「ティナ、どうかした？　あの小説、気に入らなかった？」とかいっちゃって。だってもちろん、自分の小説が最高傑作だなんて思ってない。もしそうなら、いまごろだれかしらが出版したがってるはずだし。

でも、そこまでヒドいとは思ってなかったから。ティナがセントラルパーク動物園のペンギン小屋で待ち合わせて一対一で話をしなきゃいけないと感じるほどとは。

しかも、ティナはアイラインとリップをしてても青白く見えた。ペンギンの水槽の青い光のせいかもしれないけど。

すると、ティナがあたしの腕をつかんでいった。「ああ、ミア！　まさか！　よかったわ！　すごくステキだった！　あのパーティのシーンなんて、おもしろかったし。ほら、ミアは二年生のとき、パーティ・プリンセスになろうとしてマイケルの前でＪＰとセクシーダンス踊ったりしたわよね？」

あたしは、ティナをにらみつけた。「セクシーダンスの話は二度としないってことで合意してなかったっけ？」

ティナは唇をかんだ。「あっ、ごめんなさい。でも、ほんとうにおもしろかったんだもの。すごくよかったわ！　小説のことで話があるっていったのは、そういう意味じゃなくて……」

そしてティナは、ラーズに意味ありげな視線を送った。つまり……あっちいって！

ラーズは空気を読んでティナのボディーガードのワヒムのほうにいき、ペンギンがかわいらしく泳いでいるのをながめた。ふたりとも、こっちに目を光らせてはいるけど、話はきこえてないはず。

そのとき、ティナがむきなおっていま思い出してもふるえがくるような質問をした。っていうか、微笑みながらで目はキラキラしてたけど、超マジメな顔をしてたし。

書いているいまでも、信じられない。っていうか、ティナが?!　ティナ・ハキム・バーバが?!　よりによってティナが???

批判してるワケじゃない。ただ、一度も、これっぽっちも、考えてもみなかったから。

まさか、ありえないと思ってた。

だって……ティナだもんっ！

とにかく、ティナはあたしにむきなおっていった。「ミア、どうしてもききたいことがあるの。あのね……読んでて思ったんだけど……あ、誤解しないでね。すごくおもしろかったのよ。ただ……ちょっとそんな気がしちゃって、わたしが口を出すことじゃないのはわかっているけど、でも……ミアとＪＰは……

あのラブシーン、なんだか現実味があったから。それで、ミアとＪＰってもしかしてってついつい考えちゃって。すでにしてるんじゃないかしら、って。もしそうなら、いっておきたいんだけど、前に約束したみたいにプロムまで待たなかったのを責めるとかそういうつもりはまったくないわ。気持ち、よーくわかるから。じつはね、ミア、気持ちがわかるどころじゃないの。ほんというと、ずっと前から話したかったんだけど、ボリスとわたし……あのね、わたしたち、もうしたの」

！！！

「最初は、去年の夏」ティナはつづけた。あたしは、カンペキな沈黙を保ったままティナを見つめていた。「うちの両親がマーサズ・ヴィニヤードで別荘を借りた話、したでしょう？　あのとき、ボリスも二週間遊びにきたっていったわよね？　でね、あのときが最初だったの。待とうとはしたのよ、ミア。だけど、毎日ボリスの水着姿を見ていたら……とうとう……しちゃったの。両親が寝たあとで。それからは、ボリスのご両親が家にいないときは……」

　たぶん、眼球が眼窩から飛びだしそうな顔してたんだと思う。ティナが近づいてきて、あたしの腕をつかんでぶんぶんふったから。

「ミア？」ティナは心配そうな顔でいった。「だいじょうぶ？」

「ティ、ティナが？」あたしは、やっとのことで口走った。「ボリスと？」

　しょーげきてきだったのは、よりによってティナが――あのティナが――プロムの夜にロストヴァージンするっていう夢をあきらめたことじゃない。

　たしかにボリスはとんでもない変身をしてイケメンになった。じっさい、ボリスのヴァイオリンを崇拝する取り巻きギャルまで出現して、リサイタルのホールにボリスがあらわれると、押しよせてきて顔写真にサインをせがんだりしてる。だけど、あたしにはどうしても、どーーーーしても、そんなふうにボリスを見られない。

　正直いって、いまのボリスを見ても、背の高いマッチョなイケメンというふうには思えない。どうしても。ムリ！　ボリスはやっぱり……なんていうか、弟かなんかみたいな存在。

　もちろんティナは、あたしの動揺をちがう意味にとった。

「ミア、心配しないで」ティナは、あたしの手を握って心配そうに目をのぞきこんできた。「わたし、一四歳のときから月経困難症でピルを飲んでいるから」

　あたしは、さらに目をぱちくりさせた。

　ティナは、不安そうにあたしを見つめた。「それで……プロムまで待たなかったから、わたしのこと、裏切り者とか思わないわよね？」

　あたしは、口をあんぐりあけた。「へ？　ううん！　まさか！　思わないよ、ティナ！」

「でもね」ティナは顔をしかめた。「なんだか……心配だったの。ミアに話したかったけど、どう思われるかわからなかったから。ほら、わたしたち、プロムの夜に計画があったでしょう？　なのにわたし……どうしても待てなくて」それからティナは明るい顔になった。「だけど、ミアがプロムなんてくだらないとか、ＪＰに誘われてないとかいってたでしょう？　それで……それで、ミアの小説を読んだとき、なんだか……いろんなことがいっぺんにしっくりきちゃって、ミアもうしたんじゃないかって思ったのよ！　だけど、今後ミアとマイケルは……」

　あたしはペンギン小屋をぱっと見わたした。めちゃくちゃたくさん人がいる！　しかもそのうちほとんどが五歳児！　なのにあたしたち、こんな人にきかれちゃマズい話をしてるんだもん！

「今後あたしとマイケルが、何？」あたしは口をはさんだ。「ティナ、マイケルとあたし、なんて組み合わせはないの。いったでしょ、ホットチョコレートをぶちまけちゃった。それだけのことなの！」

「だけど、におったのよね」ティナは、心配そうな顔でいった。

「うん、におったよ。だけど、それだけ！」

「でも、ＪＰよりいいにおいだったんでしょう？」ティナはまだ心配そうな顔をしている。

「うん」なんか、パニクってきた。ふいに、閉所恐怖症っぽいカンジにおそわれた。ペンギン小屋の前、人がたくさんいすぎ。べとべとの手をした子どもたちのわめき声と、もちろんペンギンのかすかなにおいが、ちょっとたえられなくなってきた。「だけど、だからなんだっていうの？　あたしたち、もとにもどるとかじゃないし。ただの友だちだもん」

「ミア」ティナは、きびしい顔つきをしている。「わたし、ミアの小説を読んだのよ？」

「あたしの小説？」なんか暑くなってきた。ペンギンハウスはめちゃくちゃエアコンがきいてるのに。

「あたしの小説を読んだらなんだっていうの？」

「故郷を長いことはなれていたハンサムなナイトがもどってくる？」ティナは意味ありげにいった。

「それって、マイケルのことじゃないの？」

「ちがうよ！」あたしはきっぱりいった。オーマイガーッ！　読んだ人みんなに、そう思われちゃう？　ＪＰもそう思う？　マイケルも⁇　オーマイガーーーーーッ！　マイケルはいまごろ、読んでるのにーーーーーーッ！　マイクロミニ・ミドリといっしょに読んで、あざ笑ってるかも！

「まわりの人たちに対する責任感でいっぱいの女の子は？」ティナはつづけた。「それって、自分のことじゃないの？　まわりの人って、ジェノヴィア国民のことでしょう？」

「ちがーう！」あたしは叫んだ。声が裏返ってる。小さい子たちの手を引いてペンギンを見せていた親たちがこっちを見た。ティーンの女子がふたり、暗いすみっこで何を話してるんだろうって目で。ホントのことを知ったら、どう思うだろう。ギャーッて悲鳴をあげて動物園から逃げだすんじゃないかな。警備員に、あたしたちを撃ってくれってたのむかもしれない。

「まあ」ティナはガッカリした顔をした。「そう……そんな気がしたから。なんだか……ミアは、自分とマイケルがもとにもどる話を書いたんじゃないかって」

「ティナ、ちがうよ」あたしはいった。胸のあたりがぎゅっと苦しくなってくる。「断じてちがう」

「じゃあ……」ティナは、ペンギンの水槽の青い光のなかで、まっすぐにあたしを見つめてきた。

「ＪＰのことはどうするの？」

つぎに起きたことがどのようにして起きたのか、わからない。どんな奇跡的な幸運が起きてあたしを救ってくれたのか。とにかく、ちょうどそのときおばあちゃんとおじいちゃんがロッキーを連れてあらわれた。あたしの名前をしきりに叫んでる。叫んでたのはロッキーだけど。

そして、動物園が閉まるから帰らなきゃいけなくなった。これにてティナの話はおしまい。助かった。

で、こうしていま、〈アップルビーズ〉にいる。

あっ、ケータイが鳴ってる。ＪＰからだ！　きっと、『心を解き放って』の感想をいうために電話してきたんだ。

トイレのなかだけど、あたしは電話に出た。個人的にはトイレで電話するのはどうかと思うけど、朝からずっとＪＰと話してないし、さっき留守電入れといたから。どうしても小説の感想をききたい。押しつけがましく思われたくないけど、やっぱり。ホントなら、とっくに電話してきてくれてもいいはず。もし、ティナみたいに、あの話がマイケルとあたしのことだと思ったら？

だけどいらない心配だった。ＪＰはまだ読んでもいなかった。午後じゅうリハーサルだったから。夕食はどうするのかってきいてきた。

あたしは、おばあちゃんとおじいちゃんとママとジャニーニ先生とロッキーと〈アップルビーズ〉にいるから、きてくれたら大歓迎（っていうか、きてくれないと困る）といった。

だけどＪＰは笑って、ならいいよ、といった。

ことの重要性をわかってないらしい。

だからあたしはいった。「ううん、よくないの。どうしてもきてほしいの」

だって、ふいに本気できてほしくなったから。今日一日のことを思うと……マイケルのにおいをかいじゃったり、ティナとボリスのことを知っちゃったり、いろいろあったから。

だけど、ＪＰはいった。「ミア……〈アップルビーズ〉だろう？」

あたしは、ちょっと（っていうか、かなり）必死モードでいった。「ＪＰ、たしかに〈アップルビーズ〉だよ。だけど、うちの家族はこういう店が好きなの。っていうか、うちの家族の数名。あたし、ここにいなきゃいけないんだよ。ちょっと顔を出してくれたら、かなり元気になれるはず。おばあちゃんも、スッゴく会いたがってるし。一日じゅう、ＪＰはどうしてるかってきいてたんだから」

これは、カンペキ真っ赤なうそ。でも、いいの。うそなんかすでにさんざんついてるから、いまさらひとつ加わったところでかわりない。

おばあちゃんは、一度もＪＰのことなんかきいてきてない。

「それに、あたしも会いたいの」あたしはいった。「なんか、ぜんぜん会えないんだもん。お芝居のことでいっつもいそがしいから」

「おっと。だがそれは、クリエイティブなカップルにはつきものなはずだ。きみだって、小説を書いているあいだずっといそがしかっただろう？」ＪＰがタイムズ・スクエアの〈アップルビーズ〉に足を踏み入れるのを避けたがってるのはミエミエ。いわせてもらえば、よーくわかるし。でも、やっぱり。「それに、明日学校で会えるじゃないか。夜だって、きみのパーティがあるし。リハーサルでくたくたなんだ。だから、いいだろう？」

あたしは、足元のつぶれたフレンチフライをじっと見下ろした。

「いいよ」そう答えるしかなかった。だって、もうすぐ一八歳になろうとしてる女の子がトイレの個室のなかでカレシに、〈アップルビーズ〉で両親と祖父母と夕食をとってるからきてほしいとせがむほど、情けないことってある？

たぶん、ない。

「じゃ、またね」あたしは電話を切った。

泣きたかった。本気で、泣きたかった。トイレのなかでひたすら考えてた。元カレはたぶん――きっと――あたしの小説を読んで、自分のことだって思うだろう。そして今カレは、まったく読んじゃいなくて……それで……。

正直いって、あたしって、マンハッタンでお誕生日前夜をむかえている女の子のなかでいちばんしようもない。もしかして、東海岸全体でいちばん。

北アメリカでいちばんかも。

世界じゅうでいちばんかも。

5月1日　月曜日　午前7時45分　学校にいくリムジンのなか

今朝、アラームで起きて（これっぽっちも眠ってないけど。マイケルがあたしの小説を読んだかどうか、ずっと考えてたから。そうなの━━━━!!!　ひと晩じゅう、頭のなかをかけめぐっていたのは、「もう読み終わった？　いまは？　いまも読んでるのかな？」。で、パニクりだして、今度は「どうして元カレがあたしの小説を読んだかどうかなんて気にするの？　ミア、しっかりして！　元カレがどう思おうと、関係ないでしょ！　いまのカレはどうなのよ？」。すると、目がギンギンにさえてきて、ＪＰのことでパニクりだして、「もう読んだ？　ＪＰはどう思った？　おもしろいと思ってくれた？　思わなかったらどうしよう？」）、胸の上にのっていたでぶねこルーイをおろして、よろよろとバスルームにむかってシャワーを浴びて歯をみがき、鏡にうつる自分をながめていたらふいに気づいた。

あたし、一八歳だ。

もう法律的にオトナ。

そして、プリンセス（もちろん）。

だけど、きのうのティナの話のおかげでわかったけど、あたしは今年のアルバート・アインシュタインの卒業生のなかで、たったひとりのヴァージンってことになる。

考えてみればわかる。ティナとボリスは、去年の夏にすませた。

リリーとケネスは？　ずっと前からそういう関係なのはミエミエ。廊下でイチャイチャし合ってるのを見ればわかる（ホント、ありがたいったら。三角法の授業にいくとき、いつも目撃できる）。不適切にもホドがある。

ラナは？　あのねー。ラナなんて、はるか昔のジョシュ・リクター時代にとっくに捨てさってる。

トリーシャ？　右に同じ。ただし、相手はジョシュじゃない。少なくとも、ジョシュがあたしたちが思ってる以上のしょうもないケーハク男じゃないかぎり（ありえるけど）。

お父さんにフォートノックスに貯蔵されてる金塊みたいにかたくガードされてるシャミーカは？　二年生のときにお父さんの目を盗むことに成功したって、去年打ち明けられた（みんな、シャミーカがそこまで用意周到とは思ってもみなかったけど）。相手は、そのときつきあってた四年生のナントカ君。

ペリンとリン・スーは？　ノーコメント。

あとは、あたしのカレシ。ＪＰは、これだと思う人が出てくるまで一生でも待つつもりだといってる。で、その人があたしだってわかったから、あたしがその気になったときが自分もその気になるときだ、って。必要があればいくらでも待つ、って。

あとは、だれ？

あ、そっか。あたし。

あたしは、まだ経験してない。みんなが（っていうか、ティナが）どう思ってるかはべつにして。

そんなこと、話題になったこともないし。ＪＰとあたしのあいだでは。ＪＰの、一生でも待つ発言が出たとき以外は（元カレとくらべると大きな変化）。っていうか、ひとつには、ＪＰってジェントルマンの模範みたいだから。その点、マイケルとはまったくちがう。ＪＰは、キスしてるときもあたしの首から下には決して手をのばしてこない。

ホントいうと、あたしに興味ないのかなって心配しそうになってた。でもＪＰが、あたしが決めている境界線を尊重してるしあたしの準備ができてないのにこれ以上先に進むつもりはない、っていってくれたから。

それって、スゴくいい人。

問題は、自分でも自分の境界線がわかってないってこと。

なんか……まったくちがう。マイケルとつきあってたころとは。っていうか、マイケルはあたしの境界線がどこかなんてきいてきたことないし。だまって先に進んで、もしあたしがこれ以上はダメだと思えば、口に出すことになってた。イヤだったからじゃなくて、マイケルの――またはうちの――両親かルームメイトが部屋に入ってくるから。

マイケルのときに困ったのは、ダメって口に出したく――または手をどかしたく――なくなっちゃったこと。

そこが、あたしの問題。例の、ＪＰとのもうひとつの問題。おそろしくて、だれにも、ドクター・ナッツにさえもいえないヒミツ。

ＪＰとは、そんなふうに感じたことは一度もない。そこまで進んだことがないからってのもあるけど。でも、やっぱり……うん。

自分でも、どこに問題があるのかわかんない！　そういう気持ちがゼロになっちゃったとかじゃないし。きのうだってマイケルとｉＰｈｏｎｅ争奪戦をしてるときと、あとマイケルにハグされたとき……ドキッとしたもん。

ただ、ＪＰといると、まったくなくなっちゃうだけ。そこが、例のもうひとつの問題。

だけど、お誕生日に考えたいような話題じゃない。すでに起きて鏡を見たとき、すばらしい感覚に包まれたというのに。あたしは一八歳で、プリンセスだ、って。

ハッピー・ダメダメバースデー・トゥー・ミー。

ママとジャニーニ先生とロッキーはすでに起きてて、スペシャルブレックファストとしてホームメードのハート形ワッフル（ハート形ワッフルメーカーは、マーサ・スチュワートからの結婚祝い）を用意して待っててくれた。それって、超やさしい。

で、みんなでハッピーバースデーの朝食をとってるときにパパがジェノヴィアから電話してきて、今日がプリンセスとしての支給金をもらえる日だって教えてくれた。いっぺんに全部つかっちゃダメだ、ともいわれた（あはは。パパは、あたしが〈ヘンリベンデル〉で散財した上にアムネスティ・インターナショナルに寄付までしたときのこと、忘れてない）。支給は年に一度しかないから、って。

パパってば、電話口でちょっと感極まっちゃってた。四年前にプラザホテルで会って実は王位継承者だって話をして、あたしがしゃっくりが止まらなくなって、プリンセスだって発覚したことで動揺しまくったときは、こんなにしっかり成長してくれるとは思ってなかった、って（これを「しっかり成長」というのなら）。

あたしもちょっと感極まった。で、立憲君主制にしたことを悪く思わないでね、といった。だって、うちが王家であることにはかわりないし、王位やら宮殿やら王冠やら宝石やらジェット機やらなんやらはずっとそのままなんだからって。

パパは、バカなことをいうものではない、といった。ムスッとした声で。でもそれって、感情が高ぶって泣きそうだからなのはバレバレ。で、電話を切った。

かわいそうなパパ。いまでも、愛を追い求める方向をまちがいまくってる。

少なくとも、選挙中は女の子とデートしないだけの分別は持ってるけど。

で、そのあとママがプレゼントをくれた。あたしたちのいままでの生活の思い出を集めて組みこんだコラージュ。ワシントンDCで開かれた女性の性と生殖に関する権利集会にいったときに乗った電車の半券とか、あたしが六歳のときにはいてたオーバーオールとか、生まれたばかりのロッキーの写真とか、ロフトにペンキを塗ってるママとあたしの写真とか、でぶねこルーイが子ネコだったときの首輪とか、あたしがジャンヌ・ダルクの仮装をしてるハロウィンの写真とか、いろいろ。

ママは、これがあれば大学にいってもホームシックにならないでしょ、といった。

めちゃくちゃうれしくて、涙がこぼれそうだった。

そのときママに、どこの大学にいくのかさっさと決めなさいっていわれて、涙が引いた。

ふーん、そーゆーこと！

ママもパパもジャニーニ先生も悪気がないのはわかってる。だけど、そうはいかない。いまは、考えなきゃいけないことがたくさんあるし。親友にいままでだまってたけどカレシとの関係を打ち明けられたこととか、元カレに自分の書いた小説をわたしちゃったこととか、その元カレについての記事をあたしをきらっている元カレの妹に提出しなきゃいけないこととか、今夜は友人三〇〇人を招いてクルーザーでパーティしなきゃいけないこととか、その三〇〇人のうちほとんどはヨーロッパの小国の未亡人のプリンセスである祖母が招待したセレブだからあたしの知らない人だってこととか。

それから、あ、そうそう、今カレは二四時間以上前にあたしの小説を手にしてるけどまだ読んでもいないし、〈アップルビーズ〉にもきてくれなかったこととか。

だれか、あたしのことをボコボコにしてくれない？

5月1日　月曜日　ホームルーム

『アトム』の編集室から出てきたところ。まだちょっとふるえてる。

入っていくと、リリーしかいなかった。あたしはわざとらしい笑顔をつくって（元親友に会うといつもするように）、いった。「おはよう、リリー。これ、お兄さんについて書いた記事」（きのうの夜は一時まで書いてた。どうすれば元カレについて四〇〇ワードの偏見ゼロの記事を書ける？　答えは、ムリ）。

リリーは何やら作業をしてたけど、顔を上げて（どうしても、昔のことを思い出しちゃう。リリーがグーグルの検索ワードにいろんな神さまの名前と、そのあと汚いことばを入れて、どんなウェブサイトにヒットするか調べたりしてたときのこと。もうずいぶん昔の思い出。でもやっぱ、なつかしい）、いった。「ああ、おはよう、ミア。ありがとう」

それから、ちょっとためらいがちにいった。「お誕生日おめでとう」

!!!　覚えててくれたんだ!!!

まあ、おばあさまが今夜の招待状を送ったことがリマインダーになったんだろうけど。

あたしはビックリしていった。「あ、うん……ありがとう」

たぶんドアから出ようとしてたときだと思うけど、リリーに呼びとめられた。「あのさ、今夜あたしがケネスといっしょにいっても、動揺しないでほしいんだよね。あんたのパーティに、だけど」

「まさか。動揺なんかしないってば」あたしはいった。ミア・サモパリスの真っ赤なうそNo.7。「ふたりとも、きてくれたらうれしいよ」

長年のプリンセス・レッスンの効果がこんなところにもちゃんとあらわれた。もちろん、頭のなかではちがう考えがかけめぐっていた。オーマイガーッ。リリー、くるの???　なんで???　何かオソロしい復讐をたくらんでるとしか思えない。たとえば、ケニーとふたりでクルーザーが出航したとたんにハイジャックして、外海に出て、全員が救命いかだに乗ったら自由な愛という名の下にクルーザーを爆発させる、とか。

「ありがと」リリーはいった。「あんたにどうしてもわたしたい誕生日プレゼントがあるんだ。だけど、パーティにいかないとわたせないから」

リリーがどうしてもあたしのお誕生日にわたしたくて、ジェノヴィア王室クルーザーの上じゃないとわたせないもの？　やっぱり！　あたしのハイジャック理論が立証された。

「あ、う、うん。で、でも、リ、リリー、何もいらないからね」

こんな発言、大まちがいだった。リリーは顔をしかめていった。「ま、あんたがなんでも持ってるのは知ってるよ、ミア。だけど、ほかの人にはあげられないものをあたしならあげられると思ってさ」

あたしは超パニクりだして（すでにじゅうぶんパニクってたけど）、いった。「そんなつもりでいったんじゃないよ。あたしはただ……」

リリーは毒舌を吐いたことを後悔してるような顔をしていった。「あたしもそんなつもりでいったんじゃないよ。あのさ、もうけんかはしたくないし」

ここ二年間で、はじめてだった。リリーが、あたしたちが昔は友だちだったたって前提でしゃべったのも、けんか中だっていったのも。あんまりビックリして、一瞬、なんていったらいいかわからなかった。っていうか、〝けんかをやめる〟っていう選択肢を思いついたことは一度もなかったから。

「あたしだって、けんかなんかしたくないよ」あたしはいった。心から。

「あとね」リリーは、韓国語のバッジだらけのバックパックに手をのばした。たぶん、リリーの番組の宣伝だろうけど。「うちの兄が、これをわたしといてくれって」

そして、リリーは封筒をとりだした。白い封筒に、青い文字で住所やらなんやらが印刷されている。「パブロフ・サージカル」と書いてあって、マイケルのシェットランドシープドッグのパブロフのイラストがある。ふくらんでるから、手紙のほかに何か入ってるらしい。

「あ、うん」あたしは、マイケルの名前をきくといつもだけど顔が赤くなるのがわかった。マイケルのスニーカーの色。ううう。「ありがとう」

「どういたしまして」

ちょうどそのとき、始業前のベルが鳴った。ああ、よかった。「じゃ、あとでまた」

そして、回れ右をして、走った。

だって、なんか……ミョーなんだもん。どうしてリリーはあたしにやさしくしてくれるの？　今夜、何かをたくらんでるにちがいない。リリーとケネスのふたりして、あたしのパーティをめちゃくちゃにするようなことを。

でも、まさかね。だってマイケルもご両親もその場にいるだろうし。両親とお兄さんの立場をなくすとわかってて、あたしを痛めつけるようなことをするはずがない。土曜日のコロンビア大学の式のとき、リリーがどんなに家族を愛してるか、わかったし。

ともあれ。あたしはリリーとのことを話したくて、ティナかラナかシャミーカかだれかがいないかと思ってさがしたけど、だれもいなかった。それってミョー。だって、フツーならみんな、ロッカーまできてハッピーバースデーとかなんとかいってくれそうなものだし。でも、だれもいない。

イヤな予感がしてきた……最近のあたしにひんぱんに見られる妄想症のひとつだけど。もしかしてみんな、ティナから小説のことをきいてあたしを避けてるのかも。ティナはおもしろかったっていってくれたけど、実はひどいもんだと思ってて、ほかのみんなにもファイルを送って、みんなもやっぱりひどいと思ったのかも。あたしにハッピーバースデーをいってくれないのは、あたしの顔を見たら笑っちゃって止まらなくなるのをおそれてるからかも。

なんか、過呼吸になってきた。ホームルームの教室にきて、だれにも見られてないのを確認してから、あたしはリリーにもらった封筒をひらいた。なかに入ってたのは、マイケルからの手書きの手紙。

ミアへ。

どういえばいいかな？　ロマンス小説についてはくわしくないけれど、ぼくが思うに、ミアはこのジャンルにおけるスティーヴン・キングだ。すばらしかったよ。読ませてくれて、ありがとう。あれを出版したがらないなんて、大バカだな。

とにかく、今日はきみの誕生日だし、きみがファイルをバックアップすることを思いつくとは思えないから、ちょっとしたプレゼントをつくってみた。『心を解き放って』が、きみのハードドライブがクラッシュしたせいで日の目を見なくなったらこんなに残念なことはないからね。じゃ、今夜また。

Ｌｏｖｅ、マイケル

封筒のなかに手紙といっしょに入ってたのは、レイア姫アクションフィギアのＵＳＢメモリー。あたしが小説のデータを保存しておけるように。マイケルのいうとおり、コンピュータのハードドライブをバックアップなんてしてなかった。

それを見たとたん――ホス版のレイア姫。あたしがいちばんお気に入りのコスチューム（覚えててくれたの？）――涙があふれてきた。

マイケルは、あたしの小説をすばらしいっていってくれた！

あたしのことを、このジャンルにおけるスティーヴン・キングだって！

ファイルが消えないように保存しとくために、自分でデザインしたＵＳＢメモリーをくれた！

っていうか、ほめ言葉として、これ以上のものってある？

ない。

これ以上うれしいお誕生日プレゼントなんてもらったことない。

もちろん、でぶねこルーイはべつだけど。

しかも……マイケルは手紙に、Ｌｏｖｅって書いてきた。

Ｌｏｖｅ、マイケルって。

もちろん、深い意味はないだろうけど。みんな、手紙によくそうやって署名する。そういう意味で愛してるとかじゃなくても。ママだってあたしへのメモに、Ｌｏｖｅ、ママよりって書いてくる。ジャニーニ先生も、Ｌｏｖｅ、フランクよりって書いてくる（それって、オェーッだけど）。

でも、やっぱり、マイケルがそうやって書いてきてくれたってことは……。

Ｌｏｖｅ。Ｌｏｖｅ！

オーマイガーッ。わかってる。あたし、救いようもない。

5月1日　月曜日　世界史

さっき、廊下(ろうか)でＪＰに会った。ハグしてキスして、お誕生日おめでとう、キレイだよ、っていってくれた（キレイじゃないのは、気づいちゃってるけど。っていうか、ヒドい状態。きのうの夜は一時までマイケルの記事を書いてて、目の下にくっきりくまができてたからコンシーラーでかくそうとしたけど限界があるし。一時以降は、ティナの告白に動揺(どうよう)しまくり、マイケルとＪＰがあたしの小説を読んでどう思うだろうって心配しまくり、眠れなかった)。

たぶん、JPはあたしがカノジョだからキレイに見えるんだろうな。

あたしはJPが、小説を読んだといってくれるのを待った。マイケルの手紙に書いてあったみたいに、おもしろかった、って。だけど、JPはいわなかった。

それどころか、小説のことには触れもしなかった。

まだ読むチャンスがないだけだろうけど。お芝居でいそがしかったりするから。もうすぐ初日だし、卒業制作委員会のために上演しなきゃいけない(水曜日の夜)。

でも、それにしたって。何かしらいってくれてもいいと思う。

JPがいったのは、プレゼントはもう少し待ってくれ、ってだけ。今夜のパーティでわたしたいから、って。きっとビックリするよ、プロムのことも忘れてないから、って。

なんか、ミョーだった。だってあたし、忘れてたから。

とにかく、ティナもシャミーカもラナもトリーシャも、どこにも姿がない。ペリンとリン・スーは見かけたけど。ふたりとも、ハッピーバースデーっていってくれたけど、すぐに走っていっちゃった。くすくす笑いながら。それって、あのふたりらしくない。

ってことは、やっぱり確定。みんな、あたしの小説を読んで、つまんないって思ったんだ。

ティナがそんなことするなんて、あたしにだまってみんなにファイルを送るなんて、信じられない。

期末試験の準備日だから、あたしの小説を読むのにサイコーのタイミングだったらしい。

いっそのこと期末試験をぜんぶ、落第しちゃおうかな(三角法の場合は、落第する努力をする必要さえない）。そうすれば、来年ジェノヴィア大学にいくしかなくなる。

だけど、やっぱりダメ。ロッキーからそんなにはなれたくないもん。

げげっ。グプタ校長が呼んでる。家族の緊急事態だからすぐに校長室にくるようにって！

5月1日　月曜日　エリザベス・アーデン・レッドドア・スパ

まあね。気づくべきだったけど。

家族の緊急事態なんて、あるはずがない。例によっておばあさまのでっちあげ。あたしを学校から引きはなして、今夜のお誕生日パーティの前にお気に入りのスパでしたくをさせるため。

ラッキーなのは、おばあさまとふたりっきりじゃないこと。しかも今回は、モナコ王家やらウィンザー家やらのいとこたちやらを招いたりしなかった。

かわりに、あたしのほんとうの友だちを招いてくれた。ただしなかには（ペリンとリン・スー。自分の成績のことを本気で考えてるから）、ことわるだけの分別を持ってる人もいて、学校に残って期末試験の勉強をしてる。ティナ、シャミーカ、ラナ、トリーシャはいま、あたしのとなりでペディキュアをしてもらってる。

だけど、やっとおばあさまもわかってくれたと思うとちょっと感慨深い。あたしにも大切な友だちがいて、おばあさまが適切だと判断した相手とのつきあいを強制はできないってこと（もっとも、今夜のパーティにくる人のほとんどは、おばあさまの知り合い。あと、〈ドミナ・レイ〉の会員）。

たまに、おばあさまもやるじゃん、ってことがある。

でも、いまはおばあさまがここにいなくて助かった。会話が、とてもじゃないけどきかれたくないような種類のものだから。

「あたしはウォルドルフ」トリーシャが、シャミーカの質問に答えていっている。ふくらはぎに大粒の塩をもみこんでもらってる最中だ。「ブラッドとあたし、部屋を予約してるの」

「わたしが電話したときは、もうぜんぶ満室だったわ」シャミーカが嘆いた。

「わたしもよ」ラナは、まぶたにキュウリをのせている。「てゆーか、部屋はあるにはあったけど、スイートじゃないの。デレクとわたしは、だからかわりにフォーシーズンズに泊まることにしたわ」

「だって、遠いのに！」トリーシャが大声を出した。

「かまわないわ。バスルームがひとつしかないところなんて、ぜったいイヤ」

「ミアはプロムのあと、ＪＰとどこに泊まるの？」シャミーカが、機転をきかせて話題をかえた。

「まだ誘ってきてもいないのよ」ティナが、さらっといった。「だからね、ラナ、ミアたちもいっしょにフォーシーズンズにいくことになるかもしれないわね」わざわざ訂正する気にはなれなかった。

「ねえミア、みんなに話してもいい？」

シャミーカが、ぱっと顔をかがやかせた。「なんのこと？」

「えっと……ほら」ティナは、うれしそうに目配せをしてきた。

ティナが「話してもいい」発言をした時点で、あたしはパニクってた。ティナがいってる話っていうのが、きのうのペンギン小屋での会話だと思ってたから。マイケルのこととか、あたしがマイケルをにおったりしたこととか。

そしていま、小説の感想を書いてくれた手紙を受けとって――Ｌｏｖｅ、マイケル――、レイア姫USBメモリーがポケットに入ってて、そうなってみると何もかもがなんか……わかんないけど。

しかも、みんなにカレシ話をされたことでちょっと神経過敏になってた。プロムのあとにどこへ連れてってもらうかとか。あたしの場合、まともに誘われてもいないし……。

たぶん、ちょっと意識しすぎだったんだろうけど。

とにかく、ふいに口からことばが飛びだしちゃった。ちょっと声が大きすぎた。ペディキュアをしてくれるお姉さんに踵にできたタコをこすり落としてもらっているときだった。「あのね、あたし、ＪＰとはそういうこと、したことないの。みんなのセクシーガールズトークがおわるまで、リムジンのなかで待ってたほうがいい？」

一瞬、四人（っていうか、足のお手入れをしてくれてたお姉さんたちを入れると九人）はピタッと口をつぐんで、あたしを見つめていた。沈黙をやぶったのは、ティナだった。「ミア、わたしがいおうとしていたのは、ミアがロマンス小説を書いたことを話してもいいかしらってことだったのよ」

「ロマンス小説書いたの？」ラナが、あ然とした顔をした。「小説？　てゆーか、本ってこと？」

「なんで？」トリーシャが、ぎょっとした顔でいった。「なんで、そんなことしようと思ったの？」

「ミア」シャミーカが、そわそわした顔でほかのみんなに目配せしてからいった。「本を一冊書いたなんて、スゴいと思うわ。ホントに！　おめでとう！」

「でも、ミアの小説のなかにはラブシーンがあったでしょう」ティナがいった。ティナも、ほかのみんなと同じくらいビックリした顔をしている。「あのシーン、どう見ても……」

「いったでしょ」エリザベス・アーデンのドアに負けずに赤くなるのがわかる。「ロマンス小説を山ほど読んだって」

「それって、ホンモノの本？」ラナがたずねた。「ほら、ショッピングモールでつくれる、自分の名前を入れて物語にするようなおもちゃの本じゃなくて？　わたし、七歳のときにつくったことあるの。本のなかで、ラナがサーカスに入って、ラナが空中ブランコをやることになって、ラナはだれよりもうつくしくて才能があるから……」

「ほんものの本よ！」ティナが、ラナをギロリとにらんでいった。「ミアがひとりで書いたの。とってもおもしろ……」

「あのねー！」あたしは叫んだ。「さっき、あたしは未経験だって発表したんだけど？　何かコメントないわけ？」

「だって、本の話のほうがおもしろいもの」シャミーカがいった。「ミア、なんの問題があるの？　わたしたちがみんな経験済みだからって、ミアが気にする必要はないわよ」

「そのとおりよ」ティナがいった。「それに、プレッシャーかけてこないなんて、ＪＰってステキ」

「ステキじゃないでしょ」ラナがさらっといった。「そんなの、ヘン」

ティナがまたラナをにらんだけど、ラナはしらーっとしてる。「だって、マジでヘンだもーん！

オトコなんて、みんな同じだし」

「ＪＰも未経験だから」あたしはみんなにいった。「これっていう人があらわれるまで待ってたんだって。で、その人を見つけたっていってるの。で、あたしがその気になるまでいくらでも待つって」

これをきいて、一同顔を見合わせてうっとりとため息をついた。

ラナ以外、だけど。「で、いまは何待ち？」

ティナが叫んだ。「ラナ！」同時にシャミーカがたずねた。「ミア、ＪＰがいくらでも待つっていってるなら、なんの問題があるの？」

あたしは目をぱちくりさせた。「問題なんかないよ。っていうか、あたしたち、うまくいってるし」

ミア・サモパリスの真っ赤なうそNo.８。

ティナにあばかれちゃったし。

「問題ならあるわ。そうよね、ミア？　きのうの話からすると、あるはずよ」

あたしは目を見ひらいてティナを見つめた。ティナが何をいうつもりかはわかるから、なんとかしてだまらせたい。ラナとその一味の前でいわれたくない。

「ううん、ないよ。問題はゼロ。あたし、ほら、もともとオクテだし……」

「それをいうなら、ヘンジンでしょ」ラナがバカにしたようにふんっといった。

でもティナは、あたしのさりげなーい合図に気づいてなかった。

「ミア、だいたいＪＰとしたいと思っているの？」ティナはたずねた。

Ｌｏｖｅ、マイケル……ん？　どうしていきなりこんなのが、頭に浮かんできたの？

「もちろん！」あたしは叫んだ。

「でも……」ティナは、ことばをしんちょうに選んでいるような顔でいった。「きのう、マイケルのほうがいいにおいだっていってたから」

トリーシャとラナが、顔を見合わせている。ラナが、あきれたというふうに目玉をぐるんとまわした。

「また首のにおいがどうとかいわないでよね。いったでしょ？ JPにコロン買いなさいって」

「買ったよ。……ね、もうこの話、やめにしない？ みんなの頭のなかって、そのことしかないの？もっと大切なものがあるんだからね」

これをきいて、足のお手入れをしてくれていたお姉さんたちが、発作的にくすくす笑いだした。

「だって、あるでしょう？」あたしはいった。

「ええ、もちろんです」お姉さんたちはいった。

「しかもね」あたしは必死にうったえた。「マイケルがJPよりいいにおいだからって、あたしがまだマイケルのことを好きとかそういうことにはならないから」

「わかったわよ」ラナがいった。そして、急に小声になってつけたした。「ホントは、そういうことになるけどーっ」

「キャーッ、三角関係！」トリーシャが悲鳴をあげて、ラナとふたりしてけらけら笑いだした。足を浸していたお水をばしゃばしゃはねちらかしたから、ネイリストのお姉さんたちに、どうかお静かにって注意された。

5月1日　月曜日　午後7時　ジェノヴィア王室クルーザー、クラリッサ3のマスター・スイート

パーティの準備でパニクってる人をこんなにたくさん見たのは、生まれてはじめて。

花屋さんはまちがったアレンジメントを持ってくるし――白いバラと、ピンクじゃなくて紫のユリ――料理担当者はシーフードハルマキにオレンジソースじゃなくてピーナッツソースをかけてくるし。

あたしが、ヘリコプターの着陸場をダンスフロアにしようよって提案したときなんか、ふたりとも呼吸困難起こしてた。

だって！　じっさいにヘリを着陸させる人がいるわけじゃないんだから！

少なくとも、あたしのドレスはぶじに届いた。すでに着せられて（シルバーでキラキラしてて体にピッタリ合っていて……っていうか、あたしのサイズに合わせてつくられてるから、どういう結果かはミエミエ）、髪はくるくるねじってアップにしてティアラでとめている。邪魔にならないようにおとなしくここにすわってろって命令された。お客さんがみんな到着して、登場シーンになるまで動くなって。

どっちにしても、うろつく気力なんかない。ふたつの〝ビックリプレゼント〟が待ってると思うと……ＪＰからと、リリーから。

気にしすぎとは思うけど。ＪＰがくれるものを気に入らないわけがないし。でしょ？　っていうか、カレシだもん。家族や友だちの前であたしに恥をかかせるようなことをするはずがない。ＪＰはわかってくれた。わかってくれたはず。

じゃあ……どうしてこんなに胸がざわざわするの？

たぶんちょっと前、ＪＰがごきげんうかがいの電話をくれたからだ（よくなっている面もあった。〝ヒミツ〟を友だちに打ち明けたから。みんながたいしたことじゃないと思ってるみたいで、かなりほっとした。っていうか、ホントにたいしたことじゃないけど。ただ……なんか、みんながたいしたことじゃないって思ってるのがわかってほっとした）。

ＪＰは、お誕生日のサプライズへの心の準備はできてるか、ってきいてきた。

お誕生日のサプライズへの心の準備？　なんの話？　あたしのこと、わざと動揺させようとしてる？　ホント、ＪＰとリリーのおかげでどうにかなりそう。キィィイイーッ。

だいたい、だまってすわってろなんてよくいえたものだと思う。だって、すわってなんかいられないもん。舷窓のひとつから外をのぞいて、いろんな人たちがタラップをのぼってくるのをながめてる（だれにも見られないようにカーテンのうしろにかくれてる。おばあさまの黄金律によると、「相手が見えるということは相手からも見えるということ」だから）。

ありえないような人たちがやってくる。セレブがぞくぞく。

そして、今夜のスペシャルイベントとして、マドンナがすでにバンドとスタンバイしてる。なつかしのナンバーも、あたらしい曲といっしょにうたってくれる約束だ（おばあさまがマドンナが参加してるチャリティイベントにとくべつな寄付をして、『イントゥ・ザ・グルーヴ』、『クレイジー・フォー・ユー』、『レイ・オブ・ライト』をうたってもらうことになった)。

元ダンナのショーン・ペンもきてるから、決まり悪い思いをしないといいけど。

しかも、やってきたのはセレブだけじゃなくて……あたしの昔なじみもたくさん！　いとこのセバスチャーノは（いちいち立ち止まってパパラッチと話をしてる。パパラッチは、リムジンやタクシーがお客さんをおろすたびにパシャパシャ写真を撮ってる）、スーパーモデルと腕を組んでやってきた。いまじゃ、有名ファッションデザイナー。ウォルマートでデニムのブランドまで持ってる。

あっ、いとこのハンクだ。白い革パンに黒いシルクのシャツ。追っかけギャルたちが待ちかまえてて（今朝エンタメニュースにお知らせがアップされてたから、読んでかけつけたらしい）、サインを求めて悲鳴をあげている。ハンクはもったいぶって立ち止まってはサインしてあげている。子どものころ、インディアナ州のベルサイユでいっしょにオーバーオールを着て裸足でザリガニとりをしたのが夢のよう。いまじゃハンクは、タイムズ・スクエアの巨大ビルボードにしょっちゅう下着姿で登場してる。こんなこと、だれが想像できた？

おっと、おばあちゃんとおじいちゃん登場。おばあさまがスタイリストをつけたらしい。

ふたりとも、すっかりおシャレさんになっちゃって！　おじいちゃん、タキシードだ！

おばあちゃんなんか、イブニングドレス着てるし！　パオロが髪もセットしたらしい。何度も立ち止まってパパラッチに手を振ってるけど、だれも写真は撮ってない。

あと、ママとジャニーニ先生とロッキー！　ママ、スゴくキレイ。いつもだけど。あたしもいつか、あんなふうにキレイになれたらいいな。ジャニーニ先生まで、おめかししちゃって。それに、子ども用タキシードを着たロッキーのかわいいこと！　何かしらこぼしてべとべとにしちゃうのも時間の問題だろうけど（五分と見た）。たぶん、ピーナッツソース。

あとは、ペリン、リン・スー、ティナ、ボリス、シャミーカ、ラナ、トリーシャ、みんなのご両親……ひゃーっ、みんな、カッコいいー。まあ、ボリスはべつとして。

ううん、ボリスも。タキシードを着るときは、シャツをパンツにインするのがフツーだし。

あと、グプタ校長もいる！　ウィートン先生夫妻も！　ヒル先生、マーティネス先生、シェリー先生、ヒプキンス先生、保健室のロイドさん、ホン先生、ポッツ先生、アルバート・アインシュタイン・ハイスクールの教務の人ほぼ全員！

おばあさまが、みんなを招待させてくれたのはうれしかった。先生方を学校の外で見るのって、超ヘンな気分だけど。正装してると、先生ってわからない。

なんか、けっこう楽しくなってきた。気がかりなことがこれから待ってるけど……。

あっ！　きた。

ＪＰだ。ご両親といっしょ。

イブニングジャケットを着て白いネクタイをしてて、カッコいいーーーっ。

大きい包みとかは持ってない。ってことは……いったいなんなの？　サプライズって？

あっ、ＪＰが立ち止まってる。ご両親といっしょに、パパラッチに話しかけてる。なぜだか、自分のお芝居のことを話すつもりじゃないかって予感がしてしょうがない。

まあ、あたしだって自分の名前で小説を書いたら宣伝するチャンスをのがしたりしないでしょうし。だけど、ティナが思ったような内容について——っていうか、人について——書いてあることを考えると、やっぱり……。

あーっ、もうガマンできないっ！　いつになったらパーティに参加できるの？

モスコーヴィッツ家の人たちだ！　リムジンからおりてくる！

ケネスもいる。タキシード着て、ふりかえって手を差しだして……リリー！　わあー、すっかりドレスアップしちゃって。超ステキな黒のベルベットのドレス。どこで買ったのかな。いつもの救世軍の古着じゃないのはわかるけど。しかも、カメラ一体型ビデオのケースまでドレスに合わせちゃって！　めちゃくちゃオシャレ！

リリー、スゴくきれい。あれで今夜、オソロしいことをたくらんでいるとはとても思えない。そんなの、ありえない。

あっ、マイケルだ！　きてくれたんだ！　タキシード着て、超ステキーーーーッ！　オーマイガーッ、あたし、なんだか頭が……

げっ。おばあさま……あと……

船長！

ううう。ジョンソン船長は、船がすでに定員オーバーなのにぞくぞくとリムジンやらタクシーやらが到着しているから、錨をあげられないといっている。最大収容人数をこえたらしずんじゃうって。

「よろしい」おばあさまがいってる。「アメリア、あなたのお客さまに帰っていただくようにいいなさい」

あたしは、笑いとばした。おばあさま、あたしがいうとおりにすると思ったら、サイドカーののみすぎだってば。

「あたしのお客？　悪いけど、アンジーとブラピを招待したの、だれ？　あと、子どもたち全員も。あたし、知り合いでもなんでもないんだよ！　あたしは友だちといっしょにお誕生日をお祝いしたいの。自分が招待したセレブに帰ってもらえばいいでしょ！」

おばあさまは、ぽかんとした顔をした。

「そのようなこと、できるわけがありません！　アンジェリーナは、〈ドミナ・レイ〉の会員なのですよ！　あなたの入会の誘いを持ってくる可能性はとても高いのです」

とにかく、あたしたちは妥協策を考えた。だれも追いださない。

かわりに、船は動かさない。波止場に停泊したまま。

なんの問題もない。

あ、ラーズがノックしてる！　登場する時間だって……うー、吐きそう。

もちろん、頭にはティアラがのってる。だから、落ちないように背筋をしゃんとしなきゃいけない。

5月1日　月曜日　午後11時　ジェノヴィア王室クルーザー、クラリッサ3　操縦室からちょっとはなれたところにあるミョーに張りだしてる部分で、『タイタニック』ではここにレオとケイトが立って、レオが「オレは世界の王だ」ってセリフをいって、船にはくわしくないからなんて呼び名かはわかんないけど、コートを持ってくればよかったって後悔するほどめちゃくちゃ寒い場所

オーマイガーッオーマイガーッオーマイガーッオーマイガーッオーマイガーッオーマイガーッオーマイガーッオーマイガーッオーマイガーッオーマイガーッオーマイガーッオーマイガーッ！

うん。とにかく呼吸しなきゃ。吸ってー、吐いてー、吸ってー、吐いてー。

最初は、何もかもうまくいってた。あたしが登場して、マドンナが『ラッキースター』をうたってて、ティアラは落ちなかったし、みんなが拍手してくれて、おばあさまとヴィゴは心配してたけど何もかも――とくに紫のユリが――すばらしくうつくしくて、そして――ここが超ビックリ事件なんだけど――実はパパがこの日のためにわざわざジェノヴィアから王室専用機でかけつけてくれた。あたしをビックリさせるために、ひと晩だけ選挙活動をぬけだして。

そうなの！　パパは紫色の花の大群のうしろから登場して、娘であるプリンセス、つまりあたしがどんなにすばらしく成長したかってスピーチした。あたしは、ほとんどきいちゃいなかった。だって、あんまりビックリして、涙でうるうるだったんだもん。

それから、気づいたらパパにハグされてた。で、パパが巨大な黒いベルベットの箱をくれた。なかに入ってたのは、ピッカピカのティアラ。見覚えがあると思ってたら、あたしがベッドルームにかざってた肖像画のなかでプリンセス・アメリがつけてたティアラ。これをつけるのにふさわしい人物がいるなら、それはあたしだって。四〇〇年近く行方不明になってたけど、パパが宮殿じゅうをくまなくさがさせて、とうとう宝石保管室のすみっこでほこりをかぶってるところを見つけて、きれいにみがいてくれたんだって。

こんなにうれしいことって、ある？

泣きやむのに五分くらいかかった。そこから、パオロがあたしがしていたティアラをはずしてあたらしいのをつけてくれるのに、また五分。ヘアピンがざくざくささってたから。

ハッキリいって、前のよりもずっとしっくりくる。すべり落ちそうな気がぜんぜんしない。

そのあと、みんながかわるがわるやってきて、いろんなやさしいことをいってくれた。「ご招待に感謝します」とか、「すごくおきれいです」とか、「ハルマキおいしいです」とか。

そしてアンジェリーナ・ジョリーが近づいてきて、〈ドミナ・レイ〉への正式な入会のお誘いをされた。あたしは、その場でお受けした〈おばあさまに、そうしろっていわれてたけど、自分でも入りたかったし。イカした団体だから）。

　おばあさまはもちろん、あたしたちが話してるのを目撃するとすぐに何が起きているのか理解して、突進してきた。ロッキーが、クッキーの箱をあける音をきいたときみたいに。

　で、アンジーはおばあさまにも招待状をわたした。これで、おばあさまの夢がかなったってワケ。

　そのあと、あたしはプリンセスとしての務めを果たすためにひとりひとりに近づいていって、いらしてくださったお礼をいった。さすがに四年近くもこんなことをやってるから慣れてきてたし、たまに人がいきなりなんの脈絡もなく発するミョーなセリフにかたまっちゃったりもしなかった。

　それからラナとトリーシャとシャミーカとティナとリン・スーとペリンとママ（！）とあたしで、マドンナの『エクスプレス・ユアセルフ』を（“Come on, girls!”）踊りながらうたって、そのあとラナとトリーシャはウィリアム王子とハリー王子のところに直行して（やっぱり）、ＪＰとあたしで『クレイジー・フォー・ユー』に合わせてスローダンスを踊って、パパとあたしで『ラ・イスラ・ボニータ』でルンバを踊った。リリーが一部始終をビデオ撮影してて、いちおうダメなことになってるけど、あたしは警備の人に見逃してといった。リリーは撮影する相手にかまわないかって許可をとってたし、パーティは順調だったし……でも、リリーが何かたくらんでる気がしてしょうがなかった。

　リリーがそのフィルムをあとで何につかうつもりかは、不明。

（あとでやること：食糧不足の援助団体に寄付をする。世界では毎日、三人に一人の子どもが餓死してる。なのにおばあさまときたら、ハルマキにつけるソースのことで大騒ぎしてるんだから）

　リリーは、カメラをおろしてあたしのほうに歩いてきた（ケネスを引きつれて。そうはなれていないところにマイケルもいた）。で、いった。「ミア、超ゴキゲンなパーティじゃん」
あたしはもう少しで、食べていたエビのカクテルを喉につまらせそうになった。ダンスしたりあいさつしたりでずっと何も食べてなかったから、ティナがお皿に食べ物をのせて持ってきてくれたところだった。「ミア、何かしらお腹に入れないと、気が遠くなっちゃうわよ」って。

「あ、うん」あたしは、口にエビが入ったままリリーに返事をした（おばあさま的には、カンペキアウト）。「ありがとう」

リリーにむかって話してるつもりだった。

だけど視線はリリーをとおりこして、かんぜんにマイケルに釘づけになってた。タキシードを着て、ケニー（っていうか、ケネス）のうしろにいる。マイケルはあまりにも……ステキすぎて、ロウワー・マンハッタンのうつくしい明かりをうしろから受けて立っていて、空気がちょっと湿っぽいから広い肩のあたりの黒い生地がしっとりして、ピカピカ光る照明をあびてきらめいていた。

なんなの？　あたし、どうしちゃったんだろう？　フラれたのを忘れたワケじゃない。ドクター・ナッツのセラピーで克服したはず。すでにカレシもいるし、非の打ち所のない人で、いまだってあっちのバーにスパークリングウォーターのおかわりをとりにいってくれてる。

そんなのぜんぶ、わかってる。

ぜんぶわかってるのに、マイケルから目がはなせなくて、マイケルがニコッとするのを見て、世界一ハンサムとか思っちゃったけど（たとえマイケルが、ラナがすばやく指摘したようにクリスチャン・ベールじゃなくても）、そんなのは問題ですらなかった。

問題は、つぎに起きたこと。

マイケルがいった。「クールな帽子だね、サモパリス」プリンセス・アメリのティアラのことだ。

「あ、うん」あたしは手をのばしてティアラに触れた。まだ信じられない気分だったから。パパが見つけてくれて、しかもわざわざかけつけてプレゼントしてくれたなんて。「ありがとう。パパったら、こんなことしてくれなくてもいいのに。選挙中だから時間に余裕なんかないはずだし。世論調査ではルネが優勢なの」

「あのルネが?」マイケルはビックリした顔をした。「賢そうには見えなかったけどな。どうしてお父さんよりルネなんかを選ぼうと思うんだろう」

「だいたい、どうしてきみのお父さんは総理大臣なんかになりたがるんだ?」ケネスがいった。

「そうだねケネス、たしかにパパは、総理大臣なんかに立候補しないで、プリンスとしてフツーの王家の義務だけ果たすことだってできたよね。でもパパは、自分の国の未来のために積極的に役に立つことを選んだの。だから総理大臣になろうと思ったんだよ。だからあたしも、パパがここにいることで時間をムダにしてるんじゃないかって心配してるの」

あたしが本気でパニクった原因は、このあと起きたこと。

リリーが、パパをかばうようにいった。「きてくれたなんてやさしいじゃん。一八歳のバースデーは一度しかないんだよ。それにミアが大学にいっちゃったら、あんまり会えなくなるし」

「だけど、ミアはジェノヴィア大学にいく予定なんだろう?」ボリスがいった。

そのとき、マイケルがぱっとこちらをむいて、目を丸くしてあたしを見つめた。「ジェノヴィア大学？」もちろん、あたしが行きたがってた大学じゃないって、マイケルは知ってるから。

顔が赤くなるのがわかった。マイケルとメールのやりとりをしてるとき、願書を出した大学ぜんぶに受かったことも、学校の友だち全員にうそをついてることも、話題にしたことがなかった。

「ほかにどこの大学にも入れなかったからだよ」ボリスが親切心で答えてくれた。「ＳＡＴの数学の成績が低すぎてね」

これをきいたティナがひじ鉄を食らわせたので、ボリスは「うぇっ」と声をあげた。

ちょうどそのとき、ＪＰがあたしのスパークリングウォーターを持ってもどってきた。やけに時間がかかったのは、途中でショーン・ペンと話しこんでたから。たぶん、めちゃくちゃ舞いあがってるはずだ。ショーン・ペンはＪＰのヒーローだったりするから。

「ミア、すべての大学から断られたとはとても信じられないな」マイケルが、だれが近づいてきてるかも知らずにいった。「ＳＡＴの成績なんかカウントさえしない大学だってあるんだよ。しかも、かなりいい大学だ。なかでもサラ・ローレンスなんかは、ライティングのクラスが充実している。願書を出さなかったなんて、ありえないよ。もしかして、大げさにいってるんじゃ……」

「あっ、ＪＰ！」あたしはあわてて叫んだ。「ありがとー！　喉、カラカラでっ！」

「マイク……」ＪＰは、芸術的ヒーローと会話したばっかりで、まだぼーっとしてるみたいだった。

「やあ。で……もどってきたんだ」

「少し前からもどってるよ」ボリスがいった。「発明したロボットアームに高値がついて大成功したんだ。知らなかったとはオドロキだな。どこの病院も、喉から手が出るほどほしがってるけど、一〇

○万ドルくらいするし、予約待ちのリストがすごくて、うぇっ」
またティナのひじ鉄だ。今回は、あばら骨を折っちゃったかと思った。ボリス、ふたつ折りになってうめいてるから。

「へーえ」ＪＰはニッコリしていった。ボリスにいろいろきかされても、ちっとも動揺していないみたいだ。それどころか、両手をタキシードのパンツのポケットにつっこんで、ジェームズ・ボンドかなんかみたい。「そりゃ、すごいや」

「ＪＰは脚本を書いたのよ」ティナがとうとつにいった。この場の緊張感にたえられずに、話題をかえようとしたらしい。

みんな、だまってティナをじっと見た。リリーなんか、眉のピアスをこなごなにしちゃうんじゃないかと思った。バカ笑いしたいのをガマンしてるらしく、眉をぎゅーって寄せてるから。

「へーえ」マイケルがいった。「そりゃ、すごいや」

正直いって、マイケルが本気でいってるのか、ＪＰのことをからかってるのか、わからなかった。いわれたのとまったく同じセリフをくりかえすなんて。わかったのは、とっととここから脱出しなきゃ、ってこと。これ以上こんな緊張感のなかにいたら、爆発しちゃいそう。一八歳のお誕生日にヘトヘトにつかれはてるなんて、かんべんしてほしい。

「あっ、えっと」あたしは、ティナにお皿をわたしながらいった。「プリンセスコールが入っちゃった。あっちに顔出してこないと。じゃ、みんな、またあとで……」

ところが、あたしが一歩も踏みださないうちに、ＪＰがあたしの手をつかんで引きもどした。「ミア、もしかまわなければ公の場で話しておきたいことがあっていまが絶好のタイミングなんだ。いっしょにステージのほうにいってくれないか？　マドンナもちょうど休憩するところだし」

　胃のあたりがざわざわし始めた。だって、ＪＰが公の場で話しておきたいことって？　クリントン夫妻の前で？　マドンナとバンドの前で？　パパの前で？

　あと、マイケル。

　だけどあたしが返事もしないうちに、ＪＰはあたしを導いて――っていうか、引きずって――つくりつけのプールのむこうにセッティングされたステージのほうにむかった。

　気づいたときにはもう、マドンナがそっとステージからおりて、ＪＰがマイクの前に立ち、人々に注目を呼びかけていた。みんな、こっちに注目する。三〇〇人の顔がいっせいにこっちをむき、あたしは心臓が口から飛びだしそうだった。

　もっとたくさんの人の前でスピーチしたこともあるけど、それとこれとはちがう。あのときは、あたしがマイクを握っていた。いまは、ほかの人。

　そして、その人が何をいおうとしているのか、あたしにはさっぱりわかんない。

　っていうか、じつは想像つくけど。

　だからこそ、この場から消えちゃいたい。

「レディースアンドジェントルマン」ＪＰの低い声がデッキに、それからサウスストリートシーポートに響きわたる。はなれたところにいるパパラッチにも、たぶんきこえてるはず。「今夜こうして、すばらしい女性の記念日を祝うとくべつな場所にいられることを、たいへん誇りに思います。彼女は、われわれすべてにとって、とても大切な女性です。彼女の国、彼女の友人、彼女の家族にとって……しかし正直にいわせていただくと、プリンセス・ミアはおそらく、ほかのだれよりもわたくしにとって、とても大切な女性です……」

オーマイガーッ。やめて。こんなとこでいわないで。こんなタイミングで！　っていうか、どんなにあたしを大切に思ってるか、みんなの前でハッキリいってくれるなんてうれしいけど……マイケルなんて、そんなことしようと思ったこともなかったはずだから。

でもたぶん、マイケルはそんな必要があると思ったこともないだけだと思う。

「だからこそ、この場をお借りして、プリンセス・ミアにわたくしの気持ちがどんなに深いかをわかってもらうため、友人たちや愛する人たちの前で、ある申しこみをしようと思っています……」

そして、ＪＰが手をタキシードのパンツのポケットにのばしたとき、あたしは本気でＣＰＲで心肺機能を回復させる必要を感じた。

思ったとおり、ＪＰがとりだしたのは、黒いベルベットの箱だった……プリンセス・アメリのティアラが入っていたのよりずっと小さい箱。

ちょうど指輪がおさまるサイズの箱。

集まった人たちは箱を――それからＪＰがひざまずくのを――見るなり、熱狂し始めた。はやしたてたり手をたたいたりして大騒ぎするから、つぎにＪＰがいった言葉がよくききとれなかった。すぐ前に立っているのに。マイクを通してても、ほかの人にもきこえなかったはず。

「ミア」ＪＰは自信たっぷりな目であたしを見つめながら、箱をあけた。入っていたのは、プラチナ台のむちゃくちゃ大きいペアシェイプカットのダイアモンドの指輪。「どうかぼくと……」

歓声がいちだんと大きくなった。目の前で何もかもがぐるぐるして見える。マンハッタンの地平線も、パーティの照明も、並んでいる人々の顔も、すぐそこにあるＪＰの顔も。

一瞬、ほんとうに気絶するかと思った。ティナのいうとおりだ。ちゃんと食べておけばよかった。

だけどひとつだけ、あたしの視線がハッキリととらえたものがあった。

マイケル・モスコーヴィッツ。マイケルが、背をむけるところ。

そう、パーティ会場から立ち去るところ。ボートから。あらゆるものから。とにかく、マイケルは出ていこうとしていた。一瞬、顔が見えた。カンペキ無表情だったけど、ハッキリと見えた。

そしてつぎの瞬間には、うしろ姿しか見えなかった。広い肩が、そして背中が見えて、マイケルはタラップをおりていった。

去っていった。

あたしがＪＰの申しこみになんて答えるのか、きこうともしないで。

っていうか、どんな申しこみなのかさえきかずに。それって実は、みんなが思っているようなことじゃなかったんだけど。

「……プロムにいっていただけますか？」ＪＰは自信に満ちた笑顔であたしを見つめた。

あたしは上の空で、ほとんどＪＰのほうを見てなかった。視線がどうしてもマイケルを追いかけてしまうから。

だって、なんか……わかんないけど。視界がぐらぐらしてきて、そのうちマイケルが背をむけてだまって去っていって、まるで何が起きてもまったく興味がないみたいに……。なんか、体のなかでさーっと冷たくなっていくものがあった。自分のなかにまだ残っているとは気づいてなかったものが。

それって考えてみたら、ほんのかすかな希望の光。

たぶん、いつの日か、どうにかして、マイケルとあたしはもとにもどれるかも、っていう希望。

わかってる！ バカだ、あたし。大バカ！ これだけいろいろあって、まだ希望を持ってるなんて！ しかもあたしには、スゴくステキなボーイフレンドがいて、そういえばいまだって、あたしの前にひざまずいて、指輪まで差しだしてるのに！（それってでも、もしもし？ どーゆーこと？ プロムに女の子を誘うのに指輪をわたす人なんている？ あ、ボリスがいた。でもボリスだし）

だけどどうやら、ほんのかすかな希望の光を大切にしていたのは、あたしだけだったみたい。マイケルはなんとも思ってないから、二年つきあったカレシからのプロムのお誘い（そういう意味の指輪だと思う。そういう意味でしょ？）になんて答えるかなんて、興味なし。

だから。これでおしまい。

なんか、ちょっと笑える。マイケルはずっと前にあたしの胸をこなごなにしたはずなのに。あんなふうに立ち去ることで、あらためてこなごなにするなんて。

どうしてそんなことができるの？

でもあたしは、マイケルが去っていったせいで目に涙がいっぱいたまってたし、胸が（またしても）こなごなにくだけちゃってたからあんまりよく見えてなかったけれど、考えだけはしっかりしてた。ある程度しっかり。

あたしにできるただひとつのことは、ＪＰに返事をすること。おばあさまから、こんなときのために九百万回くらい練習させられた返事だ。ほんとうにこんなときがあるなんて、思ってなかったけど。

「まあ、(申しこみ者の名前)、あなたさまの情熱にすっかり感動してしまって、なんて申しあげたらいいのかわかりませんわ。あまりに突然のことですもの。頭がふらふらしてしまって、考えがまとまりません……」

うそじゃない。今回は。

「わたくしはまだ未熟者で、あなたさまは大人の男性でいらっしゃいますから……このようなこと、思ってもみませんでした」

まったくもって、うそじゃない。今回も。高校生でこんな指輪をわたす人なんていない。いくらただのプロミスリングだって(ていうか、そういうことでしょ?)。あ、そうだ、ボリスがいたけど。

待った、パパはどこ? あ、いた。オーマイガーッ。パパのあんな顔色、見たことない。頭が爆発しちゃいそうに見えるくらい、めちゃくちゃキレてる。ほかのみんなと同じように、ＪＰがプロポーズしたと思ってるんだろうな。ただプロムに誘っただけとはわかってないんだ。指輪を差しだしてひざまずいてるのを見て、そういうことだって……オーマイガーッ。どーゆーこと? どうしてＪＰは指輪なんか用意してきたの? マイケルもそう思った? ＪＰがあたしに結婚を申しこんだって?

消えてなくなりたい。

「どうやら、しばらく私室で横にならなければいけないようですわ。少しひとりになって、侍女にたのんでこめかみにラベンダーオイルをつけてもらいながら考えることにいたします。あまりに突然で、びっくりしてしまったのですもの」

正直、おばあさまの教えてくれた返事って、ちょっとだけ……時代おくれ。

しかも今回の場合、ズレてるような気もする。ＪＰとあたしがもう二年近くもつきあってることを考えると。プロムに誘うくらい、想定外のオドロキとはいえない。

それにしたって！　あたし、自分がどこの大学にいきたいのかさえ、わかってないんだから。近い未来にだれといっしょにいたいかなんて、わかるわけがない。

だけど、かなりハッキリした手がかりはある。あたしの小説をぱらっとめくってみることもしない人とは、いたくない。四八時間前に手にしているのに。

まあ、ほんの一例だけど。

ただし、そんなことを船の上にいるみんなの前でいって、ＪＰに恥をかかせられない。あたし、ＪＰのこと、好きだし！　ホントに。ただ……

ううう、どうして？　どうしてＪＰはこんなふうにみんなの前でひざまずいたりしてるの？　しかも指輪なんか差しだして？

だからあたしは、おばあさまに教わった返事をするかわりに――あたしがバカみたいに何もいわないで突っ立ってるから、あたりがだんだんし－んとしてくる――ほっぺたがどんどん熱くなってくるのを感じながらいった。「うん、たぶんねっ！」

うん、たぶんねっ！　うん、たぶんねっ???

めちゃくちゃカッコよくて、めちゃくちゃカンペキで、しかもあたしを愛してくれてて、いくらでもあたしのことを待つといってくれてるカレシが、プロムにいこうって誘ってくれて、しかもおばあさまに暗記させられたサイズ表からすると三カラットはあるダイアの指輪を差しだしてるのに、あたしの返事ときたら、うん、たぶんねっ？　しょうもない。ホント、あたしって、これからの人生をひとりぼっちで（あ、でぶねこルーイとふたりっきりで）生きていくつもりなの？

そうとしか思えない。

JPの自信たっぷりな笑みがゆらいだ……ほんのちょっとだけ。

「さすがはぼくのカノジョだ」JPはいって立ちあがると、あたしをハグした。どこからともなく拍手がきこえてきた……最初はのろのろと（この拍手にはききおぼえがある……たぶんボリス）、それからもっと速く。そのうちみんなも、拍手をし始めた。

ギャーーーーッ！　カレシにプロムにさそわれて、「うん、たぶんねっ！」って答えたことに対して、みんなが拍手してる！　拍手なんて、してもらえる立場じゃないのに。むしろ、船から投げ落とされるべき。みんな、あたしがプリンセスで、今日のパーティの主役だから拍手してるだけだ。

なんで？　なんで、マイケルは帰っちゃったの？

JPにハグされながら、あたしは小声でいった。「話があるの」

JPも小声でいった。「まさか、怒ってるように見えるのは、そのせい？」

「それもあるかも」あたしはいって、クリーニングとキャロライナヘレナのメンズ用コロンが混ざったにおいを吸いこんだ。すでにもうマイクからはなれてたから、ほかの人にきかれる心配はない。

「ただ、なんか……」

「ただのプロミスリングだよ」最初に体をはなしたのはＪＰだった。でも、まだあたしの片手をとったままだ。めちゃくちゃ大きいダイアの指輪が入った箱をすべりこませたほうの手。「きみをよろこばせるためなら、ぼくはなんだってする。きみが望んでいることだと思ったから」

あたしはワケがわからなくて、ＪＰを見つめていた。いちばんわからないのは、いったとおりのことをしてくれる——あたしをよろこばせるためならなんだってしてくれる——すばらしい非の打ち所のないカレシを、どうしておとなしく受けいれられないのかってこと。

もうひとつは、指輪を——プロミスリングでもエンゲージリングでもなんでも——望んでるなんて思われるようなことを、あたしがいつ口にしたっけってこと。

「ボリスがティナにプレゼントしてたから」ＪＰは、あたしが理解してないのに気づいて説明した。「ティナは幸せだって、うれしそうに話してただろう？」

「うん。だって、ティナはそういうのが好きだから……」

「だろう？　で、ティナはロマンス小説が好きで、きみが書いたのは……」

「ティナがカレシにプロミスリングをプレゼントされたからって、あたしもほしがるのが当然だっていうの？」あたしは首を横に振った。

「なあ」ＪＰは、あたしの指を折ってベルベッドの箱を握らせた。「この指輪を見たら、きみのことを思い出したんだ。ただの誕生日プレゼントだと思ってくれればいい。最近、きみに何があったのかは知らないけれど、わかってほしいことがある。ミア、ぼくはどこにもいかない。きみをおいて、ニホンでもほかのどこでも、いったりはしないよ。ぼくはいつでも、きみのそばにいる。だから、きみが何を決めても、いつそれを決めても……ぼくはここにいるよ」

そういうと、JPはかがみこんであたしにキスをした。

そして、歩いていった。

マイケルと同じように背をむけて。

そしてあたしは、ひとりになるためにここにきた。この寒い場所がなんて名前かは知らないけど。もどらなきゃいけないのはわかってる。そろそろお客さんが帰るころだし、あいさつしなきゃ。でも、だって！　女の子がプロポーズらしきものをされることって、そうそうないでしょ？　お誕生日に！　知り合いがたくさんいる前で！　で、ワケわかんない返事をして。

しかも……あたし、どうしちゃったの？　なんでおとなしく、イエスって答えられなかったの？　JPほどすばらしいカレシなんていないのに……やさしくて、イケメンで、思いやりがあって、カッコよくて。しかも、あたしを愛してくれてる。愛してくれてるんだもん！

なのに、どうして同じように愛せないの？　そうするのがフツーなのに。

げっ、だれかくる……。こんなところまでするするのぼってくる身軽な人ってだれ？　おばあさまじゃないのはたしかだけど……。

5月1日　月曜日　真夜中　パーティから帰るリムジンのなか

パパは、あたしに不満たらたらだった。

クルーザーの船首までわざわざのぼってきたのは、パパだった。あたしに、「すねる」のはやめて（パパはそういういい方をしたけど、それってあたしにいわせればまったく事実とちがう。あたしは、感情のはけ口を求めていただけ……日記書いてたんだもん）、おりてきてお客さまにおわかれのあいさつをしろ、っていうために。

いったのはそれだけじゃなかったけど。もちろん。

パパは、JPといっしょにプロムにいくべきだっていった。二年近くつきあってきて、卒業プロムの一週間前になっていっしょにいきたくないなんてことはあってはならないって。気分じゃなくなったから、なんて理由で。

または、パパが大きなかんちがいをしてるみたいに、「元カレがたまたまもどってきたから」なんて理由で。

あたしは、「パパ、何いっちゃってんの？　マイケルとあたし、ただの友だちだよ！」とか叫（さけ）んだ。LOVE、マイケル。「マイケルといっしょにプロムにいくなんて、考えたこともないよ！」

ホントだもん。修士号を持った大金持ちで二一歳のロボットアーム発明者を高校の卒業プロムに連れていこうなんて考えるバカ、どこにいる？　しかも考えてみたら二年前にフラれてるし、明らかにいまはなんとも思われてないのに、誘ってくるワケないし。

だいたい、ＪＰがいるのにそんなことできるワケないし。

「おまえのような女をなんと呼ぶか、知っているか？」パパはいいながら、水面のほうにせりだしてるあぶなっかしい場所にすわった。「おまえがＪＰに対してしているような行為のことだ。これ以上、くりかえしてほしくない。あまりいい呼び名ではないからな」

「へーえ？」何、ナニ？　悪いあだ名をつけられたことってないから、興味ある。ラナが、ヘンジンとか妄想癖とか、いろいろいうのはべつとして。あ、あとはリリーが ihatemiathermopolis.com でいってたこともあるけど。「なんて呼ぶの？」

「思わせぶり」パパはマジメにいった。

　悪いけど、あたしは笑っちゃった。マジメにならなきゃいけない状況だったのに。

「笑いごとではない」パパはイラッとした声でいった。「ミア、いまのわたしたちがもっとも避けたいことは、ふしだらなうわさをたてられることだ」

　これをきいて、あたしはさらにウケた。よりによって、あたしにむかってその手のお説教をするなんて、かんちがいもいいとこだ。あんまりげらげら笑ったものだから、クルーザーのはしっこにつかまってないと、イーストリバーの真っ暗な水のなかに落ちちゃいそうだった。

「パパ」あたしは、やっと口がきけるようになるといった。「ハッキリいえるけど、あたし、思わせぶりじゃないよ」

「ミア、行動はことばよりものをいう。わたしは何も、おまえとＪＰが婚約すべきだといっているのではない。わたしがいっているのは、おまえがきちんと誠意を持って説明すべきだということだ。いまはまだ若すぎるからそのようなことを考えられないとか……」

「パパァ、あれ、プロミスリングだよ？」あたしはあきれて目玉をぐるんとさせた。

「おまえがプロムに対して持っている個人的感情はともあれ……」パパは、あたしをムシしてつづけた。「ＪＰがいきたがっていて、おまえを連れていこうと思うのは当然の……」

「わかってるよ。だからあたし、いったもん。ほかの人を連れてってもかまわないって」

「おまえといきたがっているんだ。自分のガールフレンドを。二年近くつきあってきた相手を。当然の権利だろう。ＪＰの側になんらかの不当な行為がないかぎり、おまえがいっしょにプロムにいくと考えるのがふつうだ。そしておまえがすべきなのは、いっしょにいくことだ」

「だけどね、パパ」あたしはやれやれと首を横にふった。「パパはわかってないんだよ。っていうかあたし、ロマンス小説を書いてＪＰにわたしたんだけど、まだ目を通しても……」

パパは目をぱちくりさせた。「ロマンス小説を書いた？」

おっと。そっか、実の父親に話すのを忘れてた。これで話をそらせるかも。

「えっと、うん。そのことだけど、心配はいらないから。どこの出版社からも断られて……」

パパは、あたしの言葉が頭上のうるさいハエかなんかみたいに手をひらひらさせた。

「ミア、おまえもそろそろわかってもいいころだ。王族というものは、リムジンを乗りまわしてボデイーガードに守られてプライベートジェットで移動して最新のバッグやジーンズを買って常に流行の先端でいればいいというものではない。いちばん大切なことは、心の大きな、人にやさしい人間でいることだ。おまえはＪＰとつきあうことを選んだ。二年近く、つきあってきたんだ。いまさらプロムにいかないなどということは許されない。むこうが何か、とんでもないことでもしたのならべつだが……おまえの話をきくかぎり、そのようなことはなさそうだ。さあ、そんなふうに……おまえたち若者言葉でなんといったかな？　ああ、そうだ、〝ドラマクイーン〟になるのはやめて、おりてきなさい。わたしも足がつりそうだ」

たしかにパパのいうとおり。あたし、バカだった。この一週間ずっと、しょうもないことばっかしてた（例によって）。プロムにいこう。ＪＰといっしょにプロムにいくんだ。あたしたち、お似合いなんだから。いままでずっと、そうだった。

あたしだってもうオトナなんだから、子どもっぽいことはやめなきゃ。みんなにうそをつくのはやめにしなきゃ。ドクター・ナッツにいわれたみたいに。

何より、自分にうそをつくのをやめなきゃ。

人生はロマンス小説じゃない。正直、ロマンス小説が売れるのは――多くの人に愛されるのは――だれも小説みたいな人生を送ってないからだ。みんな、自分の人生があんなふうならいいと思ってる。

だけど、じっさいはちがう。

ハッキリいって、マイケルとあたしはもうおわったんだ……いくらマイケルが手紙に、「ＬＯＶＥ、マイケル」って書いてきても。そんなの、なんの意味もない。あたしの心のなかでずっと残っていた希望のかすかな光は——パパにいわれたせいもある。角を曲がったすぐそこにいつでも愛は待っているものだ、って——とっとと消さなきゃいけない。永遠にさようなら。光が消えたら最後、自分が持っているもので満足しなきゃ。だって、あたしが持っているものって、超スバラシいものだから。

今夜のことで、ずっとくすぶらせていたマイケルへの想いが、とうとう消えた。ホントに。少なくとも、おりていってＪＰを見つけたとき（ショーン・ペンと歓談中。またしても）はそう思ってた。あたしは近づいていって、「オッケー」といって、指輪をしている手を見せた。そのときは、カンペキに消えたと思ってた。すっかり消えてなくなった、って。

ＪＰはあたしをぎゅっと抱きしめると、かかえあげてぐるぐる回した。まわりにいた人たちがみんな、はやしたてて拍手した。

ママ以外みんな。ママがパパをにらむのが見えた。パパが首を横に振って、ママがパパに眉をよせて、〝おぼえてらっしゃい〟的な視線を送ると、パパがママに〝ただのプロミスリングだよ、ヘレン〟的に見つめた。

このぶんだとまちがいなく、明日の朝はポストモダニズムふうフェミニズムの講義をママから受けることになる。ラナなら、そんなの楽勝、っていうだろうけど。

ティナとラナとトリーシャとシャミーカとリン・スーとペリンは、よってたかって指輪を見たがった。リン・スーの場合は、このダイアモンドでお皿を半分にカットできるかどうか知りたかっただけだけど。作成中の作品で、セラミックの破片を使用してるから（並んでたお皿で実験してみたら、答えはイエス。あたしの指輪で、お皿を半分にカットできた）。

いちばん興味しんしんだったのは、リリー。近づいてきて指輪をのぞきこんで、「で、どーゆーこと？　婚約したとか？」っていうから、あたしが「ううん、ただのプロミスリングだよ」って答えると、「たいそう大きなプロミスだね」ってダイアモンドをさしていった。それって、まちがいなく半分けなしてるんだろうけど。

効果アリ。

ただどうしてもわかんないのは、リリーがまだ「サプライズ」をしかけてこないこと……例の、パーティにこないとわたせないっていってたプレゼント。パーティ会場でわたすって意味だと思ってたけど……少なくとも、お誕生日当日に。だけどいまのところ、リリーにはなんの動きも見られない。

あたしの誤解だったのかも。

またはもしかしたら、だけど――リリーのなかにあたしへの友情がまだ少しは残ってて、どんな極悪非道な計画を立ててたかは知らないけど、実行しないことに決めたのかも。

だから、王族たるもの心の大きな人間でなければいけないというパパの言葉を思い出して、リリーの「たいそう大きなプロミス」発言は流すことにした。

あと、お兄さんはどこへいったのかもたずねないことにした。ティナが当然ながらすーっと近づいてきてこっそり――あたしが気づいてないといけないと思って――教えてくれたけど。マイケルが帰ったことを。しかも、ＪＰが指輪をとりだしたとたんだったことを。

「ねえ」ティナはささやいた。「マイケルが帰ったのは、ずっと愛してきた女性がほかの男と婚約するところを見たくないからだって思わない？」

ううう……さすがにたえられない。

「ティナ、まさか」あたしはさらっと答えた。「マイケルが帰ったのは、あたしのことなんかどうでもいいからだと思う」

　ティナは、ビックリした顔をした。

「ありえないわ！　そんなはずないわよ！　わたしにはわかるもの！　マイケルが帰ったのは、ミアのほうがマイケルのことをどうでもいいんだと思ったからよ。自分のとどまるところを知らないミアに対する情熱をおさえきれないとわかっていたからだわ！　その場にいたら、ＪＰを殺しちゃうんじゃないかっておそれたからよ！」

「ティナ」とても冷静でいられなかったけど、あたらしくかかげたモットーを思い出して――人生はロマンス小説ではない――なんとか自分を落ち着かせた。「マイケルは、あたしのことなんか好きじゃないよ。現実とむきあわなきゃ。いまはＪＰとつきあってるんだから。お願いだから、そんな話をするのはもうやめて。動揺しちゃうから」

　一件落着。ティナは、動揺させてごめんねと――百万回くらい――あやまって、あたしを傷つけちゃったんじゃないかって心配してたけど、あたしたちは抱き合って、何もかも解決した。

　おわってみると、かなりいいパーティだった。超ゴキゲンな戦利品もいくつか獲得した。マークジェイコブズとミュウミュウのトートバッグやハンドバッグやお財布やらなんやら。香りつきのキャンドルをたくさん（どこの大学にいくにしろ、寮には持ちこめないはず。火災の危険性があるから）。でぶねこルーイ用のレイア姫のコスチューム（ルーイ的には混乱の元かも。女装ってことになるから）。〈フレッドフレア〉で買ったブレイニースマーフTシャツ。ディズニーのシンデレラ城ペンダント。ダイアモンドとサファイアのバレッタ（おばあさまから。いつも、髪が顔にかかってだらしないといってる）。グリーンピースへの二五万三〇五〇ドルの寄付金。

あ、そうそう、あと、三カラットのダイアモンドのプロミスリング。

今日の戦利品リストに、こなごなになったハートもくわえたいけど、パパがいうように〝ドラマクイーン〟みたいに大げさに騒ぎたくない。しかも、マイケルはずいぶん前にあたしのハートをこなごなにしてる。もう一回こなごなにするなんて、ありえない。マイケルはただ、あたしの小説をおもしろいといってくれて、ＬＯＶＥ、マイケルって手紙に書いてきただけなのに。そんなの、もとにもどりたいってことにはならない。あたしってば、どうしてそんなくだらない希望を抱いちゃったんだろう。

あ、そっか。あたしがくだらない人間だからだ。

5月2日　火曜日　世界史期末テスト

一八歳のお誕生日パーティをお誕生日当日の夜にしたのは、あんまり賢くなかったかも。期末試験が今日からスタートだから。二、三人じゃすまない数の人たちが、眠そうな目でふらふら歩いてる姿を目撃した。かなりの睡眠不足なのはミエミエ。あたしをふくめて。

ラッキーなことに期末テスト週間は時間割がごちゃごちゃで、今日あたしは世界史と英文学だけ。楽勝科目。三角法とフランス語なんていわれた日には、撃沈だった。

ママの講義もあったし。女性が高校を卒業するとすぐに結婚しなきゃいけなかった時代があって、そのころは女性は大学にも入れなかったし、仕事もかなりかぎられてたとかなんとか、えんえんと。

あたしがうとうとし始めると、つついて起こされた。

「ママってば！　ＪＰとあたし、卒業してすぐに結婚するつもりなんかないよ！　あたし、やる気満々なんだからね！　願書を出した大学ぜんぶに受かってるし、小説だって書いたし、出版しようとしてるんだから！　これ以上、どうしろっていうの？」

だけどどういうわけか、ママは納得してなかった。

ママは、指輪をチェックしようともしない。なにが問題なの？

5月2日　火曜日　お昼休み

みんな、指輪のことばっかりきいてくる。ちょっとだけ得意だったりもするけど、でも……なんか、決まり悪い。それに、エンゲージリングとかじゃないって説明しなきゃいけないし。だって、そうとしか見えないんだもん。みんな、ＪＰがプロポーズしたって思いこんでるし。

しかも指輪が大きすぎて、いろんなものに引っかかる。制服のスカートのほつれた糸とか、さっきなんかシャミーカのブレイドヘアにからまった。ほどくのに五分くらいかかったんだから。

学校でこんなにちやほやされるのには慣れてない。

でも、ＪＰがスゴくうれしそうなのはわかる。

だから。これでいいんだ。ＪＰが幸せなら、あたしも幸せ。

5月2日　火曜日　英文学期末テスト

！！！！！！！！！！！！！！！！！！！！！！！！！！！

うん。またしても、めちゃくちゃカンペキしょうもないバカなことをやってのけた。

まあ、いつものことだけど。

それに、だからどうってこともない。おわったことだし。あたしは一八歳で、オトナで、あと四日でこのジゴクのような場所と永遠におわかれするし（かわりにどこへいくのかって質問はナシ。まだ決まってないから）。

とにかく、何もかもティナのせい。ティナが、あたしにほとんど口をきかないから。たしかに、マイケルのことでそんな話をするのはやめてっていったにはいったけど、〝あたしに話をするのはやめて〟とはちがうし。

フツーに考えて、ティナはあたしにいいたいことがたくさんあるはず。あたしたちふたりとも、〝婚約する約束〟をしてるようなものだったりするから。

だけどティナは、よけいなことをいっちゃいけないとビクビクしてるのかも。あたしの気持ちを傷つけるのをおそれて、何もいわないことに決めたのかも。

ティナがどう思ってるのかは不明。あたし、どうやら親友になる適性に欠けるらしい。どうしても親友をよろこばせることができない。

ともあれ、ランチのあとあたしは、ティナをトイレで見つけていった。「で、何がいいたいの?」

ティナってば、「いいたい? 何がいいたい? いいたいことなんかないわ、ミア」なんて、例のバンビみたいな目でいっちゃって。

だけどあたしには、いくらティナが真ん丸い純粋な目をしていても、うそをついてるのがわかった。どうしてわかったのかはわからないけど。

でも、たぶんうそ。もしかしたら、ただの「投影」かもしれないけど(心理学で習った用語。自己防衛本能で、自分自身の好ましくない考えをほかの人に当てはめてしまうこと)。もしかしたら、あたしはまだきのうの夜のできごとで混乱してるのかも。マイケルが立ち去ったりしたことやなんかで。

どちらにしても、あたしはいった。「たくさんあるよね? ティナはあたしがまちがったことをしてると思ってるんでしょ。JPにイエスって返事をするなんて。マイケルのことがまだ好きなのにって」（ううう……口にしたそばからパニクってる。だけど、どうしてもだまってられなかった。ひたすらしゃべりつづけた。なんか、悪夢）。

「あのね、ちがうから。マイケルのことがまだ好きとかって。マイケルのことはもうおわったの。すっかり、かんぜんにおわったの。きのうの夜、マイケルがあんなふうに帰っちゃって、カンペキに終止符。それにあたし、決めたから。プロムのあと、ＪＰとする。うん。するから！」正直いって、どこからそんな考えが出てきたのかわかんない。たぶん、とっさの思いつき。

「わかったわ、ミア。ミアがそういうなら。ミアが決めたことなら、なんでも応援するわ」

キィィィーッ！　ティナってたまに、イラッとするほどいい子！

「その証拠にね」あたしはｉＰｈｏｎｅをさっととりだした。「これからＪＰにメールする。うん！いますぐに！　で、プロムのあと、ホテルの予約をしといてっていうから！」

ティナの目が、飛びだしそうになった。「ミア。本気でそうしたいの？　だってね、何も悪いことじゃないのよ。同い年でいくらでも……」

「もうおそいっ！」あたしはわめいた。

何がどうなっちゃったのか、自分でもさっぱりわからない。

とにかく、あたしはメールした。「プロム後、要ホテル予約」って、ＪＰに。

その直後、トイレの水が流れる音がした。そして、個室のドアがあいた。

そして、リリーが出てきた。

その場で、染色体が崩壊するかと思った。あたしは突っ立ったまま、リリーを見つめた。いまの会話をぜんぶ、きかれてた……マイケルのことはもうおわったとかなんとか……

……ＪＰにプロム後のホテル予約が必要ってメールしたこととか。

リリーは、まっすぐにあたしを見つめ返してきた。ひと言も発しない（もちろん、あたしも。何も言い訳を思いつかなかった。もちろんあとになってから、スゴい勢いで思いついたけど。ティナといっしょに劇のセリフの練習をしてた、とか）。

それからリリーはくるっとむこうをむくと、シンクのほうに歩いていって、手を洗い、手をふいたペーパータオルを捨てて、出ていった。

カンペキな沈黙を保ったまま。

あたしはティナを見つめた。ティナもあたしを、困ったような大きい瞳で見つめていた。いまにして思うと、心配でたまらないという瞳で。

「だいじょうぶよ、ミア」やっとのことでティナがいった。「リリーはマイケルにはいわないから。ぜったいいわないわ。いわないに決まってるわよ」

あたしはうなずいた。ティナにわかるワケがない。ティナは、親切でいってくれてるだけだ。いつもそうだから。

「うん、そうだね」まったくそうじゃないけど。「いったとしても……マイケルはもう、なんとも思わないよ。っていうか、ぜったいになんとも思わないってば。でなかったら、あんなふうにきのう、帰ったりしないもん」

これは、少なくとも本心。

ティナは、唇をかんだ。

「もちろんね。そのとおりだわ。ただね、ミア……もし……」

ティナが何を仮定しようとしたのかは不明のままだった。そのとき、ケータイが鳴ったから。ＪＰからの返信だった。

内容は……。

ホテルの部屋は確保した。万事オッケーだ。ＬＵＶ　Ｕ。

ってことで。やったぁ！

これで決まり。サイコー！

どう？

5月2日　火曜日　午後6時　ロフト

ダフニ・ドラクロワ様
残念ながら、同封された原稿を出版することはできません。拝読の機会をくださったことに感謝いたします。

で……あいかわらず、うれしい通知がぞくぞくとくる。

ロフトにもどって見たのは（この手紙以外に）、あたしがいままで受けとった大学の入学許可書すべてを床に広げているママの姿。ママはあたしを見るなり、いった。「大学を決めるわよ。今夜」

「ママ」あたしはイラッとしていった。「ＪＰのことと指輪のことが問題なら、もう……」

「あなたの問題よ。あと、あなたの将来」

「あたし、大学にはいくよ？　選挙までには選ぶっていったでしょ？　それまでには決めるから。いまはそれどころじゃないの。明日、三角法の期末テストがあるから勉強しなくちゃ」

「いま、話し合いたいの」ママはいった。「しっかりした情報に基づいて選んでほしいのよ。お父さんにいわれたからって理由で古くさい大学に決めるんじゃなくて」

「あたしだって、アイビー・リーグにいくつもりはないから。もともとあたしのレベルで入れるような大学じゃないし、プリンセスだからって理由で許可してくれただけだもん」あたしはひたすら時間をかせいでごまかそうとした。ひたすら、部屋にもどって考えごとをしたかったから。土曜のプロム後の予定について。リリー・モスコーヴィッツに、元親友に、そのことを知られたことについて。リリー、お兄さんに話すかな？

ううん、きっと話さない。リリーはあたしのことなんか、どうでもいいはずだから。わざわざ話すはずがない。

ただし、あたしをカンペキに、すでに自らのバカなふるまいのせいでうちのめされてる以上にうちのめそうという目的があればべつ。

「それなら、アイビー・リーグはパスすればいいわ」ママはいった。「プリンセスのこととは関係なく入れてくれたと思う大学にいきなさい。わたしにも意見をいわせてね。お願いだから、ミア、将来の夢はＭＲＳです、とかいわないで」

「は？　何それ？」

「ミセス・レノルズ＝アバナシー四世」

「あれはプロミスリングだってば！」あたしは叫んだ。もうッッ！　どうしてだれも、あたしの話をまともにきいてくれないの？

「わかったわよ」ママは、プロミスリングのことに対していった。「それなら、ママにもプロミスして。選択肢を減らすのを手つだわせるって。そうすれば、お父さんに報告できるから。今日だって二回もこのことで電話してきたのよ。数時間前にジェノヴィアに帰ったばかりなのに。それにママだって、心配してないわけじゃないし」

あたしは顔をしかめてみせた。それから部屋にいって、四年間通ってもいいと思う学校の入学案内をとってきた。ＳＡＴの成績をカウントしてなくて（マイケルにすすめられて、コンピュータで調べた。べつに、マイケルにいわれたからやったんじゃなくて。ただ……もっともなアドヴァイスだと思ったから）、プリンセスのこととは無関係にあたしを入学させてくれる学校を中心に選んだ。

今日一日で、あたしがしたもっともマトモな行為。あとは、お誕生日プレゼントをくれた人へのお礼状を書いたこと。どの大学にいくか最終決定はできなかったけどかなりしぼれたから、選挙まで、つまりプロムまでには、どこかしらに決まってるかも。
たぶん。なんとなく。
三角法のノートを準備してる最中、ＪＰからメールがきた。

ＪＰＲＡ４：今日はどうだった？　期末テストの調子だけど。

でぶルーイ：たぶん、だいじょうぶ。今日は世界史と英文学だけだったから楽勝だったの。問題は明日。三角法だもん！　そっちは？

なんか、期末テストのことをメールし合ってるなんて、ミョーなカンジ。一週間もしないうちに、あたしたちは……なんていうか。
あたしたち、同じ部屋で着がえたこともないのに。

ＪＰＲＡ４：そっか。ぼくも明日が心配なんだ。明日の夜、だけどね。

でぶルーイ：そうだよね。卒業制作委員会の前で本番だもんね！　だいじょうぶだよ、ぜったいにうまくいくから。早く見たいなー。

どうしてくだらない卒業制作のことなんか心配してられるの？

ＪＰＲＡ４：きみがきてくれたら、うまくいくに決まってるよ。

なんなのーーーッ？　頭おかしいんじゃないの???

でぶルーイ：ぜったいにいくよ！　きっと、すばらしいはず。

ＪＰＲＡ４：すばらしいのは、きみのほうだ。

あたしたちはそんなふうにしばらく、どっちがよりすばらしいかいいあった。だけど、話さなきゃいけないことは（っていうか、少なくともあたしは話す必要があると感じてたことは）どちらも話さなかった。そのうちティナからメールがきた。

ロマンスいのち：ミア、このことはもう話さないでっていわれたのはわかっているけど、これは話してるんじゃないから。メールしてるんだもの。やっぱり、マイケルがきのうの夜、パーティから立ち去ったのは、ミアのことがどうでもいいからだとは思えないの。ミアのことが気になって仕方なくて、ミアがほかの人といっしょにいるのが見るにたえないから帰ったんだと思うわ。こんな話、ききたくないかもしれないけど、やっぱりそうとしか思えないの。

ティナのことは大好き。ホントに。
だけどたまに、首をしめたくなる。

ロマンスいのち：あのね、ちょっと思ったんだけど、ミアはプロムの夜にJPとしようとしてることの意味を、本気で考えたの？　すごく大きな一歩だし、相手がだれでもいいはずはないわ。

でぶルーイ：二年近くつきあってきた大好きなカレシじゃダメとか、そういうこと？

ロマンスいのち：ミアがいいたいことはわかるわ。たしかにミアたちは、長いことつきあってきたものね。でも、もしまちがってたら？　JPが、運命の人じゃなかったら？

でぶルーイ：何いっちゃってんの？　JPが運命の人に決まってるよ。だって、あたしのこと、フッたりしないし。マイケルみたいに。ちがう？

ロマンスいのち：そうね。でも、ずいぶん前のことよ。マイケルだってもどってきたんだし。それに思ったんだけど……あせって決めたりしちゃいけないわ。もしリリーが、今日きいたことをマイケルに話したら？

ほら、やっぱりあのときティナはうそをついてたんでしょ。

でぶルーイ：話さないと思うって、いってなかったっけ？

ロマンスいのち：ええ。たぶん話さないと思うわ。でも……もし話したら？

でぶルーイ：ティナ、マイケルはあたしのことなんか好きじゃないんだよ。っていうか、あたし、フラれたんだし。きのうの夜だって、帰ったでしょ？　あたしがまだマイケルのことが好きだとしても、マイケルはなんとも思わないよ。もし気になるなら、何かしらいってくるはずでしょ？っていうか、あたしの電話番号、知ってるんだし。でしょ？

ロマンスいのち：それはそうだけど。

でぶルーイ：で、電話は鳴りもしないんだよ？

ロマンスいのち：鳴るかもしれないわ。

でぶルーイ：鳴ってないの！　ティナ、あたしもロマンスは好きだけど、残念ながらこの件に関してはもうおしまいなの。マイケルはあたしのことなんか、なんとも思ってないの！　きのうのパーティでの行動が何よりの証拠（しょうこ）。

ロマンスいのち：そう。ミアがそういうなら。

でぶルーイ：いうよ。そういうよ。はい、おしまい。

そしてあたしは、ティナにもＪＰにももうメールはやめにしなきゃ、といった。
勉強しないと三角法を落としちゃう、とだけいった。じっさい、三角法を落としたら、あたしの成績と作文と課外活動だけで入学許可してくれた大学からも断られる。
ＪＰは、百万個のおやすみのキスをメールしてきた。あたしも同じように返信した。ティナは、「おやすみ」とだけいってきた。でも、ティナにはその十万倍くらいいいたいことがあるのはわかってる。ＪＰがあたしの運命の人じゃないとかなんとか。
いまになってそんなことをいうなんてありがたいったら。どうにかできるとかじゃないのに。
ティナはたぶん、あたしの運命の人はマイケルだと思ってる。どうしてあたしの親友は、あたしに一〇〇パーセント興味がない相手を運命の人だなんて思えるの？

5月2日　火曜日　午後8時　ロフト

ひぇーっ。ネットのゴシップサイトに、あたしがＪＰレノルズ－アバナシー四世と「婚約した」って書かれまくってる。

それといっしょに、パパがジェノヴィアの選挙でまだ劣勢だってこともものってる。娘の一八歳の誕生日パーティのためにアメリカまで飛んできたのは賢明ではなかった、とも。選挙運動を休んでいる場合ではないはずだからって。

その一方で、もっと娘との時間を大切にしていれば娘がこんなに若くして結婚するようなこともなかったはずだ、って書いてある記事もたくさんある。

このままベッドにもぐって、二度と出たくない。

ただのプロミスリングなのに！　エンゲージリングだなんて、どこのだれがいったの？

ううう。いつになったら、こんな目にあわなくてすむようになるの？

あ、そっか。永遠にならないんだ。

5月2日　火曜日　午後9時　ロフト

おばあさまから電話がきた。プロムに着ていくドレスは用意したのか、って。

「えっと」いわれてみれば、してない。「まだ、だけど？」

「そんなことだろうと思っていましたよ」おばあさまは、ため息をついた。「セバスチャーノにたのんでおきましたよ。せっかくマンハッタンにきているのですからね」

それからおばあさまは、あのとき前に暗記させた返答をＪＰにしていればゴシップ記事など流れなかったはずだ、といった。『エンタテインメント・トゥナイト』で何やら報道されたらしい。おばあさま、欠かさず観てるから。

「ただし考えようによっては、アメリア、どうしてもだれかと婚約しなければならないとすると、少なくとも家柄と財産のある相手を選んだといえるでしょうねぇ。もっと悪い相手もありえたのですから」おばあさまは、くすくす笑った。「あの少年だったかもしれませんしねぇ」

あの少年って、マイケルのこと。どこがおもしろいのか、ちっともわかんないんですけど。

「あたし、婚約してないよ。ただのプロミスリングだもん」

「おやおや、プロミスリングとは、いったいどういうリングです？　それに、お父さまからききましたけれど、ロマンス小説を書いたというのはどういうことですか?」

おばあさまと『心を解き放って』について語る気分にはとてもなれない。まだ三角法の復習が一二章ぶん、残ってるし。

「そのことなら心配いらないよ。どこも出版したがってないから」あたしはぴしゃりといった。

「まあ、それはよかったこと。わが一族のなかに、安っぽいペーパーバック小説家など、必要ありませんからねぇ」

「安っぽくないよ」あたしはカチンときて口をはさんだ。「おもしろおかしくて感動的なロマンス小説で、一二九一年にある若い女性が性的な目覚めを……」

「オゥマイガァー」おばあさまは、喉に何かが引っかかっちゃったみたいな声でいった。「たのみますから、万一出版する際には、ペンネームをつかうと約束なさい」

「もちろんつかうよ」がまんの限界って、どこ?「だけどつかわないとしたって、なんか問題ある?どうしてみんなして、お上品ぶらなきゃいけないの?　あのね、あたしはもう四年近く、がまんしてみんなの要求どおりのことをしてきたの。そろそろ自分がやりたいことをしてもいいんじゃ……」

「それでは、スキーでも始めたらいかが?　どうして小説書きなどというものをしなければならないのです?」

「好きだから。書きながらでも、ジェノヴィアのプリンセスとしての時間も持てるし、パパラッチに追いかけられることもないし、あたしに悪い影響があるわけでもないのに、どうしてあたしが天職を見つけたことをだまってよろこんでくれないの?」

「天職！」おばあさま、まちがいなく目玉をぐるんとまわしてたはず。「天職とは、よくいったものです。アメリア、そのどうしようもない小説とやらを買ってくれる人がいなければ、天職とはいえないのですよ」

「あたし、小説を書きつづけるつもりだし、とめようったってムダだよ。大学でライティングを勉強するつもりだし。どこにいくかは、まだ決まってないけど。でも、プロムと選挙までには……」

「まったく」おばあさまは、ムッとした声でいった。「睡眠不足は美容によくありませんし、きげんも悪くなるのですね！」

「おばあさまのパーティがあったからでしょ！」あたしはそう叫んでから、声のトーンを落とした。パパに、プリンセスは心を広く持たなければいけないっていわれたっけ。「ごめん。そんなつもりでいったんじゃないよ。パーティをひらいてくれてスゴくうれしかったし、パパに会えてカンゲキしたし、おばあさまとヴィゴの段取りはサイコーだったよ。ただね……」

「どうやら……」おばあさまはこわばった声でいった。「婚約パーティをひらく必要がなくてよかったと安心しなければいけないようですねぇ。プロミスリングパーティなどというものをひらく人間は、どこにもいませんから。けれども、そのうち出版パーティをひらいてほしいなどといいだすのではありませんか？」

「出版できたら、そうかもね」

おばあさまはハデなため息をついて、電話を切った。サイドカーをのむつもりだろうな。お医者さんから減らすようにハッキリといわれてるのに（きのうの夜もずっと、手からグラスをはなさなかった。ぜったい空っぽにならない魔法のグラスじゃないかぎり、そうとうのんでたはず）。

ってことで、やっぱり決定的。あたし、パパが心配してたとおりになったってワケ。悪いうわさを立てられたプリンセス。

でも現時点では……仕方ないのかも。

5月3日　水曜日　三角法期末テスト

うん。なんとか。

つぎ、つぎ。

5月3日　水曜日　お昼休み

オーマイガーーーーーーッ！

トウフバーガーとサラダを買って学食のいつものテーブルについたとたん、ケータイが鳴って、だれかと思ったらパパだった。

学校にいるときにパパが電話してくるなんてよっぽどの緊急事態だから、あたしはトレイを落としそうになりながら、電話口で「なにッ?」っていった。

もちろん、JPやらティナやらボリスやらラナやらみんなはおしゃべりをやめて、あたしのほうを見た。

思いつくことはふたつだけ。

1. おばあさまがタバコの吸いすぎでとうとう……
2. どういうわけかパパラッチにプロムの夜の予定をかぎつけられて、親にバラされた。もしかして、ティナのいうとおり? 盗聴?

すると、パパは落ち着き払った声でいった。「おまえに知らせておいたほうがいいと思ってな。新品のカーディオアームがいま、ジェノヴィア王立病院に届いた。パブロフ・サージカル・インダストリーの代表取締役CEO、マイケル・モスコーヴィッツからの寄付と書かれたカードが添えてある」

あたしは、ラナのフローズンヨーグルトのなかにケータイを落としそうになった。「ちょっと、気をつけてちょうだい」ラナがいった。

「ミドリというプログラマーがいっしょにきて、外科医たちに二週間のカーディオアーム操作法講習をしてくれるそうだ。いま、病院にいて、セッティングをしている」

マイクロミニ・ミドリ！

「どういうこと？」カンペキ、混乱してた。「なんで？　たのんでないのに。パパがたのんだの？　あたしはたのんでないよ」

「わたしもたのんではいない。さきほど母上にもたずねたが、知らないと断言していた」

ふいに脚に力が入らなくなって、あたしはへなへなとすわりこんだ。きっとおばあさまが裏で糸を引いてるんだ！　だからマイケルは、ジェノヴィアにカーディオアームを寄付しろってマイケルをおどしたに決まってる！　だからマイケルは、パーティから早めに帰っちゃったんだ！　ヒドい。

なのにあたしは、ずっとマイケルのことをうらんでた……。

「ミア」ＪＰが心配そうにいった。「だいじょうぶか？　どうかしたのか？」

「おばあさまが何かいったに決まってるよ」あたしは、カレシをムシして電話口にむかっていった。

「おばあさまのいってることなんて、ぜったいうそ。それ以外、理由なんか思いつかないもん」

「そうか？　わたしは思いつくがな」パパが、ミョーな口調でいった。

「へ？　何？　なんなの？　おばあさまがパーティのときに追いつめておどした以外に何があるっていうの？　パパ、ぜったいそうに決まってるよ」あたしは、ランチ仲間にきかれないように声をひそめた。「予約待ちのリストがずらっとあるんだよ。一〇〇万ドル以上するんだからね！　なんの理由もなく、タダでジェノヴィアにくれるわけがないよ！」

「理由ならあるだろう」パパはさらっといった。「お礼の電話をしたらどうだ？　夕食でもとりながら、理由を教えてもらえばいい」

「ゆーしょく？　何いっちゃってんの？　どうしてあたしたちがいっしょに夕食なんか……」

あ……そういうこと。ずいぶん時間がかかったけど、パパがいいたいことがやっと理解できた。マイケルがカーディオアームを送ってくれたのは、まだあたしを好きだからっていいたいんだ。

顔が赤くなるのがわかる。よかったー、テーブルにいるみんなに会話がぜんぶきこえてなくて。あたしがしゃべってる内容で想像されてなければ、だけど。

「パパッ！」あたしは声をひそめていった。「いいかげんにしてよ！　っていうか……」あたしは、さらに声をひそめた。「あたし、フラれたんだよ？」

「約二年前のことではないか。学食が騒がしくてよかった。あれからふたりとも成長したはずだ。とくに、ひとりのほうは」

あたし、っていいたいんでしょ。ぜったいそうに決まってる。マイケルのつもりでいってるはずはない。マイケルはもとから冷静沈着で分別があるけど、あたしときたら……

ぜんぜんダメ。

ダメダメちゃん。

「ミア、だいじょうぶ？」ティナがたずねた。心配そうだ。「お父さまがどうかした？」

「なんの問題もないよ」あたしはみんなにむかっていった。「あとでちゃんと話すから……」

「ミア、そろそろ切るぞ。取材がきているんだ。わざわざおまえにいうまでもないと思うが、このようなことは……とにかく、ジェノヴィアのような小国にとってはかなり大きいニュースだからな」

うん、いわれなくてもわかる。最先端技術を用いた一〇〇万ドルもする医療器具をジェノヴィアのちっぽけな病院にぽんと寄付するなんて、フツーじゃない。トップニュースになるに決まってる。

ルネの〈アップルビーズ〉招致よりもずっと大きいニュースに。

「わかったよ、パパ。じゃあね」あたしは、ぼーっとしたまま電話を切った。

カンペキ、ワケがわかんない。いったいどういうこと？　どうしてマイケルはそんなことしてくれたの？　っていうか、パパがどう思ってるかはわかってるけど。

でも、ほんとうの理由は？　パーティからあんなふうにぷいって帰っちゃったのに。つじつまが合わない。

LOVE、マイケル。

「ミア、どうしたんだ？」JPがたずねてきた。

「靴下のみこんじゃったみたいな顔してるわよ」ティナがいった。

「べつに」あたしはあわてていった。「ジェノヴィア王立病院に、マイケルの会社からカーディオアームの寄付が届いたんだって。それだけ」

ティナは、飲んでいたダイエットコーラにむせた。ほかのみんなは、冷静そのものだった。JPを含めて。

「へえ、ミア、そりゃ、すごいな！　ふーん。すばらしい贈り物じゃないか」

これっぽっちも、妬いてるふうじゃない。

ま、当たり前だけど。だって、妬くようなことはひとつもないから。マイケルはそういう意味であたしを好きじゃないし。パパが――ティナが――どう思ってるかは知らないけど。マイケルはただ親切で寄付してくれただけだ。

だいたい、マイクロミニ・ミドリがきたっていうし……外科医たちに操作法を教えるために送りこまれたんでしょ？　そんなの、ミドリとマイケルがつきあってない証拠にはならない。むしろ、数週間はなればなれでいてもゆらがないほど安定した関係だってことだ。

っていうか、あたし、何をくだらないこといってるの？　マイケルとマイクロミニ・ミドリがつきあってるかどうかなんて、どうでもいいし！　あたし、べつの人からもらったプロミスリングをつけてるんだもん！　なのに、どうしちゃったの？

ホントに……どうかしてる。だいたい、こんなことで悩んでる場合じゃないのに。あと一五分後にフランス語の期末テストなんだから！

どうしようーーーーーーーッ?!　マイケルが、ジェノヴィア王立病院にカーディオアームを贈ってくれたーーーーーーーーッ!!!

マイケルのことが一瞬も頭からはなれないのに、四日（今日を入れないと三日）後にプロム???

5月3日　水曜日　フランス語期末テスト

ミア、テストはおわった？　T

うん。サイアク。

わたしもよ！　五番の問題、何にした？

わかんない。たぶん未来完了形だと思う。なんにもおぼえてない。思い出したくもない。

同感。でね、テストの話はもうしたくないだろうけど、マイケルのこと、どうするつもり？　あんなことしてもらって。だってね、ミアがなんといおうと、これだけは否定できないわ。好きでもない女の子の国にカーディオアームを贈る男の子なんていないわよ。

ほらね、こうくると思った。ティナって、あらゆるものを銀色にきらめく薄紙で包んで大きなリボンをかけて、それを愛と呼ぶ。

ロマンス作家になりたいのはあたしのほうなのに。

マイケルはあたしなんか好きじゃないってば！　あたしみたいなの、好きじゃないの。親切心でやってくれただけだよ。ほら、昔のよしみっていうでしょ。

そう？　マイケルと話してもいないのに、そんなにはっきりいえる？　話してないんでしょう？

うん、まあ。まだね。話すかどうか、わかんないし。だってね、ティナ、お忘れかもしれないけど、あたしはべつの人のプロミスリングしてるんだよ。

だからって、失礼なことをしていいわけじゃないわ！　わざわざカーディオアームを寄付してくれた人に対して、きちんとお礼もいわないなんて！

　オーマイガーッ。

ティナ、どっちの味方なの？　ＪＰ、それともマイケル？

もちろんＪＰよ！　だって、ミアが選んだ相手でしょう？　そうなのよね？　選んだのよね？　だって、そうでもないのに、こんなふうに指輪をして、土曜日の夜をいっしょに過ごす計画を立ててるとしたら、おかしいもの。

ＪＰを選んだに決まってるでしょ！　だいたい、マイケルにはフラれてるんだよ？

ミア、そんなの二年も前のことよ。いまはもう、状況（じょうきょう）がちがうもの。ミアだってかわったじゃない。

なんでみんな、そんなことばっかりいうのーーーーッ???

ちょっときいてー。いま、ドイツ語の最後のテストがおわったとこ！　二度とドイツ語のテストを受けなくていいの！　大学にいったら、スペイン語をとるつもり。そうすれば、休みに〈カボ〉にいくときにタコス以外の料理を注文できるでしょっ？　Sent from BlackBerry

ねえねえラナ、ミアはマイケルに電話をして、ジェノヴィア王立病院にカーディオアームを寄付してくれたお礼をいうべきだと思うでしょう？

さーね。電話する理由なんて、イケメンだからってだけでよくない？　ドイツ語じゃなくてスペイン語をとるようになったら、そういうオトコとも知り合えるわー!!　Sent from BlackBerry

ほらね？　ミア、マイケルにメールしてみなさいよ。ひとまずお礼をいうの。それくらいなら、ＪＰにも悪くないわ。だいたいマイケルと会ったこと、ＪＰに話してないんでしょう？　それにね、もしかしたらマイケルは、わたしたちがトイレで話していたことをリリーからきいたから寄付してくれたのかもしれないけど、もとからそのつもりだったのかもしれないわ。とにかく、電話して。

あたしがまだマイケルを好きだってリリーからきいて贈ってくれたっていうの？　どうしよう？　吐きそう。

ちがうわ！　そうかもしれないっていっているだけよ！

オーマイガーッ、それが理由なの⁇　そうなんだ！　オーマイガーッ。オーマイガーッ!!!

ねえ、ハッキリそうだっていっているわけじゃないわ。でも……電話すればわかるわよ。

あ、ちょっと待って……そういえばわたし、これから休みはジェノヴィアにいくつもりだったんだわー。やっぱりフランス語をとったほうがいいわね。フランス語でタコスってなんていうの？　Sent from BlackBerry

大学にいったら真っ先にあたらしい友だちをつくろう。いまの友だちはみんな、どうかしてるから。

5月3日　水曜日　午後4時
プラザホテルのおばあさまのコンドミニアムにいくリムジンのなか

セバスチャーノが自分の最新コレクションのなかからドレスを五、六枚選んで、プロムに備えて試着しろっていうから、おばあさまのところで会って選ぶことになってる。

とんでもないドレスばっかりだっていう予感がするけど、決めつけはよくないかも。前に着たセバスチャーノのドレスはスゴく気に入ってたし（新入生のときの宗教無制限ウィンターダンスパーティで着た。あれから何年もたったなんて、信じられない。ついきのうのことみたいなのに）。

ともあれ、車のなかでずっと、マイケルへのメールを書いては削除をくりかえしてる。そのたびごとにラーズに送って反応を試してる（ラーズはあたしのことをどうかしてると思ってるらしい。ま、いまさらだけど）。さりげなくてカジュアルだけどあたたかい誠実さをカンジさせるトーンって、かなりむずかしい。

ラーズは、こんなところじゃないかといってる。

マイケルへ
今日、パパから、ジェノヴィア王立病院に送られてきたものがあるときいて、ほんとうにおどろき、でもうれしく思ってます。パパやジェノヴィアの人たちにとって、どれほどすばらしいことか、想像もつかないでしょうね。あなたのご親切は、決して忘れません。こんどぜひ、個人的に会ってお礼をいいたいです（おいそがしいでしょうけれど）。

ミアより

これなら礼儀（れいぎ）正しく、かつ親しみがこもってるはず。べつの人のプロミスリングをしてる女の子が誤解されない内容だ。または、パパラッチに傍受（ぼうじゅ）されてもめんどうなことにならないはず……。

個人的に会ってお礼をいうって部分は、あとでつけたした。だって……ほら、一〇〇万ドルもするプレゼントをされたら、個人的に会ってお礼をいうべきでしょ。もう一度、においたいとかじゃなくて。ラーズがなんて思ってるかは知らないけど（しゃべったことをぜんぶラーズにきかれるのは本気でかんべんしてほしい。ボディーガードの危機管理のひとつなんだろうけど）。

おじけづかないうちに、送信ボタンを押（お）さなきゃ。

5月3日　水曜日　午後4時5分
プラザホテルのおばあさまのコンドミニアムにいくリムジンのなか

オーマイガーッ！　マイケルはもう返信してきた！　カンペキ、パニック（ラーズはくつくつ笑ってるけど、気にしない)。
ミア
ぜひ個人的に会いたいな。今夜はどう？　マイケルより
P．S．きみのお父さんやジェノヴィアにかわってお礼をいう必要はない。きみのお父さんの選挙に役立つかもしれないと思って贈ったただけだし、つまりそれは、きみをよろこばせたいからだ。要するに、動機はかんぜんに私利私欲に基づいたものだよ。

どうすればいいの???


ラーズは答えてくれない。っていうか、答えてくれたけど、カンペキありえない。「電話なさい。今夜、会いなさい」とかいうんだもん。

だけど、今夜は会うわけにはいかないの！　あたしにはカレシがいるし！　しかも、今夜はＪＰのお芝居がある。あたし、いって応援するって約束したんだもん。

あたしだって、いきたいし。ホントに。ただ……

マイケル、どういうつもり？　動機はかんぜんに私利私欲に基づいたもの、って？　ラーズがいってるような意味？　つまり、あたしのことを好きだからカーディオアームを送ったって？

そして、もとにもどりたいから？

ううん。ありえない。ラーズは、砂漠の太陽の下にいすぎたんだ。ワヒムといっしょに爆弾を爆発させたりばっかりしてたから。なんでマイケルが、あたしともとにもどりたいなんて思うの？

いくら、パパもいってたみたいに、あれからあたしがずいぶんオトナになったからって……。

それに、〈カフェ・ダンテ〉ではスッゴく楽しかった。だけどあれは、ただのインタビューだもん。

オーマイガーッ！　マイケル、めちゃくちゃいいにおいだった！　マイケルはあたしのこと、いいにおいだとは思ってないよね？

ティナにきいてみなくちゃ……いくらティナが、いわせてもらえばどうかしてても。

でも、そんなことはいってられない。ティナにマイケルのメールを転送しよう。で……げっ、おばあさまのとこに着いちゃった。何時間も試着する苦痛にたえなきゃいけない。ファッションって、こんなにつらいものなの？

5月3日　水曜日　午後8時　エセル・レーヴェンボーム劇場

客席の照明を消してJPのお芝居を上演してるから、書くのはひと苦労。ケータイの光で書いてる。

日記なんか書いてちゃいけないのはわかってる。お芝居に集中しなきゃ。卒業制作委員会だってきてるし（JPのご両親も、家で期末テストの勉強してない友だちも全員、きてる）、応援してるように見せなきゃいけない。

だけど、マイケルのメールのことを書かずにはいられない。

とてもじゃないけど胸にしまっておけなかったから。おばあさまのところで、みんなに見せちゃった。

おばあさまは、マイケルがあたしに対して「情熱の炎」を燃やしている証拠だといった。一〇〇万ドルの医療器具は、プラチナ台の三カラットのダイアモンドの指輪ほどロマンチックなプレゼントではない、とも。

「けれども、あなたにたずねることなしに寄付したのは、かなり評価できる行為ですねぇ。あの少年のことを誤解していたかもしれないという気がしてきましたよ」

!!!

正直いって、その場で気を失うかと思った。おばあさまが自分のあやまちを認めるなんて、一回もないもんっ!!!

まあ、ほとんどない。

とにかく、おばあさまの口からこんなビックリ発言が出るとは思ってなかったから、試着中のドレスにセバスチャーノが針をさしてくれてるあいだ立たせられてたスツールから転げ落ちそうになった。

「お、おばあさまっ。何いってんの？　あ、あたし、マイケルとやり直すべきなの？　ＪＰに指輪を返したほうがいい？」

「そうですねぇ」おばあさまは、考えこみながらいった。「かなり大きい指輪ですものねぇ。ただ一方で、かなり高価な医療器具ですからねぇ。けれども、ロボットアームを身につけることはできませんからねぇ」

ほーら、やっぱりね。

「アメリア、いいことを思いつきましたよ」おばあさまは、目をぱっと輝かせた。「両方と寝てごらんなさい。どちらの若者が寝室でいいはたらきをしようと、それで選べばいいのです。わたくしがバリシニコフとゴドゥノフのどちらのバレエダンサーを選ぶか決めたのは、その方法です。ふたりとも、すばらしい若者でした。柔軟性があって」

「おばあさまッ！」信じられない。ありえない。ホントに。どこまで邪悪なの？ ホントにあたしたち、血がつながってるの？

とにかくあたしは、バカなことをいわないでといった。あたし、だれとも寝るつもりはないからって。ミア・サモパリスの真っ赤なうそNo.９。

でも、本気でどうすればいい？ ティナからも決定的なメールがきたところ（ティナもここにボリスといっしょにきてる。でももちろん、話はできない。ＪＰがいるし。あ、あとボリスも）。

ティナは、マイケルのメールはおばあさまの考えているとおりの内容だっていってる。つまり、マイケルがカーディオアームを贈ってくれた理由は、あたしだって。あたし！

ティナは、さっさとメールを返信して、個人的に会う約束をしろといってる。理由は、いまきたメールによると……

マイケルを放置しておいたらいけないわ。カーディオアームを贈るには、さんざん段取りを整えなければいけなかったはずだもの。

ほんとうの理由を知る方法は、個人的に会う以外にないわ。マイケルの目を見れば、ふざけているのかしんけんか、わかるはずだもの。

ミア、一大事ね。ふたりのあいだでゆれうごいて心が引きさかれてるなんて!!!

ミアはすごく動揺しているでしょうけど、わたしにしてみたら、すごくすごくワクワクしちゃう!!!


よろこんでもらえてうれしいけど、個人的にはよろこべない。本気で、何がどうなっちゃったのかわからない。どこをどうしたらあたしが、ミア・サモパリスが、世界でいちばん影がうすくて（プリンセスってことをのぞいて）、ここ一年半というもの『一二五四年～一六五〇年のジェノヴィアのオリーヴオイルの歴史について』（っていうか、ホントは歴史ロマンス小説だけど）ばっかり書いてたからほとんど家に引きこもってたタイクツ人間が、いきなりふたりのスバラシい男性に求められる女の子になっちゃうの？

ホントに、なんで???

しかも親友の見解だと、あたしがとるべき行為は、〝婚約する約束〟をしてないほうの男性と会う約束をすること……。

マイケルと会う約束なんて、できない。マイケルには——とくにマイケルの首のにおいには——弱いってわかってるし、しかもいまとなってはマイケルがカーディオアーム（と操作法を指導する人）

を送ってくれるほどあたしのことを好きかもしれないっていうのに。

そんなこと、ＪＰがいるのに、できない。ＪＰにも欠点はあるけど（あたしの小説をまだ読んでくれてないなんて信じられない）、あたしにかくれて元カノと会ったりしないし（元カノってリリーだけだけど）、あたしにうそをついたことは一度もない。

ホントいうと、例のジュディス・ガーシュナー事件は、あのときあたしが思っていたほど大きいことじゃないのはわかってる。マイケルとあたしがつきあう前のことだから。マイケルにハッキリ、前にだれかとつきあったことがあるかたずねたこともないし、だからじっさい、マイケルはうそなんかついてない。

だけど、話しておくべき大切なことがあるというのは否定できない。恋愛関係にある男女は、おたがいのいままでの経験を話すべきだと思う。

まあ、話してくれたけど。最終的には。

それに対してあたしは、五歳児なみのリアクションをした。マイケルの予想どおり。

オーマイガーッ！　なんか、さらに混乱してきた。どうしたらいいか、わかんないっ！　まともな相手にぜんぶ話したい。血のつながりがなくて（しかもさっきの条件が大切。まともな人）、学校の同級生でもない人。

となると、残るはドクター・ナッツのみ。残念ながら。

だけど、最終セラピーってことになってる金曜日まで会う予定はないし。つまり……

わーい、ラッキー!!　それまでひとりでもんもんとしながら、どうするのが正しいのかこの小さい脳みそで考えなくちゃいけないんだー。

一八歳でもうすぐ高校を卒業する人間はフツー、ひとりでものごとを解決するんだろうけど。

(なんか、観客席のなかに見覚えのある人がいて、ずっとだれだろうって考えてたんだけど、やっとわかった。ショーン・ペンだ。

さっきJPがやたらそわそわしてたのもムリない。

大好きな監督、ショーン・ペンが自作の戯曲『大衆のなかのプリンス』の初日に観客席にいるってことは、あたしのお誕生日パーティでこの話をしたんだろうな。または、ステイシー・チーズマンが話したのかも。ショーン・ペンの映画に出たことがあるから。

きてくれるなんて、ショーン・ペンってめちゃくちゃやさしいんだな)

とにかく。マイケルに返信しなくちゃ。個人的に会いたいっていったのはあたしのほうだし。せっかくさっき、パパやジェノヴィアのためじゃなくてあたしのためだとか、やさしいメールをくれたのに、放置プレーってわけにはいかない。

だけど、なんて返信したらいいかわかんないんだもんっ！　すでに八時過ぎだから、今夜会うのがムリなのは明白だろうけど。

でも、高校を卒業した人ってかなりおそくまで起きてるものだから、明白じゃないかも。

とにかく、ティナのいうとおり。やっぱりマイケルと会わなくちゃ。

こんなの、どうかな。

ハイ、マイケル！　今夜は都合がつかなくて（いまさらだよね）、明日の夜はボリスの卒業制作なの（カーネギーホールでコンサート）。で、金曜日は卒業生のサボりデー。金曜のランチなんか、どう？
ミアより

ランチならよくない？　ランチなら、友だち同士でもするし。異性の友だちがしょっちゅうランチしてても、まったくロマンチックなことにはならない。

よし、と。送信。

なかなかうまくいったはず。ＬＯＶＥ、ミア、とかなんとかは書いてないし。カーディオアームを贈ってくれたのはパパのためじゃなくてあたしのためだとかなんとかにも触れてない。さりげなくて、重たくなくて……。

オーマイガーッ。返信がきた。はやっ！

ミアへ
金曜日のランチ、いいね。セントラルパークのボートハウスに一時はどうかな？
ＬＯＶＥ、マイケル

ボートハウス！　フツー、友だちはあんなオシャレなレストランでランチしない！　っていうか、するかもしれないけど、さりげなくて軽いカンジではない。テーブルの予約しなくちゃいけないし、湖畔のレストランって、なんか……ロマンチック。いくらランチとはいえ。

しかも、LOVE、マイケルって！　またしても！　なんでそんなこと書いてくるのーーーッ?!

あ、みんな拍手してる。

うそっ。もう休憩時間？

5月3日　水曜日　午後10時　エセル・レーヴェンボーム劇場

あ、そ。

JPのお芝居の主人公って、JRっていうの。めちゃくちゃJPにそっくり。っていうか、ハンサムで金持ちで（アンドリュー・ローエンスタインが演じてた）、ニューヨークのセレブな私立高校に通ってて、しかもたまたまそこに、ヨーロッパの小さい公国のプリンセスも通ってる。冒頭ではJRは孤独で、数少ない趣味は、マンションのビルの上からビンを投げることと日記を書くことで、いつも学食のおばさんが出してくれたチリからコーンを取りだしてる。そんなこんなで自己中心的な両親との関係が冷え冷えとして、フロリダにいる祖父母のところで暮らしたいとまで感じ始める。

ところがある日、例のプリンセス、リアが（ステイシー・チーズマンが演じてた。青いチェックの制服のスカートをはいてたけど、あたしがいつもはいてたのよりはるかにミニ）学食でＪＲに近づいてって、いっしょのテーブルにすわろうって誘ったときから、人生がガラッとかわる。精神科医のアドヴァイスをきいて、ビルの上からビンを投げるのをやめ、両親との関係もよくなり、フロリダに引っ越したいとは思わなくなる。間もなく、うつくしいプリンセスは賢くてやさしいＪＲと恋に落ちる。

このお芝居、ＪＰとあたしのことだ。名前はかえてるし（ほとんどいっしょだけど）、細かい部分も少しちがうけど、ミエミエ。

あたしは自分をモデルにした映画をつくられるのには慣れてるし、多少手をくわえられてもよしとしてる。

だけど、そういう映画をつくる人ってあたしの知り合いじゃないもん！　いろんなことがあったとき、じっさいにその場にいたわけじゃない。

だけど、ＪＰはいた。アンドリューとステイシーにいわせてるせりふは……っていうか、それってＪＰとあたしがじっさいにしゃべったことだし……なのにＪＰは、まったく事実とはちがうこともせりふにしてたの！

たとえば、プリンセス・リアがパーティでセクシーダンスを踊って元カレの前で恥をかくシーンがあった。

たしかに、じっさいに起きたこと。

だけどそれって、プライベートなできごとでしょ？　わざわざそれを、みんなにおひろめする必要がある（すでにみんなが知ってることとはいえ）？

そして、ＪＲは紳士的にプリンセスをかばって支えてた（セクシーダンスなんかしたのに。たぶんそれって、みんながプリンセスに反感をおぼえて、なんてバカなんだろうって思わせるためのもの）。いまはちょうど、ステイシー・チーズマンが涙ながらにアンドリュー・ローエンスタインにうったえてるシーン。わたしといっしょにいたらふつうの人生が送れないし、セクシーダンスやらパパラッチに追いかけまくられることやらもあるし、いっしょにいたくないといわれても仕方ない、って。それにもし、結婚することになったら（!!!）、もちろんプリンスにならなくてはいけないし、プリンセスの配偶者としてプライバシーはなくなるし、いつでもプリンセスの一メートルくらいうしろを歩かなきゃいけないし、カーレースとかもできなくなるって。

で、アンドリュー・ローエンスタインが答える。すごく落ち着き払った声で、ステイシー・チーズマンの手を握りながら、愛しそうに目を見つめて。ぼくはそんなことは気にしない。きみのことを深く愛しているから、きみのためならよろこんであらゆる屈辱にたえるよ。いくらきみがセクシーダンスを踊っても、ぼくがプリンスにならなくてはいけなくても……。

げっ、みんな、カーテンコールでバカみたいに拍手してる。ＪＰも出演者といっしょに出てきて、おじぎをしてる……。

なんか……なんか、わかんないけど。っていうか……あたしたちのことだし。

事実とはちがうけど。半分は、じっさいに起きたこととはちがう。

こんなことって、ありえる？

ありえるらしい。じっさいに起こってるから。

5月3日　水曜日　午後11時　ロフト

作者殿
拝啓　貴殿の執筆された『心を解き放って』をトレメイン出版に寄稿していただき、感謝いたします。期待できる作品ではありますが、現状では刊行はむずかしいと思われます。せっかく寄稿していただいたのに、たいへん申しわけないことですが、作品の細かい論評をすることができません。トレメイン出版をお考えいただいたことに感謝いたします！

敬具

トレメイン出版

ありがとう、トレメイン出版。さようなら、トレメイン出版。
ともあれ、ＪＰのお芝居は大成功。
もちろん、卒業制作としても好成績。
それだけじゃない。
ショーン・ペンが、オプション契約を結びたがってる。

ショーン・ペンが——あのショーン・ペンが——『大衆のなかのプリンス』を映画化したがってる。よかったとは思う。ホントに。ＪＰにとっては、すばらしいことだ。

あたしをモデルにした映画なんてすでにたくさんあるし。ひとつ増えてもたいしたことじゃない。

ただ……あたしの番はいつまわってくるのーーーッ？

ホントに。いつになったらあたしを評価してくれる人が出てくるの？　ヨーロッパの小国に民主主義をもたらしたこと以外に。しかも正直いって、それだってだれも評価してるようすはない。

べつにうじうじもんくをいうつもりはない（ちゃんちゃらおかしいけど。あたしが日記に書いてることってうじうじそのものだから）。でもねー。脚本をぱぱっと書いて（しかもほとんどはこのあたしのことだし）、ほいっと上演して、ショーン・ペンと映画の契約がささっと成立、なんてありえない。

あたしなんか、何ヶ月も監禁状態みたいになって小説を書いて、出版社に断られまくってるのに。

なんなの？

しかも正直にいっちゃうけど、あたしはショーン・ペン監督の『イントゥ・ザ・ワイルド』があんまり好きになれない。

どう？　批評家たちの評価が高いのも、賞をたくさんとったのも知ってる！　あの男の子が死んじゃったりしたのは、すごく悲しい。だけどあたし的には『魔法にかけられて』のほうが、プリンセスがうたったり、リスが出てきたり、セントラルパークで人々が踊ったりして、ずっとおもしろかった。

いってやった！

さっきJPがきて、『大衆のなかのプリンス』はどうだったかときかれた（「自分さがしというテーマを追求したんだ」っていってた。「少年が大人の男性になる旅だよ。少女の助けによって、苦難の少年時代をくぐりぬけ、大人になるとはどういう意味かをさとっていく。そしてついに、プリンスとなるんだ」って。セクシーダンスというテーマの追求については触れてなかった）。

あたしは、すごくよかったよ、と答えた。ほかにいいようがある？　あたしがモデルでなかったら、すごく楽しめたはず。ただし、プリンセスがおバカさんに描かれてたのはいただけないけど。いつでもボーイフレンドにたよって、自らおちいったばかばかしい状態から助けだしてもらってるんだけど、あたしって、あんなんじゃないと思う。じっさい、助けなんか必要としてないし。

だけど、いまは批評的な意見をいうべきときじゃないと思った。じっさい、いわなくてよかった。JPはほめられてすごくよろこんでたから。これからショーン・ペンと両親とステイシー・チーズマンとアンドリュー・ローエンスタインと食事にいって映画の契約の話をするからいっしょにこないか、っていってきた。ショーン・ペンのおごりで、卒業制作委員会もいっしょに、〈ミスター・チャウズ〉でお祝いなんだって。

あたしは、いけないって答えた。家に帰って、心理学の期末テストの勉強しなくちゃだから、って。正直いって、あんまりカンジよくなかったとは思う。しかもあたし、心理学の勉強なんてやってないし。心理学なんて、得意中の得意。なんたって、精神科医の両親を持つ女の子と長いこと親友だったし。その兄ともつきあってたし。いまだって自分がセラピー通ってるし。

だけど、JPはそうは思わなかったらしい。あっさり「ほんとうにこられないのかい？」とかいってキスすると、あたしが返事をしたときにはもう、劇場の入り口で待ってたショーン・ペンとアンドリューとステイシーと両親のところにさっさといっちゃったから。パパラッチがわんさか、ＪＰの写真を撮ろうと待ちかまえてた。

そう、劇場の前にはものすごい数のパパラッチがいた。あたしも、ボーイフレンドが自分をモデルにした脚本を書いてそれがショーン・ペン監督の映画になる気持ちはどうかってきかれた。すばらしいと思います、って答えといた。ミア・サモパリスの真っ赤なうそNo.10。番号が追えなくなりつつあるけど。

今夜はとても眠れそうにない。頭のなかにこびりついてはなれないことがあるから。

P.S. きみのお父さんやジェノヴィアにかわってお礼をいう必要はない。きみのお父さんの選挙に役立つかもしれないと思って贈っただけだし、つまりそれは、きみをよろこばせたいからだ。要するに、動機はかんぜんに私利私欲に基づいたものだよ。

ひいいいいいいいいいいいいいいいいいいいいいいい!!!

5月4日 木曜日 心理学Ⅱ期末テスト

主要組織適合遺伝子複合体について説明しなさい。

こんなの、楽勝。

主要組織適合遺伝子複合体（ＭＨＣ）とは、ほとんどの脊椎動物に見られる遺伝子領域である。この遺伝子は細胞の表面に見られ、免疫反応に関係し、病原体や機能不全の細胞を殺す役割を果たしている。いいかえれば、ＭＨＣは侵入する病原体を免疫機構が見つけて破壊するのに役立っている。
この遺伝子は、配偶者選択に大きく関与している。最近の研究で、ＭＨＣが嗅覚作用を通じてこの領域に大切な役割を果たしていることがわかった。両親のＭＨＣが多様であればあるほど、子どもの免疫機構は強くなる。興味深いことに、ＭＨＣが異なる配偶者選択をする傾向は、人間に顕著に見られる。女性は、男性のＭＨＣが自分のものとなるべく異なるほうが（デオドラントスプレーやコロンは使わずに）、いいにおいだと感じることが臨床実験で判明した。何度も同じ研究がくりかえされたが、結果は同じだった。ネズミや魚も同じような……

オー。

マイ。

ガーッ。

5月4日　木曜日　心理学Ⅱ期末テスト

あたし、どうすればいい???

本気で。こんなこと、あってはならない。まさか、主要組織適合遺伝子複合体の影響を受けてマイケルにどうしようもなく引きつけられちゃってるなんて。そんなのって……そんなの、バカげてる。だけど考えてみたら、どうしていつもマイケルの首のにおいに、はふぅーってなっちゃうの？　っていうか、かなり執着してるし。

これですべて説明がつく。マイケルは、ＭＨＣがあたしとカンペキに異なってるんだ！　どうしても忘れられないのもムリない！　あたしじゃなくて、あたしの心でもなくて、あたしの脳でもなくて、あたしの遺伝子が、カンペキに異なる遺伝子を欲してやまないんだ！

じゃあ、ＪＰは？　あたしがどうしてもＪＰに肉体的に魅力を感じない理由も、これでわかった。

ドライクリーニングのにおいしか感じない理由も。あたしたち、ＭＨＣが似すぎてるんだ！　遺伝子的に、近すぎなんだ。外見だって似てるし。ブロンドで、目の色が明るくて、体格も似てて。ずいぶん前に、劇場でいっしょにいるのを見ていわれたこともあったっけ。「とてもお似合いでした。ふたりとも、背が高くてブロンドで」って。

ＪＰとあたしがキスから先に進まないのもムリない。遺伝子が拒絶反応起こしてたんだ！　ダメダメ、つがいになっちゃダメ！って。

なのにあたしは、とにかくそういう行為をしようとしてる。

ＪＰとあたしが結婚したら、子孫に影響が出るかもしれない。

オーマイガーッ！　嗅覚的になんにも感じないんだもん！　もしかして、ヴィジュアル的にカンペキな子が生まれてくるかも……ラナみたいに!!!

だからＪＰとキスしても、マイケルとキスしたときみたいにゾクゾクしないんだ……あたしの遺伝子が拒否してるんだ!!!

あたし、どうすればいいの???

それって、主要組織適合遺伝子複合体の求めるところにめちゃくちゃさからってる！

ＭＨＣが異なってる相手からは、二年前にフラれてるし！

しかもその相手は、おばあちゃんや親友がどう思ってるかは知らないけど、あたしのことを愛してなくて、ただの友だちでいたがってる。

ＪＰとあたしは、好みも似てる。ふたりとも、創作ライティングと『美女と野獣』と演劇が好き。

マイケルとあたしには、共通点はほとんどなかった。例外は、『バフィー〜恋する十字架』と『スター・ウォーズ』（オリジナルの三本。ミョーな前編じゃなくて）を永遠に深く愛してたこと。だけど、みとめないわけにはいかない。マイケルにかかったら、あたしはたまらなく弱い。そうなの！　めろめろ。マイケルのにおいには、さからえない。

克服しなくちゃ。自分にはカンペキ合ってない（もちろん、遺伝子的なことをのぞいて）男の子にこんな感情を持ってちゃいけない。

でも、あたしに克服する精神力がなかったら？

5月4日　木曜日　心理学Ⅱ期末テスト

ミア、ほんとうなの？　ＪＰのお芝居が映画化されるって？

ギャーッ、ビックリした！　ティナ、いまはそんな話してるヒマないの。発見しちゃったの。ＪＰとあたし、ＭＨＣがカンペキに合わない……っていうか、同じなんだよ。あたしたちの子どもは、ラナみたいな遺伝子的突然変異になっちゃうんだよ！　で、遺伝子的にはマイケルがぴったりなの！　だからあたし、マイケルの首のにおいに執着してるの！　それでマイケルが近くにいると、はふぅーってなって、フヌケになっちゃうんだよ。ティナ、あたしもう、おしまい。

ミア……ヘンな薬でも飲んじゃった?

まさか。どういうことか、わかんない? これでぜんぶ、説明がつくんだよ! あたしがJPにどうしても魅力(みりょく)を感じない理由も、どうしてもマイケルを忘れられない理由も……ああティナ、あたし、自分のMHCの捕虜(ほりょ)になってるの。たたかわなきゃ。手つだってくれる?

手つだいが必要なの? ドクター・ナッツ、呼びましょうか?

ちがうってば! ティナ、あのね……あ、もう気にしないで。だいじょうぶだから。何もきかなかったことにして。

　どうしてみんな、あたしがこれ以上ないほどマトモなことをいうと、おかしくなったと思うの? ティナは――みんなは――あたしがやるべきことをやろうと必死だってことがわからないのかな。あたしだってもう、一八歳(さい)だもん。ものごとに決着つけるために何をすべきか、わかってる。
　この場合は、何をしないべきかっていったほうがいいかも。だって、あたしにできることなんか、ひとつもないから。

マイケル・モスコーヴィッツから、できるだけ遠くはなれている以外に。

ＪＰにコロンなんか買っちゃった自分が信じられない。コロンなんてなんの役にも立たないってわかったいまとなっては。問題は遺伝子だったのに。

そんなこと、だれがわかる？

っていうか……あたしにはわかる。今日のテストを受けるまで、気づかなかっただけ。

気がかりなことがたくさんあったせいだ。パパの選挙のこととか、どのコロンにしようかとか。

この国の教育システムに異議アリ。どうして最終学年の最終学期になるまで、ＭＨＣのことを教えてくれなかったの？　こんな有意義な情報、もっと前に、えーっと、それこそ一年生のときから知ってたら、どんなに役に立ったことか。

ここで大きな問題発覚。明日、どうやってマイケルのにおいをかがずにすませよう？

わかんない。できるだけ近づかないようにするしかないかも。今回は、ぜったいにハグはしない。

もししてきたら、風邪(かぜ)ひいたっていおう。

うん！　それがいい。で、うつしたくないからっていえばいい。

おおっ、天才。

卒業生総代がケネスだなんて、信じられない。あたしがなって当然なのに。人生の教訓を心得てるかどうかで選んだら、あたしのはず。

5月4日　木曜日　お昼休み

パパが、さらなるモスコーヴィッツ情報を電話で知らせてきた。

今回は、リリーのこと。

もう学食で食べ物を買うのはヤメにしなくちゃ。床に落としてばっかだもん。もっとも明日は卒業生のサボりデーだから、こんなことで悩まされるのは今日が最後かも。

「おまえのパーティで、リリーがみんなを撮影していたのをおぼえているだろう?」パパがいった。

電話をとったときは、今度こそおばあさまがどうかしちゃったんだって確信してたのに。

「うん……」あたしは、髪についたサラダをつまんでとった。みんな、あたしをにらみながら、自分の髪についた葉っぱをとってる。悪いのはあたしじゃないのに。たしかにフィエスタ・タコサラダを落としたけど。

「リリーが、あのときのフィルムをつかって選挙のコマーシャルを作成したんだ。きのうの真夜中から、ジェノヴィアのテレビで流れ始めた」

ううう……リリーの復讐ってこれだったんだ。みんな、心配そうにあたしを見てる。ＪＰ以外みんな。ＪＰは、同じタイミングで自分のケータイにかかってきた電話に出てた。

「ショーンからだ」ＪＰは言い訳するようにいった。「とらなきゃ。すぐにもどるよ」ＪＰは立ちあがって電話をとるために外に出た。学食は騒がしいから。

「どれくらいヒドいダメージ？」あたしはたずねた。マイケルの寄付と、その関係で受けた取材のおかげで、パパは少し勢いをとりもどしてた。

だけどまだ、ルネのほうが優勢だ。

「いいや」パパは、ミョーな声でいった。「ミア、わかっていないようだな。リリーのコマーシャルは、わたしを支持するためのものなんだよ。敵対するものではなく」

「へ？」息がつまりそうになった。「いまなんて？」

「いったとおりだ。おまえには知らせておいたほうがいいと思ってな。リンクするページをメールしておいた。じっさい、すばらしいコマーシャルだ。どうやってつくったのか、想像もつかない。リリーは韓国で自分の番組を持っているといっていただろう？　おそらく、そこでいろんな人に協力を呼びかけて、それから……」

「パパ」胸がつまりそう。「あたし、もう切るね」

それからあたしは、すぐにメールをひらいた。おばあさまからの、プロムとその翌日の卒業式に何を着ていくつもりかっていう（どうでもいいのに。卒業生のガウンを上に着ちゃうから）興奮気味のメールをぜんぶスクロールしてすっ飛ばして、パパのメールを見つけるとクリックした。リリーのコマーシャルのリンクがあったので、それをクリック。コマーシャルが始まった。

パパのいうとおり。すばらしい。あたしのパーティにきてたセレブたち――クリントン夫妻、オバマ夫妻、ベッカム夫妻、オプラ・ウィンフリー、ブラピとアンジー、マドンナ、ボノ、などなど――をフィーチャリングした六〇秒のクリップで、みんながパパのことを心からたたえてる。パパがいままでジェノヴィアのためにどれだけつくしてきたかとか、ジェノヴィアの有権者はパパに投票すべきだとか。セレブたちの推薦コメントの合間にぱらぱらと、ジェノヴィアのうつくしい景色がうつしだされる（これ、何度かあたしといっしょにいったときに撮影してた景色だ）。入り江の青く光る水とか、その上にそびえる緑の崖とか、白い砂浜とか、宮殿とか、すべてが安っぽさとは無縁。

最後に、渦巻きもようのスクリプトが出てくる。「ジェノヴィアの歴史的奇跡を保護しよう。プリンス・フィリップに一票を」

流れていた音楽が――これって、マイケルがスキナーボックス時代に書いたバラードだ――やむころには、あたしの目に涙があふれてた。

「オーマイガーッ。みんな、これ見て」

あたしはケータイをまわして、みんなに見せた。間もなく、テーブルじゅうが涙につつまれた。っていうか、ＪＰはべつ。まだもどってなかったから。あとはボリス。ティナに関すること以外には無感情だから。

「リリー、どうしてこんなことを？」ティナがたずねた。

「リリーって、もともとクールな子だったもの。忘れちゃった？　いろいろ事件がある前は」シャミーカがいった。

「リリーをさがしてくる」あたしは目に涙をためたままいった。

「だれをさがすって？」ＪＰがやっとショーン・ペンの電話からもどってきた。

「リリーだよ。これ、見て」あたしはＪＰにケータイをわたして、リリーがつくったコマーシャルを見せた。ＪＰは見ながら、顔をしかめた。

「ふうん。なかなか……いいね」ＪＰは見おわるといった。

「いいなんてもんじゃないよ。スバラシすぎる。お礼いってこなくちゃ」

「その必要はないと思うな。リリーはきみに借りがあるんだから。あんなウェブサイトをつくったんだよ。忘れちゃったのか？」

「ずいぶん昔のことだもん」

「ああ、それにしてもだ。ぼくだったら、気をつけるな。なんたって、モスコーヴィッツだから」

「それ、どういう意味？」

ＪＰは肩をすくめた。「ミア、きみにかぎって、わからないわけがないだろう。リリーが親切の代償を求めてくることくらい、想像がつくはずだ。マイケルにされてきたことじゃないか？」

あたしは、あまりのショックでＪＰをひたすら見つめるだけだった。

考えてみたら、それほどビックリするようなことじゃないのかも。相手はマイケルだし。あたしの胸をこなごなにした人。そのこなごなになった胸を、やさしくもとにもどしてくれたのはＪＰだ。

でも、あたしが口をひらく前にボリスがとうとつにいった。「ヘンだなあ。ぼくはそんなふうに思ったことはない。マイケルはタダでぼくを来年、部屋に住まわせてくれるしね」

これをきいて、あたしたちはいっせいにぱっとボリスのほうをむいて、じーっと見つめた。ボリスが、いきなりしゃべり始めたパーキングメーターみたいに。

　最初に立ち直って口をひらいたのは、ティナだった。

「えっ？　来年、マイケル・モスコーヴィッツと同居するの？」

「うん」ボリスは、知らなかったなんて意外だみたいな顔をした。「ジュリアードに寮の申しこみ書を出すのが間に合わなくて、ひとり部屋がなくなっちゃったんだ。ルームメイトといっしょに暮らすなんて、たえられないからね。そうしたらマイケルが、空きが出るまで、つかってないベッドルームに転がりこんでもいいっていってくれたんだ。スプリングストリートにある超カッコいいロフトに住んでるからさ。めちゃくちゃデカいんだ。ぼくが部屋にいても気づかないいんじゃないかな」

　ちらっと見ると、ティナは見たこともないほど目を真ん丸くしていた。怒りのせいか、困惑のせいかは不明。

「つまりいままでずっと、ミアにかくれてこそこそマイケルと連絡をとりあってたの？　なのに、わたしにもだまっていたの？」

「べつにヒミツにしてたわけじゃないさ」ボリスはムッとしたようにいった。「マイケルとぼくは、前から友だちだったから。ぼくがマイケルのバンドにいたころからね。ミアとはなんの関係もないよ。カノジョとわかれたからって友だちをやめるほうがおかしいだろ。それに、きみに何もかもしゃべっているわけじゃないしさ。男同士の話だってあるから。今日はもう騒ぐのはかんべんしてもらえないかな。今夜はコンサートがあるんだから、ストレスはなるべく……」

「男同士の話？」ティナは、バッグを手に持った。「男同士の話はわたしにする必要がないっていうのね？　わかったわ。騒ぎはかんべんしてほしい？　いいですとも。わたしがストレスをぜんぶ解消してあげる。ここから立ち去ることでね」

「ティナ」ボリスは、あきれたような顔をした。

ティナがとっとと学食を出ていくと、本気なのがわかったらしく、いそいで追いかけていった。

「まったく、あのふたりは」ＪＰはくすくす笑いながらふたりを見送った。

「ホント」あたしもいったけど、笑ってはいなかった。二年前のあるできごとを思い出していたから。

ボリスに、マイケルからのメールに返信しろっていわれたことがあった。でもあたしは、する気になれなかった。あのとき、どうしてボリスはマイケルからメールがきてるのを知ってるんだろうってふしぎだった。ティナからきいたのかと思ってたけど。

どうやら、ちがってたらしい。マイケルが、ボリスに話してたんだ。ふたりはずっと連絡をとりあってたから。

あたしのことも話してたんだ。

もしボリスがＧ＆Ｔのクラスでいっしょにいるとき、備品庫でバイオリンをぎーこぎーこやりながら、マイケルのためにあたしを監視してたとしたら？

で、マイケルがそのお返しに、ソーホーの豪華ロフトの部屋をタダで提供するとしたら？

あたし、考えすぎ？　例によって？

それに、ＪＰがいったことにも納得できない。モスコーヴィッツきょうだいがいつも見返りを求めてくる、って。

なんか、ワケがわかんない。っていうか、どうなっちゃってるの？　どうしてリリーは、パパのためにコマーシャルなんかつくってくれたの？　どうしてマイケルは、カーディオアームを寄付してくれたの？

どうしてモスコーヴィッツきょうだいが、いきなりあたしにやさしくしてくれるようになったの？

5月4日　木曜日　午後2時　廊下

ロッカーを片づけてるとこ。

明日は卒業生のサボりデー（正確には、学校から正式に認められた休日じゃない）だし、あたしがとってる授業は期末テストもおわったから、いましかやるタイミングがない。そしてこれが、このジゴクのなかで過ごす最後の時間ってことになる（卒業式をのぞいて。雨がふらなきゃ、セントラルパークで行われる予定）。

ある意味、超(ちょう)さみしい。

ここってじつは、ジゴクなんかじゃなかったのかも。っていうか、つねにジゴクってわけじゃなかった。いいときもあった。少なくとも、いくらかは。リリーとティナからきた昔のメモを山ほど捨ててるところ（ケータイを持つ前はメモをまわしてたんだっけ）。あと、くっついちゃってて正体不明のものもざくざく出てきた（ううう、この四年間で一回か二回くらいはおそうじしとくんだった。なんか、ネズミも住んでそう）。

だれかからもらった、ぺしゃんこになったホイットマンズサンプラーの箱（なかは空っぽ）発見。なかに入ってたチョコはぜんぶ食べたらしい。なんかの種類のお花がぼろぼろになってる。そのときは何かしら意味があってとっといたんだろうけど、すでにカビだらけ。どうしてあたしって、持ちものの整理ができないんだろう？　おばあさまに教わったみたいに本のページのあいだにきちんとはさんで、なんて種類のお花かとかだれにもらったのかとかを書いておけば、ずっと大切な思い出としてとっておけるのに。

あたしって、やっぱり問題アリ。どうしてロッカーのなかにお花なんかつっこんだんだろう？　あたしって、ヒドい人間。持ちものの整理整頓ができないからってだけじゃなくて、ほかにも理由はある……たくさんの理由が。すでにだれの目からも明らか。

どうすればいいの？　あたし、どうすればいいのーーーーーッ？

ずっとリリーをさがしてるけど、会えずにいる。リリーって午後も期末テストだっけ。

（ティナとボリスには会えた。仲直りしてた。三階の吹き抜けでイチャついてたから、たぶん。気づかれないようにそーっと退散したけど）

電話してみればいいんだけど（リリーに）。でも……なんていったらいいか、わかんなくて。ありがとう？　なんか、フツーすぎる。

ホントにいいたいのは……どうして？　どうして、あたしなんかにやさしくしてくれるの？

明日、リリーのお兄さんにきいてみよう。知ってれば、だけど。その前に、風邪をひいてるっていわなきゃ。だから近寄らないほうがいいって。

ま、いいけど。

ほかのみんなが教室にいるときに廊下をうろついてるのって、ミョーな気分。グプタ校長に目撃されたけど、「ミア、授業はどうしたの？　許可書は？」とかいわれなかった。「あら、ミア」とだけいって、上の空で歩いていっちゃった。卒業式のことで頭がいっぱい（あたしも！　どこの大学にいこう!!!）かなんかで、プリンセスが学校の廊下をうろついてることなんかにかまってられないんだろう。それとも、あたしなんかほとんど目に入ってなかったのかも。卒業生ってそういうものなのかもしれないな。

ボディーガードがついてるのに。

そのうち、このことを本に書こう。卒業を控えた女子高生が、ロッカーを片づけながら、さまざまな感情のせめぎあいを経験する。長いことといた学びの場に、そしてここでの愛憎にわかれを告げる。早くここから出たいけど、でもやっぱり……出るのがこわい。これから翼を広げて、べつのどこかであたらしいスタートを切ることになる。灰色のくさい長い廊下は大っきらいだけど、でも……大好きでもある。ある意味。

バイバイ、ＡＥＨＳ。サイアク。大ッキライ。

でもやっぱり……なんか、さみしいよ。

5月4日　木曜日　午後6時　ロフト

ドラクロワ様
拝啓　あなた様の原稿を同封いたしました。残念ながら、今回は刊行を見送らせていただきます。どこかべつの出版社でチャンスがありますよう、お祈り申し上げます。

敬具

ハートランドロマンス出版

この手紙はいそいでかくして、ＪＰに見つからないようにした。いま、ここにいるから。今日の放課後、うちにきた。ＪＰのリハーサルがなくて、あたしのプリンセス・レッスンもセラピーもないのは数ヶ月ぶり。

で、うちにきた。

いまはリビングで、ママとジャニーニ先生と映画の契約について話してる。あたしが「ボリスのコンサートにいくしたく」をしているあいだ。

したくなんか、してないけど。ＪＰがきたときのことを書かなきゃ。あたしがものすごーく努力したこと。あたしのＭＨＣがＪＰのＭＨＣに反応するように、めちゃくちゃがんばった。ティナがボリスの水着姿を見てしたことを、やってみた。

つまり、襲った。

っていうか、襲おうとしてみた。だって、ＪＰにキスしてもらえば——ほんもののキス。マイケルがしてたような。——すべての問題は解説するかもって思ったから。明日、マイケルとランチするときに風邪をひいたフリする必要なんかないかもって。もう、それほどマイケルに執着しなくなってるかもって。

でも、うまくいかなかった。

拒否された、とかじゃないけど。キスはしてくれた。ちゃんと。ホントに。

だけど、三〇秒ごとに唇をはなして、映画の契約の話をしてた。

じょーだんじゃなくて。

たとえば、〝ショーン〟にシナリオを書いてくれってたのまれたこととか（シナリオは、舞台の脚本とは別物らしい）。

ＪＰは本気で、「西海岸にうつる」ことを考えてるそうだ。撮影に立ち会えるように。

映画に集中するために大学入学を一年延期することも検討中。大学なんていつでもいけるからって。

だけど、ハリウッドの若きイケメン脚本家になるチャンスはそうそうない。

で、あたしにいっしょにこないかってきいてきた。ハリウッドに。

これで、すっかりムードがぶちこわしになった。

なかには、カレシが自分をモデルにした脚本を書いて、それがショーン・ペン監督で映画化されることになって、大学入試を延期していっしょにハリウッドで暮らそうっていわれたら、うれしがる女の子もいるんだろう。

でもあたしは、しょうもないダメダメちゃんだから、とっさに答えた。「なんであたしがいかなきゃいけないの？」気づいたときにはそういってた。あんまり会話に集中してなかったせいもあるけど。あたしが考えてたのは……まあ、少なくともハリウッド映画の契約のことじゃないから。

それに、あたしがヒドい人間だからってのもある。

「それは、ぼくのことを愛してるから、だろう」ＪＰは、釘をさすようにいった。あたしたちは、ベッドの上にすわっていた。窓枠にすわってるでぶねこルーイが、悪意をこめた目でこちらをにらんでる。ルーイは、あたし以外の人間がベッドの上にいるのを好まない。「そして、ぼくを応援したいと思っているから、だろう」

げっ、なんか悪いこといっちゃった。あたしは赤くなった。

「ううん。っていうかそうじゃなくて、あたしがハリウッドなんかにいって、何をすればいいの？」

「書くんだよ。ロマンス小説以外のものをね。正直にいわせてもらうと、きみにはもっといい作品を書ける力があると……」

「あたしの小説、読んでもいないでしょ？」なんか、傷ついた。だいたい、いい作品って？　ロマンス小説だって、いい作品だもん！

「わかったよ」ＪＰは笑いながらいった。イジワルい笑い方ではなかったけど。「読むよ。約束する。

芝居だの期末テストだのなんだので、ずっとバタバタしてたからさ。わかるだろう？　史上最高のロマンス小説だって確信してるさ。ただ、本気でとりくめば、もっと重みがあるものを書けるはずだと思うんだ。世界を変えるような作品を」

重みがある？　何いっちゃってんの？　だいたい、世界なんか、もう変えたし。ジェノヴィアを民主主義国家にしたんだから。もちろん、あたしひとりでやったんじゃないけど、手を貸した。それに、落ちこんでいる人を元気づけるような小説を書けば、それだって世界を変えるかもしれないでしょ？~~だいたいいわせてもらえば、『大衆のなかのプリンス』を観させてもらったけど、あんなの世界を変えもしないし、人を元気づけもしない。負け惜しみみたいに思われたらイヤだけど、ホントのことだもん。脚本を書いた人はさぞかし自分大好きなんだろうなーって感じる以外、なんにも考えさせられるところがない。~~

ごめん。こんなこと書くつもりはなかったの。いいすぎた。

とにかく、あたしは答えた。「なんか、わかんない。ハリウッドにいっしょにいくなんて、ママやパパが許してくれるはずがないし。ふたりとも、あたしを大学にいかせたがってるから」

「そりゃそうだ。だけど、一年延期するくらいなら、悪くないと思う。どちらにしても、いい大学に入るわけじゃないんだから」

げっ、これぞホントのことをいう絶好のチャンス。「あのね、ＪＰ、どこにも入れなかったっていうのはちょっと誇張で……」

ただしもちろん、いわなかった。かわりに、リビングにいってＭＴＶの『真実の物語：わたしは麻薬性鎮痛薬オキシコンチンの中毒になった』を観ようっていった。いいあいになりたくなかったから。

とにかく、『真実の物語』シリーズを観たあと。あたしは学んだ。ドラッグにはぜったいに手を出しちゃいけない（当たり前）。だけど、あたしにとっては書くことがドラッグみたいなもの。心から好きな、ただひとつの行為だから。

っていうか、マイケルとキスすること以外に。だけどそれは、二度とかなわない。

5月4日　木曜日　午後8時　カーネギーホールの化粧室

オーマイガーーーーーーッ！

このコンサート、超タイクツだろうと思ってたら、そんなことなかった。

あ、演奏はちがうけど。めちゃくちゃタイクツ。G＆Tの教室で備品庫からきこえてくるのを百万回くらいきいたことあるから（でも正直いって、カーネギーホールのステージの中央から流れてくる音は、なんだかちがう。とくに、オシャレなかっこうをしたゴージャスな人たちがボリスの写真がのってるCDを手にして興奮した声でボリスの名前を叫んでるのを見ると。っていうか、ただのボリス・ピルコウスキーなのに。でもあの人たちの目には、セレブみたいにうつってるらしい。それって、もしもし？　超ウケるんですけど）。

だけど、ＡＥＨＳの知り合いが全員——モスコーヴィッツきょうだいをふくむ——きてるのは、かなりうれしい。会えると思ってなかったから。

今カレといっしょにきてるのに、元カレに会えてうれしがるなんて、ダメなのはわかってる。

でも、あたしのせいじゃないもん。悪いのは、ＭＨＣ。

席は何列もはなれてるから、あたしが〝オー・デ・マイケル〟の香りにやられちゃう心配はない。

あとでバッタリ会ったりしなければ。たぶん、可能性は低いはず。

とにかく、マイケルはひとりできてた。女の子を連れてないの！　マイクロミニ・ミドリがジェノヴィアにいるからかもしれないけど。

だけどどうしても、あたしがここにくるってメールしたからひとりできたんじゃないかって気がしてならない。

あ、そういえば、ボリスがいってたっけ。今年はいっしょに暮らすって。ってことは、それでマイケルはきたんだ。友だちの応援(おうえん)のため。

あたしって、バカ。ミョーな期待しちゃって。またしても。

とにかく。席にもどらなきゃ。ちゃんときいてるように見せなきゃいけないのに日記に書いてるなんて失礼なこと、しちゃいけない。だけど……

ん？

オーマイガーッ。

この靴(くつ)、見覚えがある。

5月4日　木曜日　午後8時半　カーネギーホールの化粧室

やっぱり。当たりだった。

個室から出てきたところを、あたしはつかまえた。

つかまえた、っていうのはちがうかも。パパのためにつくってくれたコマーシャルのことを質問した。どうしてそんなことをしてくれたのか、って。

最初リリーは、あたしへの誕生日プレゼントだとかいってごまかそうした。

たしかにリリーは、『アトム』の編集室でマイケルの記事をわたしたしたとき、お誕生日にプレゼントしたいものがあるといっていた。それをプレゼントするためにはパーティにいく必要があるって。パーティでわたすとは、ひと言もいってなかった。あたしが勝手にかんちがいしただけ。

でも……どうしていまになって？　どうして今年、こんなステキなプレゼントを？

リリーは、イラッとした顔をしていた。トイレに入ったらあたしがいたなんてありえない、ってカンジで。

たしかにそうかも。なんかあたし、リリー・モスコーヴィッツの膀胱(ぼうこう)レーダーを持ってるかなんかみたい。

今回は、ＪＰとまだつきあってるのかなんてミョーな質問をしてリリーの返事をさまたげるケネスもいなかった。一瞬、リリーは答えてくれないんじゃないかと思った。

だけどすぐに、リリーは何かを決意したようだった。軽く息を吐いて、ちょっとムッとしたような表情を浮かべてから、いった。「わかったよ。どうしてもっていうなら話すよ。ミア……兄から、あんたにやさしくしろっていわれたんだよ」

あたしは、じっとリリーを見つめた。しばらくしてやっと、リリーのことばがのみこめた。「お兄さんから、いわれた？」

「あんたにやさしくしろ、ってね」リリーが、イライラした口調でいった。いいかげん気づけよ、みたいな。「あのサイトのこと、知ったから。わかった？」

あたしは、目をぱちくりさせた。少しは進歩。「ihatemiathermopolis.com のこと？」

「そう」リリーの顔には、ハッキリと決まり悪そうな表情が浮かんでいた。「めちゃくちゃ怒ってた。あたしだってね……超ガキっぽいことしたって思ってるよ」

マイケルが、あのサイトのことを知った？　っていうか逆に……それまで知らなかったの？　世界じゅうの人があのサイトのことを知ってるもんだと思ってた。

で、リリーに、あたしにやさしくしろっていった？

「でも」一度にこれだけ多くの情報を処理する能力があたしにはない。長いこと砂漠にいて、やっと雨がふったみたいなカンジ……ただしあまりにたくさんふって、とても吸収しきれない。もうすぐ泥が流れ出す。そして、洪水になる。「でも……もとはといえば、どうしてあんなにあたしに怒ってたの？　たしかにあたしは、お兄さんに対してしょうもないことをしたよ。だけど、後悔して、もとにもどろうとしたの。拒否したのは、マイケルのほう。なのにどうして、あたしにキレてたの？」そしてこれが、あたしがどうしてもわからなかったこと。「もしかして……もしかして、ＪＰのせい？」

リリーの表情がくもった。「わかんないの？　本気でわかんない？」信じられない、ってカンジだ。カンペキ、あたしのキャパをこえてる。「うん、わかんない」あたしは首を横に振った。リリーはまだ、ちゃんとあたしの質問に答えてない。「なんであたしがわかるの？」

「ミア、あんたみたいにニブい人間、見たことないよ」リリーはさらっといった。

「へ？」まだ、リリーがなんの話をしてるのか、わかんない。自分がニブいのはわかってるけど。だって、そうだもん！　あたし、ヘンジンだし。わざわざ指摘されなくても知ってる。「ニブいって、何について？」

そのとき、おばあさんが化粧室に入ってきた。リリーは、もうじゅうぶんだと判断したらしい。だまって首を横に振って、出ていった。

で、残されたあたしは、ひたすらもんもんとしてる。過去にも百万回くらいこんなことがあったけど。なんであたしがわかるの？　あたしがニブいって、なんのことをいってるの？

たしかにあたしは、リリーとわかれた直後にＪＰとつきあいだした。だけど、そのときにはすでに、リリーはあたしと口をきいてくれなくなってた。だから、そのせいじゃないはず。

どうしてあたしのことをニブいっていうのか、教えてくれたっていいのに！　天才なのは、あたしじゃなくてリリーなんだから。天才って、残りの人間たちも自分たちも同じように賢いと思ってるからイヤ。そんなの、反則。あたしの知能はごくフツーだし、これまでもずっとこうだった。創造する力はあったりするけど、あたしのはロマンス小説を書くような創造力だもん！　ＩＱテストでも、もちろんＳＡＴだって高得点をとったことなんかない。

だから、リリーがいいたいことは一生理解できない。

だから、リリーのお兄さんのことも理解できない。たとえば、どうしてマイケルはリリーがあたしにやさしくするかどうかなんて気にかけるのかとか。

げっ。拍手がきこえてきた！　早く席にもどらないと……。

5月4日　木曜日　真夜中　ロフト

甘かった。今日はＭＨＣ的にひかれる相手に近づく機会はないなんて。

みんな、ボリスの大成功をおさめたコンサートのあと（全員スタンディングオベーション）、おめでとうをいうためにステージに上がった。

ＪＰのとなりに立ってティナとボリスとしゃべってるとき、気づいたらマイケルとリリーもステージに上がってきてた。

それって、決まり悪いどころじゃない。

リリーはボリスの元カノで（ボリスがリリーにフラれたショックで地球儀を頭に落としたときのことは記憶にあざやか）、ＪＰはリリーの元カレで、マイケルはあたしの元カレ。あっ、それにケニーもあたしの元カレだったっけ！

ああ、いい時代だったな。

うそだけど。

マイケルがハグしてこなかったから助かったけど。または、「やあ、ミア、明日のランチで」みたいなことをいわなかったから。あたしがカレシに話してないのは察してるみたい。

マイケルはすごくきげんがよくて、あたしのお誕生日のときみたいにさっさと帰っちゃったりもしなかった（なんであんなことしたの？　ティナがいってたみたいに、あたしがＪＰといっしょにいるのを見るのがたえられなかったせいじゃない。だって今夜だって、あたしがＪＰといるのを見てもなんとも思ってないみたいだもん）。

リリーのほうは、冷たくＪＰをムシしてた。あたしには、ちょっとだけ笑顔を見せてくれたけど。

その間ティナは、あっちこっちを気にして勝手にパニクって（ホントはヘンだけど。その場に元カレカノがいないのはティナだけだから）、やけにひっくり返った声で、卒業制作委員会（委員たちはみんな、おつかれモードだった。ショーン・ペンとディナーにいったせいだと思う）についてぺらぺらしゃべってた。あたしはティナの腕をつかんで、わきに引っぱっていきながら、そっとささやいた。

「だいじょうぶだから。どうどう。もうおわったんだよ。ボリスは大成功をおさめたし……」

「だけど」ティナは、ちらっと振り返った。「どうしてマイケルとリリーがきているの？」

「マイケルは、ボリスと友だちだもん。でしょ？　来年、ボリスがひとり部屋に入れるまでいっしょに暮らすんだよ」

「これ以上、たえられない」ティナは泣きそうだった。「少し休ませて」

「休みならあるよ。明日はサボりデーだもん」

「ミア、ほんとうにＪＰとするつもり？　本気なの？　ねえ？」

「ティナ、そういう話題はどうせならもうちょっと大きい声でいってくれる？　カーネギーホールじゅうの人にきこえるように」

「どうしても、ミアの動機がまちがっている気がしてならないの。しなきゃいけないなんて、思わないでね。情熱の炎（ほのお）が燃えているからするのよ。ミアたちがふたりでいるところを見ても、どうしても……ミアがしたがっているようには見えないの。情熱が感じられないのよ。ミアは小説のなかに情熱的なシーンを書いているわ。でも、じっさいに感じてはいないと思うの。ＪＰに対してはね」

「わかったから」あたしはティナの腕（うで）をぽんぽんとたたいた。「もう帰らなくちゃ。ボリスに、すばらしい演奏だったっていっといて。じゃあね」

あたしはラーズとＪＰと合流して、ほかのみんなに帰るねといった。マイケルのにおいをかがないように、できるだけ遠ざかって。それからホールを出て、途中（とちゅう）でＪＰとわかれた。

おやすみのキスをするとき、情熱の炎（ほのお）を燃やすように努力した。

たぶん、できたと思う。まちがいなく、感じるものがあった。

レノルズ－アバナシー家がつかってる洗剤（せんざい）のにおいを感じただけかもしれないけど。情熱的に抱（だ）きつこうとしたときに指が引っかかったのを感じただけかもしれないけど。

5月5日　金曜日　午前9時　ロフト

信じられない。

さっきママがドアから顔を出していった。「ミア、起きなさい」

あたしはとっさにいった。「ママ。今日は学校、ないんだよ。卒業生のサボりデーなの。正式に学校が認めた休日じゃなくても、あたし、卒業生だもん。サボるから。つまり、起きる必要はないのッ」

するとママはいった。「ちがうのよ。電話がかかってきたの。ダフニ・ドラクロワさんはいますかって」

からかわれてるんだと思った。本気で。

だけどママは、マジメにいってるんだといった。

で、あたしはベッドからはい出して、ママに差し出された受話器をとって耳に当てると、いった。

「もしもし？」

「ダフニさんですか？」やけに明るい女の人の声がした。

「あ、はい、まあ」まだ半分寝ぼけてたから、状況が把握しきれない。

「本名は、ダフニ・ドラクロワさんではないんでしょう？」女の人は、ちょっと笑ってた。

「そんなところです」あたしは、着信のIDをちらっと見た。エイボン書房、って出てる。

エイボン書房って、あたしが小説を書く前にリサーチしてたときに読んだ歴史ロマンスの半分を出してる出版社だ。ロマンス業界では、かなりの大手。

「わたくし、クレア・フレンチと申します」明るい声がいった。「今、あなたが書かれた『心を解き放って』を読んだところです。出版契約のご相談をしたくて連絡しました」

正直、耳をうたがった。なんか、出版契約の相談をしたいってきこえたけど。

でも、そんなはずはない。だって、電話をいきなりかけてきて本の契約だなんて。しかも、朝一で。

ありえない。

「はいっ？」あたしは、知ったふうにききかえした。

「出版契約のご相談をしたくて連絡しました。わが社は、あなたと出版契約を結びたいと思っています。けれども、本名を教えていただく必要があります。よろしかったら、教えていただけませんか？」

「えっと、ミア・サモパリス」

「まあ。そうですか、こんにちは、ミアさん」クレアはそのあと、お金やら契約やら支払期日やら、ぼーっとしてるあたしには理解不可能なことをいろいろ話した。

「あの」あたしはやっと口を開いた。「電話番号、教えていただけますか？　折り返しこちらからかけてもいいですか？」

「もちろんです！」クレアはそういって、内線番号まで教えてくれた。「お電話、お待ちしています」

「はい。ありがとうございます」

で、電話を切った。

あたしはベッドに寝転がって、でぶねこルーイをじっと見つめた。ルーイもあたしを見つめながら、うれしそうにあたしの枕の上でゴロゴロいっていた。

それからあたしは、ギャーーーーッて叫び声をあげて、ママとロッキーをギョッとさせた。もちろんルーイもおどろいて、ベッドの上からものすごい勢いでとびおりた（外の非常階段にいたハトたちもみんな飛んでいった）。


信じらんない。

あたしの小説を出版したいっていわれた。

もちろん、たいした金額じゃない。自立したオトナだったら、こんな金額じゃ生活できない。少なくともニューヨークにいたら、二ヶ月ももたないだろう。本気で作家になりたかったら、書くこと以外にべつの仕事もしなくちゃ家賃も払えない。少なくとも最初のうちは。

だけど、どっちにしても原稿料はグリーンピースに寄付するつもりだし……カンケーない。


あたしの小説を評価してくれる人がいたんだもん!!!

5月5日　金曜日　午前11時　ロフト

ふわふわ浮いてるような気分……。

ホントに、めちゃくちゃ幸せ！　人生最良の日。少なくとも、いまのところは。

本気でそう思う。何があってもじゃまできない。どんなことでも。どんな人でも。ぜったいに。

ママとジャニーニ先生に本の契約の話をしたあと、あたしは真っ先にティナに電話した。

「ティナ、なんだと思う？　あたし、本の契約をするの」って。

ティナってば、「えっ!!!　スゴいわ、ミア！　なんてステキなの!!!」とかいってた。

それからあたしたちは、それこそ一〇分くらい、キャアキャア騒いでた。そのあと、ＪＰに電話をした。ホントはいちばんにすべきだったのかも。カレシなんだし。だけど、ティナのほうがつきあい長いから。

ＪＰはよろこんでくれたりはしたけど、なんか……なんていうか、ごちゃごちゃいってきた。あたしを愛すればこそだろうけど。

「最初のオファーを受けちゃだめだ、ミア」

「なんで？　自分だって受けたでしょ。ショーン・ペンの」

「それとこれとはちがうよ。ショーンは、受賞歴のある監督だ。きみの場合は、その編集者がだれかも知らないじゃないか」

「知ってるよ。さっき、ネットで調べたもん。山ほど本を出してるの。ちゃんとした編集者だし、出版社だってそうだよ。大手だもん。ロマンスはぜんぶ出してるの。っていうか、たくさん」

「だとしても、もっといいオファーがくるかもしれない。ぼくだったら、あせって飛びつかないな」

「あせって飛びつく？　ＪＰ、あたしはもう、六五通も断りの手紙を受け取ってるんだよ。あたしの小説に興味らしきものを持ってくれたのは、クレアだけなの。まったくまともなオファーだよ」

「前にもいったように、実名で原稿を送ればいくらでも興味を持ってもらえるし、おそらくもっといい条件を提示されるはずだ」

「問題はそこなの。クレアは、あたしがだれか知らずに出版したいと思ったんだよ！　つまり、内容だけで評価してくれたってことなの。それって、あたしにとってはお金よりずっと大切」

「とにかく、そのオファーはまだ受けないほうがいい。ぼくからショーンに話してみるよ。ショーンには出版業界の知り合いがたくさんいるから。もっといいオファーを持ってきてくれるはずだ」

「やめて！」あたしは叫んだ。信じられない。どうしてＪＰは、あたしにとってすばらしいできごとを台なしにしようとするの？　ＪＰが悪いんじゃないけど。あたしにとっていちばん利益になることを考えてくれてるのはわかってる。だけど、空気読んでないにもホドがある。「そんなことしないで、ＪＰ。あたし、このオファーを受けるから」

「ミア、きみは出版業界のことを何もわかってない。自分がこれからどんなことをしていくのか、わかってないんだよ。エージェントもいないんだから」

「ジェノヴィア王室専属弁護団がいるもん。まさか忘れてないと思うけど、あの人たち、凶暴な闘犬の群れみたいなもんなんだよ。去年、あたしの伝記を勝手に出そうとした人がどうなったか、覚えてるでしょ？」ホントはつけたしたかった。あたしをモデルにしたお芝居の脚本を書いたあなたを同じ目にあわせることだってできるんだよ。でも、イジワルしたくないからいわなかった。それにもちろん、ジェノヴィア王室専属弁護団にＪＰを襲わせたくなんかなかったし。「ちゃんと契約書に目を通してもらってからサインするよ」

「きみのやっていることはまちがっていると思う」

「あたしはそうは思わない」泣きたい気分だった。ホントに。あたしを愛してるからなのはわかってる。でも、やっぱり。

　いまはもう、平気になった。ＪＰとはじめての（かなりささいな）けんかをしちゃったけど、自分が正しいことをしてる自信があるし。パパに電話してこの話をしたら、さんざん質問されたあとで（ちょっと上の空ではあったけど。選挙でいそがしいから。パパがタイヘンなときに、こんなつまらないことでわずらわせて悪いとは思ってる。でもね、あたしにとっては大切なことなの）、べつにかまわないんじゃないかといってくれた。あたしが思うようにやりなさい、って。闘犬弁護団に見てもらってからサインするって条件つきで。

　あたしはいった。「ありがとう、パパ！」

そして、クレア・フレンチに電話をして、お受けしますって答えた。

ひとつだけ問題なのは、折り返し電話をしたときには、正体がバレてたこと。

クレアはいった。「本名をうかがったとき、どこかできいたお名前だと思ったんです。だから、お気を悪くしないでほしいんですけど、お名前をググってみました。ひょっとして、ジェノヴィアのプリンセス・ミア・サモパリスだったりします？」

あーあ。バレちゃった。

「えっと」

いくらあたしが日常的にうそつきでも、こんなことでうそをついても仕方ないのはわかってる。どっちにしても、いずれわかることだ。作者近影を送ったり、ゴージャスな打ち合わせランチをしたり、闘犬弁護団がジェノヴィアの紋章をつかったりしたりすれば。

「はい。はい、そうです。でも、本名では原稿を送りませんでした。有名人だからっていう理由で出版してほしくなかったからです。だれが書いたかじゃなくて、内容で評価してもらえるかどうか、知りたかったんです。わかっていただけるとうれしいんですけど」

「あら、わかりますとも！　それにご心配には及びませんよ。あなただと知らずに読んだんですから。契約したいと思ったときもです。ただ問題なのは……ダフニ・ドラクロワという名前だと……正直あやしくきこえるでしょう？　とくに苗字のドラクロワは、アメリカ人には発音しにくい名前ですし。ご本名のほうが、ずっと覚えやすくて親しみやすいんです。おそらく、金銭的な利益を得るために書いたのではないでしょうから……」

「ちがいます。あたし、印税はぜんぶグリーンピースに寄付するつもりです！」

「それならはっきり申し上げますが、本名で出版させていただければ、寄付金を増やせますよ」

あたしは、なんだかかたまっちゃって、受話器を耳にぎゅっと押し当てた。「つまり……ミア・サモパリスってこと？」

「ミア・サモパリス、プリンセス・オブ・ジェノヴィア、と表記したいと考えています」

「それは……」心拍数が上がってきた。そういえば、おばあさまにいわれたっけ。決して本名は出すなって。おばあさま、あたしが実名でロマンス小説を出したりしたら、キレまくるに決まってる。

でも考えようによっては……学校の知り合いの目にとまることになる。みんな、あたしの本を見ていうはずだ。「おおっ、知ってるぞ！　いっしょに学校に通ってたんだから」

それに、クレアはあたしだと知ってこの本を出そうと思ったわけじゃないけど……読者はそれで手にとってくれるかもしれない。グリーンピースに大金が転がりこむかも！

「かまわないと思います」

「よかった！　では、これで決まりですね。ミア、いっしょにお仕事するのが楽しみだわ」

こんなにステキな電話、生まれてはじめて。もう少しでＪＰとちょっとしたけんか中だってことを忘れそうになった。あと、もうすぐマイケルとのキョーフのランチだってことも。

あたしは作家。っていうか、もうすぐ作家になる。

だれにもじゃまさせない！　だれにも！

5月5日　金曜日　午後12時15分　ロフト

ミア、ファッションお悩み相談室でーす。今日のチョイスは、チップ&ペッパーのデニムに、アリス+オリビアのピンクと黒のスパンコールのトップスに、わたしたちがジェフリーで選んであげたあのパープルのライダースジャケットに、ヒラヒラのついたあの超キュートなプラダのプラットフォームパンプスに決まり。おわかり？　トゥーマッチなメイクはNGよ。たぶんマイケルってナチュラルメイク派（ありえなーい）だから。あと、今回はイヤリングはぶらぶらタイプじゃなくて、ピアスふうね。あっ、そうだわっ、わたしがお誕生日にあげたあの超カワいいチェリーのなんかどう？　ピッタリよ、うふふふふ。Sent from BlackBerry

ダメ！　やりすぎだと思う。ところで、あたしの本が出版されることになったの。

やりすぎなんかじゃないわ。いいからわたしのいうとおりになさい。忘れずにまつげはクルンとさせてね。おめでとー！　で、プロムには何色を着ていくつもり？　Sent from BlackBerry

まだ決めてない。セバスチャーノが何着か送ってきてくれたけど。やっぱ、プラダのプラットフォームはやりすぎ。ブーツにしようかな。

ダメよ！　いまって五月よ？　ランチにブーツなんて、ありえなーい。じゃあ、あのカワいいベルベットのバレエシューズで許してあげる。Sent from BlackBerry

うん、ぺったんこ靴には賛成。ありがとう！　もういかなくちゃ!!　あー、緊張する!!!

心配いらないわよ。トリーシャとわたしでボートに乗って監視しててあげるから。Sent from BlackBerry

やめて！　ラナ!!　それだけはやめて！　ぜったいこないでよ！　もしきたら、二度と口きかないからね。

じゃーね!!　楽しんできて！　Sent from BlackBerry

5月5日　金曜日　午後12時55分
セントラルパークにいくリムジンのなか

マイケルには接近しません。

ハグしません。

握手もしません。

においをかぐ可能性のあることはすべて避けます。におっちゃって、自制心を失って、あとで後悔するようなことはすべて。

ま、それでどうなるわけでもないけど。だってマイケルは、そういう意味であたしのことが好きなわけじゃないし。いまはもう。ただの友だちだと思ってる。

だけど、ほら、マイケルの前で恥をさらしたくないから。

だいたい、あたしにはカレシがいるし。あたしをめちゃくちゃ愛してくれてるカレが。あたしにとって何がいちばんいいか、考えてくれてる。

つまり、結論。

マイケルには接近しない。（OK）

ハグしない。（OK）

握手もしない。（ＯＫ）
においをかぐ可能性のあることはすべて避ける。（ＯＫ）
これでよし。たぶん、だいじょうぶ。ぜったいうまくいく。あたしならできる。こんなの楽勝。あたしたち、ただの友だちだもん。しかもただのランチだし。友だち同士のランチなんて、フツー。だけど、いつから友だちが一〇〇万ドルもする医療器具をプレゼントするようになったんだっけ？
オーマイガーッ。あたしにはムリ。

着いた。たぶん吐く。

5月5日　金曜日　午後4時　セラピーにいくリムジンのなか

サイアク。
あたしって、とんでもない、ヒドい、どうしようもない人間。
ＪＰに合わせる顔がない。指輪をする資格もない。
なんでこんなことになっちゃったの⁇　どうして途中でとめられなかったの？
しかも、カンペキあたしの責任。マイケルには、なんの関係もない。

っていうか、ホントはかなり関係あるけど。

でも、ほとんどはあたしの問題。

あたしは世界一ダメで、イヤなヤツだ。

やっと、おばあさまと血のつながりがあるんだって自覚できた。あたしもおばあさまに負けずに邪悪だから！

もしかして、ラナとつるみすぎたせいかも。ラナがうつっちゃったのかも！

オーマイガーッ。〈ドミナ・レイ〉の会員証、返却したほうがいいかな？〈ドミナ・レイ〉の会員は、あたしがしたようなことはしないはず。

始まりはなんてことなかった。〈ボートハウス〉に着いたらそこにマイケルがいて、あたしを待ってた。そしてマイケルは、ステキだった（当たり前）。カジュアルなジャケットを着て（ネクタイはなし）、たったいまシャワーを浴びてきたみたいに黒い髪がちょっとぽしゃぽしゃっとしてた。

そして真っ先に起きたできごとは——ホントにいきなりだったんだもん——マイケルが近づいてきてかがみこんで、あいさつ代わりにほっぺにチュッとしたこと。

あたしってば、のけぞって叫んだ。「あっ、ダメッ、風邪ひいてるの！」

マイケルは笑っていった。「きみの菌ならもらうよ」

そのとき、とつぜん、はふぅーってなっちゃった。思いっきり、においをすいこんじゃったの。マイケルの清潔な香りを。で、例の異なる遺伝子たちがあたしの嗅覚をいっせいによってたかって刺激した。ハッキリいって、倒れるかと思った。ラーズがあたしのひじに手をそえていった。「プリンセス、だいじょうぶですか?」
ううん。答えはノー。だいじょうぶなんかじゃない。ノックアウト一歩手前。欲望にノックアウト! 禁断の異なる遺伝子の欲望に!

だけど、あたしはなんとか自制心をとりもどして何事もなかったみたいに笑った(ホントは一大事! 一大事が起きたの! めちゃくちゃサイアクなことが!)

それからあたしたちはお日さまがふりそそぐテーブルに案内されて(ラーズはバーカウンターにすわってスポーツ中継を見ながら、こっちに目を光らせてる。あーん、ラーズ、なんで? なんでそんなにはなれてすわるの⁉)、マイケルがおしゃべりしてるけど、あたしは話の内容をまったく理解してなくて、頭のまわりでぴーちくぱーちく舞い踊ってるフェロモンだかなんだかにすっかりのぼせちゃってぼーっとしたままだし、湖のすぐ横のテーブルにいるから、ラナとトリーシャがボートで通りかかるんじゃないかって心配でやたら目をギロギロさせてる。

だけど、お日さまの光が水面でキラキラしてるせいで目がくらんできたような気がする。あんまりうつくしくて、さわやかで、ニューヨークにいるとは思えなくて、なんだか……ジェノヴィアかどこかにいるみたい。

恍惚状態とはこのこと。

そのうちマイケルがいった。「ミア、だいじょうぶか?」あたしは、耳をかいてあげすぎたときのでぶねこルーイみたいにぷるぷるっと首を振って、わざとらしく笑いながらいった。「うんっ。うん、だいじょうぶだよ。ごめん、ちょっとぼーっとしてて」どうしてぼーっとしてたのかは、とてもいえないけど。

それからやっとスバラシいニュースがあったことを思い出して、とうとつにいった。「今朝、編集者から電話があったの。あたしの小説を出版したいって」

「それは、スゴいよ！」マイケルは、顔をぱっとかがやかせた。このステキな笑顔、一年生のときに見たおぼえがある。代数の授業中に教室にしのびこんできてジャニーニ先生が出した課題を手つだってくれたっけ。うれしすぎて、そっこう天国行きかと思った。「お祝いしなくちゃだな！」

マイケルはペリエを注文して、あたしの成功に乾杯してくれた。めちゃくちゃ照れくさくて、あたしもマイケルの成功に乾杯した（正直、あたしのロマンス小説は人の命を救ったりしないけど、マイケルがいってくれたように、マイケルのカーディオアームが患者さんの命を救う一方で、その家族が待合室にいるあいだにあたしの本を読んで気持ちを落ち着けることができるかもしれない。それって、すごくうれしい発見）。で、あたしたちは、ニューヨークのセントラルパークで金曜の午後、湖の横でペリエを飲みながらすわってた。

そのうち、午後の日ざしが当たって、ＪＰにもらった指輪のダイアモンドがキラキラ光りだした。はずし忘れてたから、光が反射して、マイケルはまぶしそうに目をぱちぱちした。

あたしはどきっとして、いった。「ごめん」そして、指輪をはずしてバッグに入れた。

「大きい石だな」マイケルが、からかうような笑みを浮かべていった。「で、きみたち、婚約かなんかした？」

「ううん、まさか！　ただの友情リングだよ」ミア・サモパリスの真っ赤なうそNo.11。

「へーえ。友情も、ぼくがＡＥＨＳにいたころよりずいぶん……高くつくようになったんだな」

ひぇーっ。

マイケルはすぐに話題をかえた。「で、ＪＰは大学はどこにいくんだって？」

「あ、それなんだけどね」あたしは、おそるおそるいった。「ショーン・ペンがＪＰの書いた脚本をオプション契約したから、来年はハリウッドにいって、大学はあとまわしにするつもりみたい」

マイケルは、おもしろがっているような顔をした。「ほんとうに？　じゃあ、遠距離恋愛ってことになるのかな」

「うーん、わかんない。いっしょにいかないかって……」

「ハリウッドへ？」マイケルは、何をバカなことをみたいな声を出して、すぐにあやまった。「ごめん。ただ、なんだか……ほら、ミアはハリウッドってタイプじゃない気がしたからさ。いや、魅力的じゃないといっているんじゃない。むしろ、かなり魅力的だ」

「ありがと」うー、恥ずかしいよー。タイミングよくウエイターさんがサラダを持ってきてくれたから、あたしは、あ、コショウは結構です、ありがとうございます、とかいって、ごまかした。

「でも、たしかにそうなの」あたしは、ウエイターさんがいなくなるといった。「ハリウッドなんかで一日じゅう何してればいいのかわかんないもん。ＪＰは、小説を書けばいいっていってるけど……あたしは前から、もし大学にいくのを一年延期するなら、グリーンピースの活動に協力して海に出るかなんかしたいって思ってたの。メルローズでぶらぶらするとかじゃなくて」

「うーん、どちらのプランも、ご両親が賛成してくれるとは思えないけどね」

「あっ、そういえば」あたしはため息をついた。「決めなきゃいけないことがあったんだ。そろそろタイムリミットだし。保護者連合が、選挙までにどこの大学にいくか決めろっていってきてるの」

「きみならだいじょうぶだよ。いつも正しい決定をするから」マイケルはきっぱりといった。

あたしは、マイケルをじっと見つめた。「なんでそんなことというの？　そんなことないのに」

「いいや、そうだよ。最終的には、ね」

「マイケル、だってあたし、何もかもダメにしちゃったんだよ」あたしはフォークをおいた。「ほかのだれよりも、マイケルが知ってるでしょ。あたし、あたしたちのことをカンペキ台なしにしちゃったんだよ」

「いいや、きみじゃない。ぼくがしたんだ」マイケルは、意外そうな顔でいった。

「ううん、あたしだよ」うそみたい。とうとうこの話をしてるなんて。ずっと長いこと考えてきて、ほかの人たちには――友だちとかドクター・ナッツとか――には話せても、いちばん関係がある人、つまりマイケルには話せないでいたこと。マイケルにこそ、とっくの昔に話すべきだったのに。「あたし、ジュディスのことで大騒ぎなんかして、バカだったたって……」

「ぼくが最初から話しておくべきだった」マイケルが口をはさんだ。

「だとしても、あたしのリアクションときたら、カンペキどうかして……」

「いや、ミア、それはちがう……」

「オーマイガーッ」あたしは笑いながら、手でマイケルを止めた。「おわったことをあれこれいっても、事実はかわらないよ。あたしが悪いんだもん。フラれて当然だよ。あのときは、ごちゃごちゃしすぎてたし。あたしたち、息抜きが必要だったんだから」

「そうだ息抜きだ。息抜きをしているあいだに、べつの男と婚約なんかするな」

一瞬、息が吸えなくなった。まわりの酸素という酸素がなくなっちゃったみたいな気がした。あたしはだまってマイケルを見つめていた。あたしのききまちがい？　マイケル、いまなんて……あたしの耳がたしかなら、もしかして……？

するとマイケルは笑って、あいたお皿をウエイターさんにさげてもらいながら（あたしはほとんど手をつけてなかった）、いった。「じょうだんだよ。リスクは承知の上だったしね。ぼくのことを永遠に待っていてくれるなんて期待はすべきじゃない。きみには、好きな相手と婚約……じゃなくて、なんだっけ？　そうそう、友情リングをする権利がある。きみが幸せならそれでうれしいよ」

待って。どうなっちゃってるの？

どうすればいいか、なんていえばいいか、わかんない。おばあさまから、あらゆるシチュエーションに対応できるように特訓されてきた。メイドさんが盗みをはたらいたときの対処法から、クーデターのとき大使館から逃げる方法まで。

だけど正直いって、こんなことに対する心の準備は何ひとつできてない。

あたしの元カレ、本気であたしとやり直したいってほのめかしてるの？

それとも、あたしがたんに自意識過剰なだけ？（いまに始まったことじゃないし）

ちょうどそのときメインの料理がきて、マイケルは何事もなかったみたいにフツーの話題にもどした。ホントに何事もなかったのかも。気づいたらあたしたちは、バフィーの制作のジョス・ウェドンはほんとうに続編をつくってくれるのかとか、カレン・アレンはやっぱり超イケてるとか、ボリスのコンサートのこととか、マイケルの会社のこととか、パパの選挙のことなんかを話してた。共通点があまりないふたりにしては（だってハッキリいっちゃうと、マイケルはロボットアームの設計者だけど、あたしはロマンス作家……で、プリンセス。あたしはミュージカル大好きだけど、マイケルはきらってる。あ、そうそう、あと、ＤＮＡもカンペキ異なってる）、話したいことがどんどん出てきて話題がつきなかった。

　それって、ぜったいおかしいのに。

　そのうち、どういう流れだったか、リリーの話になった。

「お父さん、リリーがつくったコマーシャルを観たんだ？」マイケルがいった。

「うん」あたしはニッコリした。「観た！　すばらしかった。めちゃくちゃ感激したよ。あれって……何かいってくれたんでしょ？」

「あ、うん、いや……」マイケルもニッコリした。「リリーが自分でやりたいっていってたんだよ。だけど、まあ……少しは助言したかもな。きみたちふたりが友だちじゃないなんて、信じられないよ。あれからずいぶんたったのにさ」

「友だちじゃない、ってことはないよ」あたしは、リリーがいってたことを思い出していった。「マイケルが、あたしにやさしくしてやれってリリーにいったって話。「ただ、あたしたち……ホントは何があったのか、よくわかんないんだ。リリー、教えてくれないし」

「ぼくにも教えてくれない。ほんとうに心当たりはないのか？」

あの日、G&Tの教室で、JPにフラれたって話していたときのリリーの表情がフラッシュバックする。JPのことなのかなとは思ってたけど。でも、ほんとうに原因はひとりの男子のことだけ？ あたしがニブいのって、そのこと？

だって、それだけだとしたらくだらなすぎる。リリーは、たかが男子ひとりのことで友情にひびを入れるようなタイプじゃない。しかも、親友だし。

「ほんとうに、わかんない」

デザートメニューがきて、マイケルは全種類を注文しようといった。そうすれば、ぜんぶ試せるし（お祝いだから）、って。そのあいだにマイケルがニホンでのカルチャーショックの話をしてくれた。レストランがホンモノの陶器のお皿で料理をデリバリーしてくれて、食べおわったらドアの外に出しておけばとりにきてくれるそうだ。それって、リサイクルにもなる。あと、文化のちがいで恥ずかしい思いをした話も（カラオケでバラードを熱唱することを、ニホンの仕事仲間はすごく大切なことだと認識している）。

話の流れで、マイケルとマイクロミニ・ミドリはつきあってないことが判明。マイクロミニ・ミドリのボーイフレンドがツクバのカラオケチャンピオンらしくて、何度か話に出てきたから。

それからあたしは、ちがう意味でおかしなことがあってくすくす笑ってた。デザートがぜんぶきたあと、女の子がふたり、ボートに乗って湖の真ん中でさかんに言い争っているのが見えたから。ふたりはボートをぐるぐるこいでばかりで、どこにも進めずにいる。ラナのストーカー計画は、カンペキな失敗ってワケ。

そのあとだった。お会計がきて――マイケルがごちそうしてくれた。病院への寄付のお礼をしたいから、あたしが出したいっていったんだけど――いろんなことがめちゃくちゃおかしな方向に進み始めた。

っていうか、最初からずっとおかしな方向に――ちょっとずつ着実に――むかってたのに、あたしが気づいてなかっただけかも。〈ボートハウス〉の外に立って、マイケルにこのあとの予定をきかれたとき、あたしは（めずらしく）正直に、とくに予定はないと答えた（セラピーの予約までは。でもセラピーのことはいわなかった。そのうちいうけど、今日はまだ話したくない）。そのとき、何もかもが、さっきまでかじっていたマドレーヌみたいにぼろぼろくずれだした。

「四時まで空いてる？」マイケルは、あたしの腕をとった。「じゃあ、もう少しお祝いをしよう」

「どうやって？」あたしはバカみたいにたずねた。マイケルをにおっちゃいけないってことでいっぱいいっぱいで、ほかのことに注意がいってなかった。どこへむかってるのか、とか。

「あれ、乗ったことある？」マイケルがたずねた。

そのとき、目の前にセントラルパークじゅうにいるあの安っぽい馬車がとまってるのに気づいた。

あ、ううん、安っぽくはない。ホントはロマンチック。ティナとよく、内心あれに乗ってみたいと前から思ってたって話してたし。でも、そういう問題じゃなくて。

「まさか。乗ったことなんかあるわけないよ」あたしはギョッとして叫んだ。「観光客用でしょ？それに、動物愛護団体がやめさせようとしてるんだよ。だいたい、あれってデートで乗るものだし」

「ピッタリだ」マイケルはいった。そして、御者にお金をわたした。御者は、バカバカしい（っていうか、すばらしい）昔ふうの衣装をきて、シルクハットをかぶっていた。「公園を一周しよう。ラーズ、前の席に乗ってくれ。振り返るなよ」

「ダメ！」あたしは大声を出したけど、笑ってた。だって、笑っちゃう。おかしいにもホドがある。じつは前からやってみたかったけど、だれにも（ティナをのぞいて）いえなかったことだし。バカにされるに決まってるから。「あたし、乗らないからね！　馬がかわいそうだもん！」

御者が、傷ついたような顔をした。

「自分の馬は、とても大切にしています。おそらく、あなたがご自分のペットを世話するよりずっと大事にしていますよ」御者がいった。

あ、悪いこといっちゃった。マイケルにもにらまれちゃった。ほーら、傷つけちゃっただろう、これで乗らないわけにはいかないな、みたいに。

乗りたくなかった。ホントに！

観光客みたいでバカバカしいからとか、人に見られるのがこわいからとかじゃない（そんなこと、気にしてなかった。だってひそかに前からあこがれてたことだもん）。だってだって……ロマンチックな馬車だから！　自分のカレシでもない人といっしょに！

しかも、元カレだもんっ！　しかも、今日は近づかないって心に決めた相手だもんっ。

だけどマイケルが、さあどうぞというふうに手を差し出してる姿があんまりステキで、瞳があんまりやさしかったから。ほらほら、ただの子どもだましの馬車じゃないか、たいしたことじゃないだろう？　みたいに。

そのときは、マイケルのいうとおりだと思った。だって、馬車に乗って公園を一周するくらい、なんの問題がある？

あたりを見回しても、パパラッチの姿はなかったし。

それに、馬車のうしろのベルベットの席は、かなり広々として見えた。ふたりですわっても、体が触れ合ったりしないはず。つまり、マイケルのにおいをかぐリスクはない。

だいたい考えてみたら、安っぽい観光客用の馬車に乗ったくらいで、あたしみたいなスレたニューヨーカーがうっとりしちゃうはずがない。ＪＰは『大衆のなかのプリンス』であたしのことを、常に守ってもらわなくちゃいけないバカオンナとして（それって、不正確きわまりない）描いてるけど、ほんとうのあたしは、かなりタフ。作家として本だって出版するし！

あたしは目玉をぐるんとまわして、やってられないわみたいな顔をすると、笑いながらマイケルの手を借りて馬車に乗りこみ、でこぼこのイスにすわった。ラーズがシルクハットをかぶった御者のとなりに乗り、馬が走りだして、馬車がガタゴトと……

げっ、やっぱり失敗。

イス、思ったほど広くない。

それに、あたしはスレたニューヨーカーなんかじゃない。

いまだって、何が起きたのかわからない。なんか、あっという間だったし。さっきまでマイケルとあたしはイスに並んでおとなしくすわっていたはずだった。ところがつぎの瞬間……あたしたちは抱き合ってた。キスしてた。はじめてキスするふたりみたいに。

っていうかむしろ、何度もキスしたことがあってスゴく幸せだったのに、ずいぶん長いことキスできずにいたふたりみたいに。そして長いブランクののちに思いがけなくキスできて、どんなに幸せだったか思い出したみたいに。どんなにステキなキスだったか。

そしてそのふたりは、またキスをした。何度も。飢えて頭がおかしくなったふたりみたいに、二一ヶ月近くキス砂漠にいたふたりみたいに。

あたしたちは、それこそ七二番街から公園をとおりぬけて、五七番街までずっとキスをしていた。それって、ほとんど二〇ブロックぶん。

そうなのーーーッ。あたしたち、二〇ブロックもキスしてたのーーーーーッ。真っ昼間に！　昔ふうの馬車に乗って!!

だれに見られてもおかしくなかった。写真を撮られる可能性だってあった!!

自分でもどうしちゃったのか、わかんない。ついさっきまで、馬のひづめがパカポコいう音をききながら公園にみずみずしい緑の葉がおいしげるうつくしい景色をながめていたのに。気づいたら……。

なんか、最初はいきなりマイケルがめちゃめちゃ近くにすわってるような気がした。

で、まあ、馬車がガクッと揺れたときにマイケルの腕に抱きかかえられたのを感じたには感じた。だけど、それってフツーのことでしょ。やさしいな、とは思った。友だちが——男友だちが——女友だちにしておかしくないことだ。

でもそのあと、マイケルは腕をどかさなかった。

で、またしても、におっちゃった。

それでもう、はふぅーってなって、もうダメだと思って、あたしはマイケルのほうをむいていおうとした。もちろん、礼儀正しく、プリンセス的に。あたしにはもうＪＰがいるし、傷つけたり裏切ったりするようなことをするつもりはないから、こんなことしちゃいけないって。ＪＰはあたしがいちばん落ちこんでたときにそばにいてくれたんだから、マイケルとやり直すわけにはいかないって。もしマイケルがそのつもりなら、だけど。たぶんちがうとは思ったけど、いちおう念のため。

でもどういうわけか、そのセリフが口から出てこなかった。

だって、そういおうとしてマイケルのほうをむいたとき、マイケルもあたしを見つめてるのに気づいて、思わず見つめ返しちゃったら、マイケルの瞳が……わかんないけど。いい？　ってきかれてる気がした。何がいいのかはわかんないけど。

ううん、ホントはわかる。

とにかく、あたしは返事をしちゃった。マイケルの唇が近づいてきたとき。

そしてさっきもいったように、あたしたちはひたすら、燃えるように、二〇ブロックくらいのあいだキスをしつづけた。ブロック数は定かじゃないけど。数学は得意じゃないし。

どうかラーズが、マイケルにいわれたとおりに振り返ってませんように。

馬車が止まったとき、あたしはっとわれに返った、パカポコいう音がしなくなったからかも。止まったときの揺れで、イスから投げ出されそうになったからかも。

あたしは「オーマイガーッ！」とかいって、マイケルをじっと見つめてひたすらパニクっていた。

自分が何をしていたのかに気づいて。

つまり、カレシでもない男の子とキスしてた。かなり長い時間。

いちばんキョーフなのは、めちゃくちゃ幸せな気分だったこと。ホントに、めちゃくちゃ、幸せだった。主要組織適合遺伝子複合体？　そんなの、カンケーないっ。

マイケルも同じ気持ちなのがわかった。

「ミア」マイケルは、あたしをじっと見下ろした。黒い瞳に、口に出すのもおそろしい気持ちが見える。全力疾走してきたみたいに、胸が上下してる。マイケルは、両手であたしの髪をなでていた。

「わかっているはずだ。ぼくがきみのことを、あ……」

だけどあたしは、この前ティナにしたみたいに、マイケルの口を手でふさいだ。さっきまで三カラットの指輪をはめていた手。ほかの男の子にもらった指輪。

「それ以上いわないで」

マイケルが何をいおうとしてるのか、わかったから。

そして、あたしはいった。「ラーズ、いこう。いますぐ」

ラーズが馬車の前の席からおりて、あたしをイスからおろしてくれた。そして、ふたりしてリムジンのほうに歩いていった。

そして、リムジンに乗った。あたしは振り返らなかった。

一度も。

ケータイにマイケルからメールが入ってる。だけど、ひらかないつもり。ぜったいに。

だって、ＪＰがいるのにそんなこと、できない。ムリ。

オーマイガーッ。でも。あたし、マイケルが大好き。

よかった。やっと着いた。

今日はドクター・ナッツと話さなきゃいけないことがたくさんある。

5月5日　金曜日　午後6時
ドクター・ナッツの診察室から帰るリムジンのなか

ドクター・ナッツの待合室にいくと、おばあさまがいた。またしても。

あたしは、どういうことかといった。なんで医者と患者（かんじゃ）の機密性を侵害（しんがい）しようとするの、って。いくら今日が最後のセラピーとはいえ。前に何度かいっしょにセラピー受けたことがあるからって、いつも顔を出していいってことにはならない。

おばあさまは、あたしをつかまえられるのがここしかない、とかいっていいのがれようとした（残念でした。ほんの少し前、プラザの窓から外をのぞいてみれば、孫娘（まごむすめ）がセントラルパークで馬車に乗りながらカレシでもない男の子とアツいキスをしてるところが目撃（もくげき）できてたはずなのに）。

たしかに（そのときは）もっともな理由だって気がした。でも、それだけじゃないはず。あたしは、おばあさまにそういった。

もちろん、おばあさまはあっさりムシした。で、あたしがロマンス小説を出版するというのはほんとうなのかとか、もしそうならよくも王家の人間がそんなことができたものだとか、そうしたかったら自分をいますぐ撃(う)ってラクにしてくれとか、いった。わたくしが友人の前でじわじわ恥(はじ)をかくようなことをしてまでそのようなことをする必要があるのですか? どうしてベラ・トレヴェーニ・アルベルトのように非の打ちどころのない孫娘(まごむすめ)でいてくれないのです? (あと一回でもこんなことをきかされたら、まちがいなく……)

それからおばあさまは、サラ・ローレンスの話を(またしても)始めて、選挙(とプロム)までに大学を選ばなければいけないんだから、だまってサラ・ローレンス(おばあさまがもしどうしてもいかなければいけないとしたら、いっていたはずの大学)に決めれば何もかも解決する、といった。

あたしはイライラのあまりキイーッとなって、だまっておばあさまの前を通りすぎて、それ以上きかなくてすむようにドクター・ナッツの診察(しんさつ)室にさっさと入っていった。だって、ホントに、どうしてあのおばあちゃんってここまでしょうもないの? しかもあたし、いまはそれどころじゃないし。マイケルとのことがあるから。おばあさまのお芝居(しばい)なんかにつきあってる時間はない。

とにかく、ドクター・ナッツはたったいま起きたできごと——おばあさまとのこと——にだまって耳をかたむけてくれて、残念だがこれが最後のセラピーだからもうそういうこともないだろう、といった。どうしてもというなら話してみるけど、って。それでどうにかなるものなら。

それから、さっきのマイケルとのことを話した。

するとドクターは、逆に質問してきた。先週話したことをじっくり考えてみたのか、って。馬のシュガーの話。

「ミア、この前も説明したように、紙の上では非の打ちどころがないように思える関係も、ときに現実ではうまくいかないことがある。シュガーが完全無欠の馬に見えたのに、じっさいはうまくいかなかったようにね」

シュガー!!! あたしは、恋愛の苦難（と、おばあさまの拷問）について心をひらいてるのに、ドクターときたら、どうしても馬の話に持っていこうとするの？

「ドクター・ナッツ。たまには馬以外の話、してもいいですか？」

「もちろんだ、ミア」

「じゃあ。うちの親たちは、パパの選挙……と、プロムの日までにどこの大学にいくか決めろっていうんです。でも、決められなくて。っていうか、どこの大学もあたしがプリンセスだから入れてくれるだけって気がして」

「だが、じっさいのところはわからんだろう」

「ええ。だけど、あたしのSATの成績を考えると、どう見ても……」

「ミア、その話なら前にもしたはずだ。自分の力ではどうすることもできないことにはこだわらないよう、意識して努力しなければいけないよ。で、かわりにどうすればいいんだっけ？」

あたしは顔をあげて、ドクターのうしろにかかってる絵をながめた。野生馬の群れが走っている絵だ。この二一ヶ月というもの、いったい何時間、この絵を見ながら、ドクターの頭の上に落ちてしまえばいいと願って過ごしたことだろう？ 落ちてケガはしないけど、ビックリするくらいに。

「自分ではどうすることもできないことを、受けいれる。そして、自分の力でなんとかできることを変える勇気と、そのちがいがわかる知恵をくださいと願う」

ただ……いいアドヴァイスなのはわかってる。ニーバーさんっていう神学者が書いた〝平安の祈り〟といって、これに従えば、ものごとをバランスよく見て判断することができる（アルコール依存症から回復するためのものだけど、あたしみたいな動揺しまくりの妄想癖を治すのにも役立つらしい）。

だけど正直いって、そんなの自分でもわかってるし。

毎日少しずつ、自覚が出てきた。あたしは卒業した。高校やプリンセス・レッスンからだけじゃなくて、セラピーからも。自己実現したとかではないけど。だって、あたしはもう……もう、だれも自己実現なんかに到達できないんじゃないかって思ってるから。できないけど、人間について考え、学んでる。

はっきりわかったことがある。つまり、だれもあたしを助けることなんかできない。あたしが抱えてる問題は、フツーじゃない。じつはヨーロッパの小国のプリンセスで、母親が代数の先生と結婚してて、父親がまじめに恋愛にのめりこめなくて、親友が口をきいてくれなくて、元カレとセントラルパークの馬車のなかで気持ちをおさえきれずにキスしちゃって、今カレが自分たちのプライベートなことを細かく描いた脚本を書いて、どう見ても頭のおかしいおばあちゃんのいる女の子を、救った経験のあるセラピストなんてどこにいる？

いない。どこにもいない。

これからは、自分の問題は自分で解決しなきゃ。ハッキリいって、あたしにはその自信がある。

だけど、ドクターの気を悪くさせたくない。いままでずいぶん助けてもらったから。「ドクター・

ナッツ、メールをここでひらいてもいいですか？」

「もちろんだよ」

で、あたしたちはいっしょにマイケルからのメールを見た。

内容は、こう。

ミアへ
後悔はしていない。
待つよ。LOVE、マイケル

ひゃーっ。

しかも……ひゃーっ。

ドクターも、ひゃーっていってた。もっともあたしとはちがって、マイケルのメールを見て心臓がドキドキしてきて、マイ・ケル、マイ・ケル、マイ・ケルって鳴りだしたとは思えないけど。

「おおっと、これはまた。なんとストレートな。で、どうするつもりだ？」

「どうする？」あたしは、悲しくいった。「どうもしません。あたし、ＪＰとつきあってるから」

「しかし、ＪＰにひかれてはいないだろう」

「ひかれてますっ！」なんでわかったの？　口に出していったことは一度もないのに。少なくとも、ドクターには。「っていうか少なくとも……まあ、努力はしてます」

しーん。しーんとしちゃった。あんまり得意じゃないんだけど。

だけど、沈黙に打ち勝つ方法がある。ケネス・ショウォルターみたいな科学者がやってる方法。一日じゅう。沈黙に勝つ方法を見つければいい。あたし、マイケルとのことに打ち勝たなくちゃいけない。だって、ＪＰを傷つけるなんてこと、できないから。ムリ。あんなにやさしくしてくれるのに。

「ミア」ドクターはため息をついた。「それでほんとうにいいのか？」

えっと……うん。いい。

「あたし、あんなにカンペキないい人とわかれるなんてこと、できません」ここは、あたしのことを思わせぶりだといったパパの理論を用いればいいのかな。「元カレがやり直したがってるからってだけの理由で」

「それだけの理由ではできないだろうが、まだその元カレのことが好きなら、そうしなくてはいけない。でなければ、そのカンペキないい人に対しても反則だ」

「そんな！」あたしは、両手に顔をうずめた。「もうっ、なんなんですか！　どうしたらいいか、わかりません！」

「わかっているはずだ。そして、時間がくれば、ちゃんと行動する。時間といえば……セラピーの時間はおわりだな」

ぎゃぁぁぁぁぁぁ！

なんなの？　時間がくれば行動するって、なんのこと？　あたし、どうしたらいいか、わかんないのに！

ううん、わかってる。ニホンにいって、ホンモノのお皿に載った料理をデリバリーしてもらって、偽名（ダフニ・ドラクロワ）で暮らせばいい。

5月5日　金曜日　午後9時半　ロフト

ティナが電話してきた。マイケルとのランチデートはどうだった、って。すでに何度か電話してきてたけど、あたしがとらなかった（ＪＰも何度か電話してきてた）。どちらとも、話ができる状態じゃなかった。決まり悪いにもホドがある。ティナに、なんて話せばいい？

それに、ＪＰとだっていつかは口をきかなきゃいけないけど、いまはまだムリ。

いまティナと話したときも、たいしたことはいわなかった。「あ、うん、ランチ楽しかったよ」とだけ、さらっと軽くいった。昔ふうの馬車のことも、何ブロックもキスしてたことも、だまってた。

オーマイガーッ！

「ほんとう？　それはよかったわ！　それで……ＭＨＳはどうだったの？」

「ＭＨＣのこと？　うん、それならだいじょうぶ。影響されなかったよ」

ビッチな上に、うそつき！

「そう……」ティナは、信じられないみたいだった。「それはよかったわね、ミア！　マイケルと、ほんとうにただの友だちになれたのね」

「うん」ミア・サモパリスの真っ赤なうそNo.12。「もちろん」

「それはよかったわ。ただね……」

「何？」げっ、まさか。ティナ、なんか知ってるの？　もしかして、ラナとトリーシャがついにボートをこぎ進められるようになって、あとをつけてたとか？

「あのね、ボリスと話してたんだけど。ミア、知ってる？　マイケルはニホンにいるあいだずっと……きいたら笑うかもしれないけど……ボリスにたのんでいたらしいの。ミアの……お目つけ役を。ほら、ミアとボリスはG&Tがいっしょでしょう？　いままでわたしにだまってたなんて、信じられないわ。だけど、マイケルに口止めされてたんですって。どうやらあのふたり、わたしが思っていたより仲がよかったみたいね。とにかくボリスがいうには、マイケルは心からミアを愛してるし、いままでもずっとそうだった、って。わかれたあとも、気持ちは変わらなかったっていうの。たぶん、待っててほしいというのは不公平だと思っただけじゃないかしら。外国で、自分をミアのパパに証明しようとか、そういうことをしているあいだ。ああ、なんだかすごく……ロマンチックだわ」

あたしは思わず、受話器を耳からはなした。涙がぽろぽろこぼれてきちゃって。ティナに、泣き声をきかれたくない。

「うん。ロマンチックだね」

「ボリスは監視していたとかではないのよ。わたしだって、ミアと話した内容をボリスにしゃべったことはないし。とにかく、マイケルがミアのお誕生日パーティのときに帰っちゃったのは、わたしがいったみたいに……ミアがほかの男の人と〝婚約する約束〟をするのを見るのがたえられなかったからよ。マイケルがそういってたわけではないみたいだけど、わたしが思うに、マイケルはＪＰのことがあんまり好きじゃないんじゃないかしら。やきもちを妬いてるのよ。ああ、なんてステキなのかしら」

涙が止まらなくなってきた。だけど、あたしは泣いてないフリをした。

「あ、うん、ステキだね！」

「でもマイケルは、ランチのときに何もいってなかったんでしょう？　その話はしてないの？」

「してない。だってね、ティナ……あたし、ＪＰとつきあってるんだよ。そんなことできないよ」

うそつき！

「そう……そうよね。ミアがそんなことするはず、ないものね！」

「うん。もう切らなくちゃ。プロムに備えて睡眠をたっぷりとるために、早めに寝るつもり」

「そうね。わたしもよ！　じゃあ、明日ね！」

「うん、明日ね」あたしはいって、電話を切った。

それから、赤ちゃんみたいに丸々一〇分間くらい、わんわん泣いた。そのうち、ママが心配そうな顔で部屋にきて、いった。「どうしたっていうの？」

あたしはいった。「ママ、ぎゅっとして」

そして、一八歳で法律的にオトナになったのに、あたしはママのひざにうずくまって、丸々一〇分間くらい、そのままでいた。そのうち、ロッキーがきていった。「お姉ちゃんは赤ちゃんじゃない！

ぼくだよ！」

するとママがいった。「お姉ちゃんだって、たまには赤ちゃんになるのよ」

するとロッキーは考えこんでから、いった。「そっか」そして、あたしのほっぺをちょんちょんして、いった。「いい子だね」

どういうわけか、元気が出てきた。

ほんの少しだけ。

5月5日　金曜日　真夜中　ロフト

ＪＰからメールがきた。

ミアへ

何度か電話をしてるんだけど。きっとすごく怒っているんだね。だけど、たのむからきいてほしい。やめろといわれたのはわかっているが、やっぱりきみの小説の話をショーンにしたよ。お願いだ、怒らないでくれ。愛しているからこそなんだ。きみにとっていちばんいいことをしたかった。

それに、ショーンから連絡があってなんといわれたかをきいたら、話してよかったと思ってくれると思う。ショーンは、サンバースト出版の社長と仲がよくて（『ニューヨーク・タイムズ』の書評欄にのったあの小説をぜんぶ出しているところだよ。ショーンの友人がみんな出演して映画化された）、きみの小説をぜひとも出版したいといっている（プリンセス・アメリア・レナルド・オブ・ジェノヴィアの名前で出すという条件つきだ）。ショーンがいうには、二五万ドルのオファーをしてくれているそうだ。

ミア、すばらしいだろう？　きみが受けたというオファーを考え直すべきだとは思わないか？　なんといっても、額がちがいすぎるよ。

とにかく、きみの力になりたかったんだ。おやすみ、そして……明日の夜が待ちきれないよ。　I love you　JP

で。

たぶん、サンバースト出版のオファーを受けるべきなんだろう。二五万ドルって……グリーンピースにめちゃくちゃたくさんの寄付ができる。でも……サンバースト出版の人は、あたしの小説を読んでもいない。おもしろいかどうかも知らないのに。あたしの名前で出版したがってるだけだ。

あたしは、そういう形で出版契約はしたくない。それってなんか……プリンセスである自分のカノジョをモデルにして脚本を書くようなもの。ある意味。

赤ちゃんアザラシや熱帯雨林をあたしのわがままで救えなくなるのはわかってる。だけど……。

できない。ムリ。

あたしって、ダメ人間。この地球上のだれよりもダメな人間。

5月6日　土曜日　午前10時　ロフト

ひと晩じゅう、考えてた。ＪＰのことと、サンバースト出版からお金を受け取らないせいで救えなくなった赤ちゃんアザラシのこと。

あともちろん、マイケルのこと。

二時間も眠ってない。サイアク。

頭がガンガンするしＪＰとマイケルのことをどうすればいいかわかんないしで目が覚めたら、ジェノヴィアの今日の総理大臣選挙の出口調査で、パパがルネとかなりせりあってると知った。ほとんどのニュースが、リリーのコマーシャルと（もちろん、リリーの名前は出てないけど）、ジェノヴィア王立病院に寄付された最新式の医療器具が、パパが急に票をのばした原因だといっていた。ホントに、こんなことがあるなんて。モスコーヴィッツきょうだいが、あたしのパパを救ってくれたなんて。

でも考えてみたら……。

あのふたりがやろうと決めたことで達成できなかったことなんて、いままであったっけ？

ない。ひとつもない。ビックリだけど、ない。

投票は、こっちの時間で正午に締めきられる（ジェノヴィアでは六時）。だから、あと二時間だ。ジャニーニ先生がワッフルを作ってくれて（今回はフツーの形。ハート形じゃなくて）、みんなで電話を待ってる。

どうか、どうか、幸運がおとずれますように。

ルネが勝つはずがない。っていうか……ありえない。ジェノヴィア国民がそこまで軽率なはずがない。

あ、待って。あたしいま、何書いたっけ？

今夜はプロム。いかなくちゃいけないのはわかってる……いまさら逃げられない。だけど、こんなに何かをしたくないと思ったのははじめて。プリンセスになることをふくめても。

5月6日　土曜日　正午　ロフト

投票は締めきられた。

パパが電話してきた。

票が接近しすぎてて、まだわかんないらしい。

ワッフルをあんなに食べなきゃよかった。吐きそう。

5月6日　土曜日　午後1時　ロフト

おばあさまがきた。セバスチャーノとたくさんのドレスもいっしょ。プロムのためにドレスを選ぶというのが、おばあさまのタテマエ。

だけど、プラザのコンドミニアムでひとりで結果を待つのがイヤなのはミエミエ。

気持ち、わかるけど。

もちろん、ロッキーは大よろこび。「ばあちゃま、ばあちゃま」とかいって、教わったとおりに投げキッスをしまくってる。おばあさまは、キスをキャッチして胸のところにしまうフリをしてる。

なんか、おばあさまって小さい子どもといるとちがう人みたい。

みんなしてここにすわって、電話を待ってる。

拷問みたい。

5月6日　土曜日　午後6時　ロフト

まだパパから連絡はない。

あたしは、そろそろしたくをしなくちゃといった。パオロがあたしを飾りたてるための装備を持ってきてる。お出かけ前にうつくしくなるためのお手入れをあれこれしたりしなくちゃいけない。二〇分ごとに部屋から顔を出して、何か連絡があったかってたずねてる。

だけど、パパからの電話はない。いいことなの？　それとも悪いこと？　そこまで票が接近する？そんなことって、ある？

やっと、ドレスを選ぶ準備ができた。髪はセットしてもらったし――おばあさまがお誕生日にくれたダイアモンドとサファイアのバレッタでハーフアップにして、残りの髪は遊ばせるカンジでおろした――あらゆる部分をきれいにして保湿して磨いて剃っていいにおいにした。

そんなことしてなんの意味があるのってカンジだけど。すでにあたしは、カラダのどの部分だろうとだれにも視察されるほど近くにこさせない、と決意した。

じっさい、プロムのあとに何が起きるかなんて、またはあたしが何をしようとしてるかなんて、考えないようにしてる。プロム後のことは、あたしの頭のなかで「進入禁止」の看板がかかってる。今夜を乗り切るただひとつの方法は、一度にひとつずつ解決すること。すでにＪＰにもメールの返信をして、サンバースト出版のオファーのことを「ありがとう！」とだけいっといた。

前のオファーをすでに受けちゃったことも、サンバーストのオファーを受けるつもりはないこともだまってた。こんなことでケンカしたくない。あたしたちは、心配ごとナシの楽しいプロムの夜を過ごすんだ。そう決心した。

それくらいの責任はあると思うから。

何もかも、きっとだいじょうぶ。だれも、あたしがきのう元カレと昔ふうの馬車でイチャイチャしてたなんて知らないし。知ってるのは、元カレとボディーガードと馬車の御者(ぎょしゃ)だけ。

まさか、あの御者(ぎょしゃ)さんがあたしだって気づいて、芸能ウェブサイトＴＭＺに情報を流すなんてことはないだろうし。

セバスチャーノのドレスをさんざん試着して、おばあさまとママとジャニーニ先生とロッキーとラーズとセバスチャーノととなりのロニー（ちょうど遊びにきて、「超(ちょう)カワいーい」とか、「ずいぶん大きくなったわねー。ついこの前まで、オーバーオールをはいてヘンな缶(かん)バッジつけたよちよち歩きのちっちゃいのだったのにー」とか、さかんにいってる）の前で、なんちゃってファッションショーをした。

けっきょくみんなの意見が一致(いっち)して、八〇年代ふうのレトロな黒いレースのタイトなミニドレスに決定。プリンセスっぽくもプロムっぽくもないけど、きのうカレシを裏切った女の子だってことを考えるとピッタリかも（もちろん、あたしとラーズとたぶん御者(ぎょしゃ)以外はだれもそのことは知らない）。

キスを裏切りとするなら、だ。正直そうは思わない。とくに、相手は元カレだし。

だから、とにかくいまはＪＰがむかえにきてくれるのを待ってる。そうしたらいっしょにウォルドルフアストリア・ホテルにいって、あたしのプロムドリームを、ゴムっぽいチキンやらチャラい音楽に合わせたダンスやらでいっぱいにする。前から、そんなことはしたくないといってた通りのことをする。わーい、待ちきれなーい！

あ、部屋のドアをノックしてる人がいる。まさか……あ、ママだ。

5月6日　土曜日　午後6時半　ロフト

ママが、あたしの卒業プロムという絶好のお説教のチャンスを逃（のが）すはずはなかった。人生のターニングポイントごとに、お説教チャンスはくる。プロムだって例外じゃない。

今回は、ＪＰと二年近くつきあってるからってしたくないことをしなきゃいけないと感じる必要はないってことについて。

ＪＰがムリ強（じ）いするようなといっているわけじゃないわよ、とママはあわててつけたした。でも、わかんないし。いつ変身するかもしれない。プロムって、男の子におかしな魔法（まほう）をかけるから。

あたしはママが話してるあいだじゅう、マジメな顔をキープしようと必死だった。ママが心配してるようなことは、一〇〇万年たってもありえない。

ついおとといまではありえる話だった。プロムのあと、ＪＰとするつもりだったから。

だから、ママがいってることにも一理ある。だけどハッキリいって、あたしはもうＪＰとするつもりはない。イヤだっていえばいいんだもん。もちろん、そういうつもり。

ＪＰの気持ちを傷つけたくないけど。

どうやって断ればいいのかききたいけど、そんなこときいたら、する気だったのがバレちゃう。天地がひっくり返ってもそんな話題は持ちだせない。いくらママのほうからいってきたとはいえ。

「とにかくミア、わたしたちのいうことも少しは信じてちょうだい。プロムの翌日、朝食のあとによろよろもどってきたりしたら、だれだってそれまでどこにいたか、わかるわよ。オールナイトのボーリング場じゃないことはたしかね」

げっ。

「ママ」あたしは、きっぱりといった。「あたし、えっと、だいじょうぶだよ。ありがとう」

ありがたいことに、ちょうどブザーが鳴った。ＪＰだ。

ほっ。

ベルに救われた。

たぶん。

逆かも。

内心、わかんない。

ムリ。本気でいきたくない。

5月6日　土曜日　午後9時　ウォルドルフアストリアの化粧室

ムリ。

誤解がないようにいっとくと、ＪＰはめちゃくちゃやさしい。コサージュだって、約束したとおりに持ってきてくれて、あたしの手首につけてくれた。

おばあさまがＪＰのボタンホール用コサージュを用意しといてくれて助かった（おばあさまに感謝する日がくるとは思わなかった）。あたしはころっと忘れてたから。ママが、あたしがＪＰの襟のところにコサージュをつける写真をぱちぱち撮った。

それって、かなり恥ずかしかったりするんですけど。

なんか、ママもその気になれば、フツーのお母さんみたいになれるんだな。

とにかくホテルに到着すると――車のなかではごくフツーにふるまうように努力した。きのう元カレとイチャついてたなんてことは顔に出さないで――会場はすっごくキレイだった。ウォルドルフアストリアのボールルームはゴージャスで、天井がめちゃくちゃ高くて、豪華けんらんきらびやかなテーブルやらハデハデな装飾やら分厚いカーペットやらがあった。プロム実行委員会ががんばっちゃったらしく、ウェルカムの看板やらＡＥＨＳ思い出の品やらＤＪやらなんやらが用意されてた。

ＪＰは大カンゲキしてた。っていうか、あたしも新入生のときは大よろこびでプロムプロムいってたけど。

だけど、ＪＰは本気ではしゃいでた。一曲残らずダンスをしたがった。チキンを（思ったとおりゴムっぽい）残さず食べて、あたしのぶんまで平らげた（いくらあたしが臨機応変のベジタリアンとはいえ、そこまでじゃない）。写真を八千枚くらい撮ってた。あたしたちいつもの仲間は、大きいテーブルに陣取ってた。ラナと相手（制服でバッチリキメた陸軍士官学校生）、トリーシャとシャミーカとそれぞれの相手、ティナとボリス、ペリンとリン・スーとふたりが親にいわれてどこかから調達してきた相手。五分ごとに、ＪＰは「チーズ！」とかいってた。

べつにそれは悪くない。だけどホテルに着いたとき、ＪＰはあたしを立ち止まらせて、パパラッチがツーショット写真をうつせるようにポーズをとった（それって……ずっと考えてるんだけど……っていうか、最初は〈ブルーリボン〉でスシを食べたあと……つぎはあたしのパーティ……で、ＪＰのお芝居……今度はプロム。あたしだけじゃなくて、あたしのカレシにもＴＭＺのゴシップ記者たちは追跡システムかなんかをつけてる？）

だけど、サイアクなのはそこじゃない。少なくとも長い目で見れば。ううう、サイアクなのは、テーブルにいる男子たちがみんなして、プロムのあとに予約したホテル自慢を始めて（それって悪いけど、ＪＰとたぶんボリス以外は自慢できないはず。だって、予約したのは女子だって知ってるもん）、キーを見せびらかしたこと。ＪＰもウォルドルフのキーを、なんてことないみたいにとりだした。みんなの目の前で！

消えちゃいたい。っていうか、ラナとトリーシャとシャミーカの相手とは初対面なのに！　しかも……

ん？　ちょっと待って。

なんでＪＰは、ウォルドルフの部屋を予約できたの？　ティナが、何週間も前に満室だっていってた。ＪＰが予約の電話をしたの、今週のはず……？

5月6日　土曜日　午後10時
ウォルドルフアストリア10番テーブル

さっきＪＰにホテルをどうやって予約したのか、ずばっとたずねた。

するとＪＰはいった。「ああ、電話したら部屋がとれたんだよ。楽勝だった。どうして？」

あとでＪＰがあたしにパンチをとりにいってくれてるあいだ、ティナに意見をきいてみた。「そうねぇ、たぶん……もしかしたら、キャンセルが出たんじゃない？」

だけどフツー、キャンセル待ちとか入ってるんじゃないの？

どうしてＪＰがあの日に電話して、リストの一番に入れてもらえるの？

なんか、納得（なっとく）いかない。ＪＰのことを信用してないわけじゃないけど、でも……なんかミョーな気がする。

そこであたしは、邪悪で裏のある計画に詳しい情報源に当たってみた。（リリーがあたしの生活から消えたいまとなっては）ラナ。

「ヤーだ、何ヶ月も前に予約してたに決まってるじゃなーい。ずっと前からそのつもりでいたんでしょ。もういーい？」

だけど、そんなことありえない。ＪＰとあたしは、今夜の可能性について話したこともないんだから。あたしがこの前、メールするまでは。だいたい、先週までプロムに誘ってさえこなかったのに。っていうか、誘ってもいないのにその晩のホテルの予約をするなんて、ちょっと……図々しくない？

あたしは、パニクりだした。ほんの少しだけど。

だけど考えてみたら……ＪＰのお芝居を観てわかったんだけど、ＪＰはいつかあたしと結婚してプリンスになる気でいる。お芝居のタイトルを『大衆のなかのプリンス』なんてしちゃってるし。だから……将来の計画を立ててないワケじゃない。やたら大きい指輪までくれたし。

エンゲージリングじゃないとはいえ。

かなり近いものだ。

それだけじゃない。さっきいっしょに踊ってるとき、あたしはなにげなーくいった。きのうの馬車事件以来、なんとなく考えてたから。「ねえ、ＪＰ、あたしたちがいっしょに出かけると、いつもパパラッチがいるのって、ミョーだと思わない？　たとえば今夜とか？」

するとＪＰはいった。「ジェノヴィアのいい宣伝になると思わないか？　きみのおばあさまはいつも、きみがマスコミに出ると観光収入にいい影響があるといってるじゃないか」

「かもね。でもこの前、おばあちゃんとおじいちゃんと〈アップルビーズ〉にいったときなんか、パパラッチに写真を撮られたらどうしようってビクビクしてたの。そんなことになったら、パパの選挙での分が悪くなる、って。でも、あらわれなかったんだよね」

それに、きのうもいなかった。あたしがマイケルと昔ふうの馬車に乗ってるとき。もちろん、そこは口には出さなかったけど。

「なんか、どうしてあたしの行き先がわかっちゃうときとわかんないときがあるのかなって。おばあさまが情報をもらすはずがないのはわかってるの。いくらなんでもそこまでヒドくは……」

JPは何もいわなかった。だまってあたしを抱いたまま、ダンスをしてた。

「っていうか、パパラッチがあらわれるのってたいてい……JPといっしょにいるときみたい」

「たしかに。まったくうんざりだな」

うん。うんざり。だってこんなことが始まったのは正直、JPとつきあうようになってからだもん。はじめてふたりで『美女と野獣』を観にいったあのときから。あれが、マスコミにツーショットを撮られた最初だった。劇場から出てくるカップル、みたいな写真。まだつきあってなかったのに。

前から、なんでマスコミに知られてたんだろうって思ってた。それに、そのあとの数々のデートのときも。そのうちほとんどは、マスコミにわかるはずがない。〈ブルーリボン〉にスシを食べにいったときとか。近所になんとなくゴハンしにいくことなんてしょっちゅうなのに、いつもはパパラッチなんかあらわれない。

ＪＰといっしょのときをのぞいて。

「ねえ、ＪＰ」あたしは、ブルーとピンクのライトのなかで顔をあげた。「パパラッチに連絡して、あたしたちの行き先を教えてるの、あなた？」

「ぼくが？　まさか」ＪＰは笑った。

どうしてかはわからない。もしかして、その笑いのせいかも……ちょっとだけ、イラッとした笑い声。もしかして、これだけたってもまだあたしの小説を読んでくれてないからかも。もしかして、ＪＰが自分の脚本にセクシーダンスのシーンを入れてみんなを笑わせたせいかも。もしかして、ＪＰの書いた主人公、ＪＲが、めちゃくちゃプリンスになりたがってるように見えたせいかも。

だけど、とにかく、あたしにはわかった。

その「まさか」って返事が、ＪＰレノルズ-アバナシー四世の真っ赤なうそNo.１だってことが。じっさい、No.２かも。ホテルの予約のことも、たぶんうそだから。

あたしは、ＪＰをまじまじと見つめた。イラッとした笑みを浮かべてあたしを見下ろしている。

こんなの、あたしが知ってるＪＰじゃない。チリにコーンを入れられるのがたえられなくて、あたしとおそろいのミードのノートに日記を書きつづけていて、あたしより前からセラピーに通っていたＪＰ。それとはちがう人だ。

ううん、ちがう人じゃない。まったくの同一人物。

ただ、あたしがＪＰのことをわかってきただけ。

「だいたいさ」ＪＰは笑いながらいった。「どうしてそんなことしなきゃいけないんだ？　自分でパパラッチに連絡するなんてさ？」

「自分が新聞に載ってるのを見たかったからとか？」

「ミア」ＪＰは、さっきと同じイラッとした笑みを浮かべながらあたしを見つめた。「いいかげんにしてくれよ。いいから踊ろう。あのさ、ぼくたちがプロムキングとプロムクイーンに選ばれるってうわさをきいたんだ」

「足が痛くって」うそだ。でも今回は罪悪感ゼロ。「靴があたらしいから。すわって休みたいの」

「そりゃ、いけない。バンドエイド、さがしてくるよ。ここにいて」

で、ＪＰはバンドエイドをさがしにいった。

そしてあたしは、考えを整理してる。

どうしてＪＰが――背が高くてブロンドでカッコよくて、あたしと共通点がたくさんあって、マイケルよりあたしとお似合いだってみんなに思われてるＪＰが――いきなり、あたしとなんの共通点もないかもしれない人になっちゃったの？

そんなこと、ありえない。ぜったいない。

だけど、……この前、ドクター・ナッツはなんていってたっけ？

馬のシュガーの話。サラブレッドで、紙の上ではサイコーだと思ったのに、ドクターとはどうしても相性が合わなかった。で、シュガーのことはあきらめた。乗りたいと思えなかったし、それはシュガーにとってもよくないから。

やっとわかった。そういうことだ。

カンペキに見える人っているものだ……紙の上では、何もかもすばらしく見える。

その人のことを知るまでは。ほんとうに知るまでは。

で、やがて気づく。ほかのみんなにとってはカンペキでも、自分にとってはダメだって。

でも考えようによっては……。

愛するカノジョのために、プロムの夜に泊まるホテルを何ヶ月も前に予約するって、そんなに悪いこと？

ＪＰは、お芝居のことで頭がいっぱいでどうかしてたのかも。あたしがたのめば、脚本の内容だって変えてくれたかも。あたしが……。

オーマイガーッ。リリーだ。

頭からつま先まで、黒ずくめ（じつはあたしも。ただどういうわけかあたしの場合、リリーみたいに熟練の暗殺者には見えない）。

化粧室にむかっていく。

なんか、ストーカー的なのはわかってる。だけど、リリーのあとを追うつもり。リリーはＪＰと半年つきあってたんだもん。

あたしのカレシがどうしようもない見栄っぱりかどうか、知ってる人がいるとすれば、それはリリーだ。リリーがあたしとしゃべってくれるかどうかは、またべつの問題。

でも、ドクター・ナッツだっていってたし。こうするのが正しいと思ったら、実行あるのみ。

これが、その正しいことでありますように。

5月6日　土曜日　午後11時　ウォルドルファストリアの化粧室

ふるえが止まらない。ひざのガクガクがおさまるまでじっとしてないと、立ちあがれない。このベルベットの小さいソファにすわって書いてるうちに頭が整理できるかもしれないし……。

どっちにしても……。

とうとう、リリーが長いことあたしに怒ってた理由がわかったような気がする。

化粧室に入ってきたら、リリーが鏡にむかって真っ赤なリップを塗っていた。

血みたいな赤。

リリーは鏡にうつったあたしを見て、ちょっと眉をひそめた。

だけど、引き下がるつもりはなかった。心臓はバクバクしてたけど。自分の力でなんとかできることを変える勇気をください。

あたしは、ほかにだれもいないのをたしかめた。それから勇気がしぼんでしまわないうちに、鏡のなかのリリーにむかっていった。「JPって、どうしようもないヤツかなんか?」

リリーは冷静に口紅のふたを閉めてから、クラッチバッグのなかにしまった。そして、カンペキうんざりって顔で、あたしの目を見つめていった。「気づくのにずいぶんかかったね」

胸をナイフでぐさっとさされたみたいとか、大げさなことをいうつもりはない。あたしの心のなかのＪＰのことを好きだと思ってた部分は、先週マイケルにホットチョコレートをぶちまけた瞬間から思考停止状態だったから。ＪＰのことを好きになるように自分にいいきかせていただけだったのかも。マイケル・モスコーヴィッツがニホンからもどってきて、一度も忘れたことなんかなかったって気づかされるまでは。

だけど、もう気づいてしまった。

「どうして教えてくれなかったの？」あたしはリリーにたずねた。怒ってはいなかった。あまりにもたくさんの時間が流れたし、怒る気にはなれなかった。ただ、ひたすら知りたかった。

「ああ、そのこと」リリーは、皮肉っぽく笑った。「あたしがフラれた日、ＪＰとつきあいだしたのはそっちじゃん。あんたのせいで、フラれたんだけどね」

「あたしのせいなんかじゃないよ」あたしは首を横に振った。「そんな理由じゃないってば」

「あのねー。当事者はあたしなんだよ。あたしのほうがわかってるはずだと思うけど。ＪＰがあたしをフッたのは、本人のセリフを引用させてもらうけど、ミアのことをどうしようもなく好きになったから、なんだよ。わかれたって話したとき、その部分はいわなかったよね？」

あたしは、リリーを見つめていた。頭がカーッと熱くなるのがわかる。「うん……」

「とにかく、そういってたの。あんたとマイケルがわかれたと知ったとたん、あたしをあっさり捨てたんだよ。引用すると、ミアとつきあうチャンス到来、引用おわり。あたしは、親友があんたなんか相手にするワケないっていってやったけど。あたしを傷つけたオトコとつきあうようなこと、ミアがするわけないからって」リリーは、さらにうんざりした顔をした。「でもねー、どうやら……あたしがまちがってたみたい、だよね？」

あまりのショックで、なんていったらいいかわからなかった。信じられない。ＪＰが？　ＪＰがリリーに、あたしを好きだっていったの？　まだつきあってもいないうちに？　ＪＰはリリーを、あたしがフリーになったからフッたの？

ヒドい。サイアク。パパラッチに連絡してあたしの行き先を知らせるよりヒドい。

読んでもいないあたしの小説を出版社に持ちこんで契約させるよりヒドい。

「ミア、否定しようったってムダだよ」リリーの上唇がめくれあがってる。「わかれたって話をして五分もたたないうちに、じっさいつぎの授業のあと、あんたたちがキスしてるのを見たんだから」

「あれは事故だったの！　いきなりＪＰがこっちをむいたから！」あれもわざとだったのかも。

だけどあたしだって、廊下で男の子に抱きつくなんてこと、しちゃいけなかった。

「へーえ、じゃあ、うちの兄がニホンに発ったその夜、デートしたのも事故？」リリーは、冷ややかにたずねた。

「デートじゃないよ。友だちとして出かけただけ」

「マスコミはそうはとらなかったよね」

「マスコミ？」あっ。あたしははっと息をのんだ。そういうことだったんだ……二ヶ月もたったいま、やっとわかった。「オーマイガーッ。あの夜も、ＪＰが連絡したんだ。『美女と野獣』を観にいった夜。だからパパラッチがいたんだ。ＪＰが自分で連絡したから」

「へーえ、やっとわかった？」リリーはあきれたというふうに首を横に振った。あたしを見えなくさせていた目隠しがとれたいま、リリーのうんざりした表情は消えていた。「ＪＰはあたしたちふたりとも、利用したんだよ。あたしとは、あんたと近づく手段としてつきあっただけだし……もっとも、あたしと寝たことがあんたと関係あるかどうかは知らないけど……」

「オーマイガーッ！」体じゅうの骨という骨がゼリーみたいにぐにゃぐにゃになって、倒れそうになった。あたしは、ウォルドルフアストリアの人がこんなこともあろうかと用意しておいてくれたベルベットのソファにどさっとすわって、両手に顔をうずめた。

しかも、あたしには心当たりがあったのに。気づいてたのに！　ふたりがしてたこと、気づいてた！　二年生のはじめから、ずっと気づいてたのに。

「リリー！」あたしは叫んだ。「ＪＰとしたって教えてくれなかったでしょ！　あたし、ハッキリきいたよね。なのにリリーは、そうやって利用することもできたけどＪＰはそうはしなかった、っていったんだよ！」

「まあね」リリーは、あたしのとなりにすわりこんで、壁に寄りかかった。無表情だ。「あれはね、うそ。こっちだって、プライドってもんがあるんだよ。それに、あたしもまったくいい思いしなかったとかじゃないし。あたし、アイツのヴィジュアルが好きだったんだよね。ずっと前から自分の親友のことが好きだったたってわからなかったら、それでよかったんだもん」

「オーマイガーッ」あたしはまた、いった。

じゃあ、ＪＰがこの人だって思う女の子がその気になるのをいくらでも待つっていってたのは？

JPレノルズ＝アバナシー四世の真っ赤なうそNo.4だ。ううん、No.5だっけ？　ひぇーっ、あたしの記憶、塗りかえられちゃうんじゃない？

「リリー」胸のなかで心臓がねじくれてるみたい。ヒドすぎる。自分に対してだけじゃなくて、リリーにも。やっとわかった。何もかも……ihatemiathermopolis.comのことさえ。これで、すべてがチャラってわけではないけど。

　でも、かなり理解できる。

「ほんとうに、ごめんなさい」あたしは手をのばして、リリーの手をとった。真っ黒なネイルをしてる。「知らなかった。あと……さっきの話も。あたしのせいでリリーをフッたなんて。そのことも知らなかった。だけどやっぱり……どうして話してくれなかったの？」

「ミア、かんべんしてよ」リリーはやれやれというふうに首を横に振った。「なんであたしが話さなきゃいけないの？　親友の元カレには手を出さないのがルールじゃん？　それくらい、わかってると思ってたよ。なのにあんたときたら。だいたいうちの兄と、つまんないジュディス・ガーシュナー事件のせいでわかれたでしょ？　あれってカンペキ……どうかしてるって。あのころ、あんたってずっとどうかしてたよ」

　あたしは下唇をかんだ。「うん。そうだね。だけど、わかってるだろうけど、リリーがしたことのせいもあるよ」

「わかってる」ちらっと見ると、リリーは目に涙をためていた。「あたしもマジでどうかしてたと思う。あたしね……うん、やっぱ、JPのことが好きだったんだ。なのに、あんたのせいでフラれたんだよ。だから……腹が立ってた。しかもあんたってば、ＪＰがどんなヤツかってことにちっとも気づかないし。でも……幸せそうだったから。それにそのころ、あたしにもケニーがいてくれるようになって、幸せだった。それで、ほら、ＪＰもあんたとつきあうようになって、いいヤツになったのかなと思って。だから、あたしにあやまることなんかないんだよ。あたしだって……あんなことしたし」

　リリーはあたしを見つめて、しょうもないというふうに肩をすくめた。あたしもリリーを見つめた。あたしの目にも、涙が浮かんでた。

「でも、リリー」あたしは、しゃくりあげながらいった。「さみしかった。リリーがいなくて、スッゴくさみしかったんだよ」

「あたしもさみしかったよ」リリーもいった。「あんたのこと、心から憎らしいと思ったこともあったけど、やっぱりね」

　これをきいて、あたしはさらに泣いた。

「あたしもリリーのこと、憎らしいと思った」

「やれやれだね」リリーの目に、宝石みたいに涙がキラッと光る。「あたしたちふたりとも、バカみたいだったね」

「友情に男子なんかを割りこませたから？」

「しかもふたり。ＪＰとうちの兄」

「うん。二度とこんなことしないって、約束しよう」

「了解」リリーはいって、あたしと小指をからませた。指きりげんまん。それから、ちょっとしゃくりあげながら、あたしたちは抱き合った。
　なんか、ヘンなの。リリーは、お兄さんとはちがうにおいがする。
　だけど、同じくらいいいにおい。リリーのにおいをかぐと、思い出す……なんか、なつかしいわが家を。

「さてと」リリーは、あたしとはなれると手の甲で涙をふきながらいった。「パーティにもどらなくちゃ。ケニーがなんか爆発させないうちに」

「そうだね」あたしは笑いながらいった。「あたしもすぐいく。ちょっとだけ……もうちょっと、ここにいるけど」

「じゃ、またね、ジェノプリ」リリーがいった。

　リリーがあたしをジェノプリって呼ぶのをきいたとき、どんなにうれしかったことか。前はやめてほしいって思ってたのに。あたしは声を立てて笑いながら、涙をふいた。

　リリーが立ち上がって出ていったとき、見覚えのある女の子がふたり、入ってきていった。「あらっ、もしかして、ミア・サモパリス？」

　あたしってば、「うん」とか答えたけど、動揺してた。何？　今度はなんなの？　これ以上なんかあっても、キャパオーバー。

　するとふたりはいった。「早くもどったほうがいいわよ。さがされてるから。みんな、あなたをプロムクイーンにするっていってるわよ。あなたがもどってくるのを待って、セレモニーを始めるつもりだから」

あ、そ。ふーん。あたし、プロムクイーンらしい。

残念ながら、プロムキングのＪＰには、これからビックリすることが待ってるはず。

5月6日　土曜日　真夜中　ダウンタウンにいくリムジンのなか

化粧室から出てきたら、みんなしてアルバート・アインシュタイン・ハイスクールのプロムキングとプロムクイーンの名前を呼んでた。ＪＰレノルズ＝アバナシー四世と、ミア・サモパリス。

じょーだんみたいだけど。

どこをどうすると、新入生のときに全校生徒のなかでいちばんダサかった女の子が、卒業するときにプロムクイーンになっちゃうの？　理解不能。

プリンセスだと発覚したことが原因のひとつかもしれないけど。

だけど、そのことばっかりじゃないような気がする。

ＪＰはみんなのあいだをぬって近づいてくると、ニッコリとあたしの手をとり、ステージのほうに歩いていった。まぶしいライトがあたしたちを照らす。みんな、大騒ぎだ。グプタ校長がＪＰに、王さまが手に持つプラスチックの棒をわたして、あたしの頭にラインストーンのティアラをかぶせた。

それから、ただしいモラルを持つことの大切さについてスピーチをしてから、あたしたちはその模範だといい、みんなも見習うようにといった。

それって、超ウケるジョーク。あたしたちがプロムのあと何をしようとしてたかを考えたら。あ、あとはあたしが、きのう元カレと昔ふう馬車のなかで何をしてたかも。

それからＪＰがあたしの体を抱きかかえてそらせてキスをすると、みんながはやし立てた。

あたしは、されるがままになっていた。卒業生全員の前でラーズにテーザー銃をむけられるようなことになったら、ＪＰに恥をかかせちゃうから。

ホントは、そうしたかったけど。

でも考えてみたら、あたしのモラルがＪＰよりすぐれてるわけじゃない。っていうか、あたしだってＪＰの指輪してるし、それなのにこれっぽっちも愛してないんだから。少なくとも、いまはもう。

しかもずっとうそをついてた。

だけど、あたしのうそは、みんなに気分よくなってもらうためのもの。

ＪＰのうそは？　ちがう。

でも、あたしだってこのままだまってるつもりはない。

キスのあと、天井から風船がたくさんふってきて、ＤＪがザ・カーズの『レット・ザ・グッド・タイムズ・ロール』の超高速パンクヴァージョンをかけて、みんなは狂ったように踊り始めた。

あたしとＪＰ以外、みんな。

どうしてかというと、あたしがＪＰをステージから引っぱりおろしていったから。「話があるの」

音楽がうるさくて、大声で叫ばなくちゃいけなかったけど。

ＪＰはなんの話だと思ったかは知らないけど、いった。「うん、オッケー。さ、いこう」

たぶん、プロムキングになったことで超ゴキゲンだったんだと思う。ボールルームをぬけて歩いているあいだ、女子たちはおめでとーって言葉をかけてきたし、男子たちはＪＰとハイタッチをした。ラナ・ヴァインバーガーの相手は体当たりしてきた。そんなこんなで、騒音が少ないロビーに出るまでに、ずいぶん時間がかかった。

で、やっと静かな場所にきた。

「あのね、ＪＰ」あたしは、プラスチックのティアラを頭からはずしながらいった。めちゃくちゃ着け心地が悪いし、せっかくの髪型が乱れちゃったはず。でも、かまわない。ラーズ、近くにいるかな。うん、耳のなかに指をつっこんで、ちゃんときこえるかたしかめてる。ボールルームの騒音で聴覚がおかしくなった気がするんだろう。「スゴくいいにくいんだけど」

パパからいわれたのは、ＪＰといっしょにプロムにいくべきだってこと。見るかぎり、プロムはもうおわった。キングとクイーンを選んだんだから。だから、役目はもう果たしたって気がする。

つまり、ＪＰとも、もうおわりってこと。

「いいにくいって、何が？」ＪＰはあたしを、エレベーターが並んでるところまで引っぱっていった。なんで？　ホテルの出口はボールルームがあるのと同じ一階なのに。理由は、あとでわかったけど。

「抜けるならいまが絶好のチャンスだ。音楽がうるさすぎてどうにかなりそうだよ。ジョシュ・グローバンのどこがいいのか、さっぱりわかんないな。みんなが騒ぎださないうちに出るにはいまがベストだ。足はどう？　まだ痛い？」そういってから、ＪＰは声をひそめた。「なあ、ラーズをもう帰らせたほうがよくないか？　ここからはぼくが責任持つよ」ＪＰは意味ありげな笑みを浮かべてから、エレベーターの上の階行きボタンを押した。

は？　どういうつもり？　何いってるんだか、さっぱりわかんない。少なくともそのときは、そう思ってた。自分がこれからしなきゃいけないことで頭がいっぱいで。

「あのね」ＪＰを傷つけたくはない。おばあさまから、求婚者をやんわり断る方法も教わってる。だけどねー。ＪＰがリリーにしたことを思うと。とても許せない。だから、やんわりする必要性が思いつかない。

「そろそろ、おたがいに正直にならなきゃいけないと思う。ちゃんと向きあわなきゃ。デートのたびにパパラッチに連絡してたのがあなただって、わかってる。証明はできないけど、そうとしか思えない。なんでそんなことするのかはわかんないけど。劇作家としての将来のキャリアにとっていい宣伝になるとか思ったのかもしれないけど、とにかくわかんない。そして、気に入らない。これ以上がまんするつもりはないから」

　ＪＰはビックリした顔であたしを見おろしていた。「ミア。何をいっているんだ？」

「あと、脚本のことだって」あたしは首を横に振った。「ＪＰ、あれって、あたしのことだよね。なんであんなことができるの？　あたしの私生活を、セクシーダンスのこととかもあんなふうに人目にさらして、しかもショーン・ペンに映画をつくってもらうなんて、ほんとうにあたしのことを愛してたらあんなことはぜったいにしないはず。あたしも前にＪＰをモデルにして短編を書いたことがあるんだけど、話したこともないころだったから、仲良くなったあとで原稿をぜんぶ破棄したんだよ。人のことをそんなふうに利用するのは反則だから」

ＪＰは、ちょっとぽかんとしてた。そして、首をゆっくり横に振りながらいった。「ミア。あの脚本を書いたのは、ぼくたちのためなんだよ。世界じゅうの人に、ぼくたちがどんなに幸せかわかってもらうために。ぼくがどんなにきみを愛してるか……」

「そこなんだけど。そんなにあたしを愛してるなら、どうしてあたしの小説を読んでもくれないの？　最高傑作とはいわないけど、一週間も前にわたしたのに、まだ見てもいないでしょ。ざっと目をとおして感想をいってくれてもいいんじゃない？　すばらしい契約をとろうとしてくれたのは感謝するけど、すでに自力で契約したから必要ないし。ちらっと見てみることもできなかった？」

「ミア」ＪＰは、弁解しようというのがミエミエになってきた。「またその話か？　ずっといそがしかったの、知ってるだろう？　期末テストもあったし、リハーサルがあって……」

「そうだね」あたしは腕を組んだ。「わかってる。そういってたもんね。言い訳なんか、いくらでもあるよね。じゃあ、ホテルの部屋のことでうそをついた言い訳をきかせて」

ＪＰはポケットから手を出して、あたしにむかって手のひらを上にして広げて見せた。自分は無実だっていう古くさいジェスチャー。「ミア、なんの話をしてるのか、さっぱりわからないよ！」

「このホテル、何週間も前から満室なんだよ。ＪＰ、いいかげんにして」あたしは首を横に振った。「今週電話して部屋がとれるワケがないの。うそつかないで。何ヶ月も前から予約してたんでしょ？」

ＪＰは手をおろした。そして、開きなおった。

「それのどこが悪いんだ？　ミア、きみたち女子がプロムのことや、それに伴ういろいろについて話してたのは知ってるんだ。きみにとってとくべつな晩にしたかった。それがそんなに悪いことか？」

「うん。だって、うそついてたでしょ。それにね、ＪＰ、あたしもたくさんうそついてたの。これからいく大学のこととか、自分の気持ちとか……とにかく、いろいろ。だけどね、これだけは許せない。リリーとわかれた理由のことで、うそついたよね。リリーには、あたしを好きだからっていったんでしょ?! だからリリーはずっと怒ってたんだよ。それを知ってて、ひと言もいわなかったなんて！」

　ＪＰは、首を横に振った。やたらはげしく。

「なんの話をしてるのか、わからないよ。リリーと何を話したのか知らないけど……」

「ＪＰ」信じらんない。いまさら何をいってるの？　いまさらうそをつくの？　よくもこのあたしにむかって。あたし、うそつきなんだから。うそつきプリンセス。なのに、あたしにむかってうそをつく気？　こんなに大切なことを？　ありえないっ！「うそはやめて。リリーとあたし、また友だちにもどったの。リリーがぜんぶ話してくれたんだからね。ＪＰ、あたしのことを待ってくれてなんかいないでしょ」

　ＪＰの顔は真っ赤になって、ほとんど紫色に見えた。それでも、事態を収拾しようとしてる。収拾できるものなんか、何も残ってないのに。

「どうしてリリーのいうことなんか、信じるんだ?」ＪＰは、さらに首を振りながら大声でいった。

「あんなことをされたのに？　あんなサイトをつくったんだよ？　なのに信じるのか？　ミア、どうかしてるんじゃないか?」

「ううん。どうかしてないことだけはハッキリわかってる。リリーがあのサイトをつくったのは、怒ってたから。あたしに対して。あたしがいい友だちじゃなかったから。あたし……うん、リリーを信じる。ＪＰ、信じられないのはあなたのほう。つきあい始めてから、どれだけうそをついてきたの？」

ＪＰは首を振るのをやめて、口をひらいた。「ミア……」

その表情は……おびえている、としかいいようのないものだった。

ちょうどそのとき、目の前のエレベーターのドアがひらいた。ラーズがかけよってきて、だれも乗ってないかチェックした。それから、さらっといった。「おふたりとも乗らないということでよろしいですね？」

ＪＰがいった。「いや、ぼくたち……」

このエレベーター、ホテルの部屋行きなんだ……。あたしはいった。「うん、乗らない」

ラーズはまた、もとの位置にもどった。

エレベーターのドアが閉まって、上がっていった。

忘れてはいけないことがある。あたしは、ＪＰがあたしを好きじゃなかったとは思ってない。だって、好きだったと思うから。ホントに。

それに正直いって、あたしもＪＰのことが好きだった。あたしが友だちを必要としてるとき、すごくいい友だちでいてくれた。もしかしたらあたしたち、また友だちになれるかも。いつか。

でも、いまじゃない。

いまはどうしても、ＪＰがあたしを好きになってくれた理由の大部分は、有名な劇作家になりたくて、あたしとつきあってると有利だと思ったからだって気がしてしまう。

こんなこと、認めたくない。あたしがプリンセスだってだけで好きになってくれたなんて。いったい何度、こんな目にあわなきゃいけないの？

だけど、ヤんなっちゃうことはまだある。

プリンセスであることそのもの。そのことだけに目をうばわれて、ティアラのかげにかくされたその人が見えなくなっちゃう人がいること。その人の地位だけで判断されちゃうこと。その人が書いた本に二五万ドルのオファーをされても、なんとも感じない場合もある。その人は、ほんとうに自分の本の価値を認めてもらえれば、金額が少なくてもかまわないのに。

ホントにそう。みんな、ありのままのあなたが好き、なんていう。ホントはちがってても、区別がつかない。そういうフリがうまいから、信じちゃったりもする。しばらくのあいだは。

ただし、しっかり見ていれば、かならずヒントはある。気づくのに少し時間がかかるかもしれないけど。

でも、かならず気づく。最終的には。

そしてけっきょく、大切なのはここ。

ティアラを手にする前からの友だちは、何があろうと親友になれる友だちだ。私利私欲からではなく、ありのままの自分を――どんなヘンジンでも――愛してくれる友だちだから。たまにはミョーなことに、有名になる前の敵が（ラナ・ヴァインバーガーとか）、有名になったあとに仲良くなった人よりもいい友だちになったりもする。そして、そういう友だちとケンカをしても――リリーとあたしみたいに――やっぱりまだ、必要な友だちにはかわりない。前にも増して大切な友だちだ。だって、ほんとうのことをきちんといってくれるのは、そういう友だちだけかもしれないから。

それを忘れちゃいけない。プリンセスって、孤独なもの。

でもあたしの場合はラッキーで、ジェノヴィアのプリンセスだってことがわかる前からのいい友だちがたくさんいる。

この四年間で学んだことがあるとすれば、その友だちを大切にするために努力したほうがいい、ってこと。

何があろうと。

だからあたしは、気づいたらおばあさまに教わったスピーチをＪＰにしようとしてた。求婚者を傷つけずにやんわり断る方法。

「ＪＰ、あのね」あたしは、もらった指輪をはずしながらいった。「あたし、ＪＰのこと好きだよ。ホントに。だから、幸せになってほしいの。だけど正直、あたしたちは友だちとしてのほうがうまくいく気がする。いい友だちとして。だから、これは返す」

あたしはＪＰの手をとって、指輪をそっとおいて握らせた。

ＪＰはみじめな表情を浮かべて自分の手をじっと見下ろしていた。

「ミア、リリーのことを話さなかった理由なら、説明できる。話したらきみが……」

「いいの。これ以上、いわないで。気にしなくていいから」あたしは手をのばして、ＪＰの肩をとんとんたたいた。

たぶん、あたしだって残念だったはずだ。自分の卒業プロムがカンペキにどうしようもなくなっちやったんだから。じつはただの見栄っぱりだった男の子といっしょにプロムにいったなんて。

だけど、パパにいわれたっけ。プリンセスたるもの、常に強い人間でなければならない。ほかのみんなを気分よくするのが務めだって。あたしはふーっと息を吐(は)いていった。「ねえ、いい考えがあるの。ステイシー・チーズマンに電話したら？　きっとＪＰのこと、大好きだと思う」

　ＪＰは、何をバカなことをいいだすんだというふうにあたしを見下ろした。「そうかな？」

「うん、ぜったいそう」あたしはうそをついた。でも、悪気のないうそ。それに、じゅうぶんに考えられる話だ。女優って、監督(かんとく)を崇拝(すうはい)するものだから。

「なんだか、決まりが悪いな」ＪＰは、指輪を見つめながらいった。

「そんなことないよ」あたしは、またＪＰの肩(かた)をぽんぽんした。「ね？　電話してみたら？」

「ミア」ＪＰはマジメな表情になっていった。「ごめん。だけどあのときは、リリーのことを知ったら、きみはきっと……」

　あたしは手をあげて、これ以上いわないでと合図した。ＪＰほどの人が、もうおしまいってハッキリいってるのに修復しようなんてバカなことを考えるなんて。

　もしかして、ステイシー・チーズマンに電話するのをためらってるのは、ステイシーがそんなに有名人じゃないからとか？　まさかね。

　だけど、そんなことを考えるのはよくない。これからは行動も考えも、もっとプリンセスらしくするように心がけなきゃ。

　それに、内心うれしくてたまらないのを顔に出さないようにしないと。だって、いくらプロムが大失敗でも、親友がもどってきたんだもん。

あたしはマジメな顔をしようとつとめつつ、つま先立ちになってＪＰのほっぺたにキスをした。

「バイバイ、ＪＰ」あたしはささやいた。

そして、未練がましいことをいわれないうちに（求婚者としてサイテー。って、おばあさまがいってた。まだあたしは経験したことないから。だけど、そんなことになりそうなヤな予感がして）、いそいでその場を立ち去った。

走りながら、ケータイをぱっとひらいてジェノヴィア王室専属弁護団に電話をした。まだ始業前だったけど。ジェノヴィア時間では朝の七時だから。

だけど、留守電を残しておいた。ＪＰの脚本の契約を無効にしてもらうように。なんでもいいから、映画化もブロードウェイでの上演もされないようにするための手段をとってほしい、って。

わかれ話のあいだは、ちゃんとプリンセスらしくお行儀よくしたはず。ＪＰがあたしに対してしたことも、もう許してる。

だけど、リリーにしたことは？　タダじゃおかない。

あたしの祖先のなかに、カタキの首を絞めたりチョンと切り落としたりした人が何人もいるってことを、しっかりわからせてやらなきゃ。

電話を切ったとき、マイケルと正面衝突した。

ん？　マイケル？

もちろん。あたしはカンペキあたふたした。マイケルが、ＡＥＨＳのプロムなんかで何してるの？

「オーマイガーッ」あたしは叫んだ。「こんなところで、何をしてるの？」

「何してると思う？」マイケルはあたしに突進された肩をさすった。直撃したのは、手に持っていたプラスチックのティアラのくし。

「いつからここにいたの？」げっ。パニクってきた。いまのＪＰとの会話をきかれてたかも。リリーのことも。だけど、もしきかれてたら人がひとり死んでるはず。正確にいうと、ＪＰが。「もしかして……なんか、きこえた？」

「吐き気がする程度の話はね。弁護士に電話したのはいい判断だ。それに、ききまちがいでなければ、もしかしてこんなこといってた？」マイケルは、やたら高い声を出した。「ねえ、いい考えがあるの。ステイシー・チーズマンに電話したら？　きっとＪＰのこと、大好きだと思う」マイケルは、もとの声にもどっていった。「なかなかだ。なんだかききおぼえのあるセリフだなあ。えーっと、待てよ。あ、そうだ、『セブンス・ヘブン』にたしかそんなシーンが……」

あたしはマイケルの腕をつかんで引っぱって、廊下の角を曲がった。ＪＰにきかれたらタイヘン（気づいてもいなかったけど、すでにステイシーと電話中だったから）。

「もうっ」あたしは安全な場所までくると、マイケルの腕をはなした。「ねえ、こんなとこで何してんの？」

マイケルは、ニヤッと笑った。黒いスキナーボックスＴシャツを着て、髪がぽしゃぽしゃっとして、ユルッとしたデニムをはいて、めちゃくちゃカッコいい。思わず、きのうのキスのことを思い出しちゃう。あまりにも鮮明によみがえってきて、パンチを食らわされたみたいな気分。

もちろん、ぶち当たったときにしっかりマイケルのにおいをかいじゃったせいもあるかも。主要組織適合遺伝子複合体って、めちゃくちゃ強力。女の子ひとり、ノックアウトしちゃうくらいのパワーはある。

「さあね。リリーから二、三日前にいわれたんだ。プロムの晩の〇時ごろ、エレベーターわきできみを待つようにって。きみが……ぼくの助けを必要とする予感がするってね。だけどきみは、ちゃんと自分で乗り切ったようだね。さっきの指輪返却(へんきゃく)の儀式(ぎしき)がぼくの思っているようなことだったら」

顔が真っ赤になるのがわかる。リリーがそういうつもりでいったんだと思うと。あたしがティナと学校の女子トイレでJPとホテルに泊(と)まるって話してるのをきいて、お兄さんをここに送りこんだんだ。あたしが後悔(こうかい)するようなことをするのをやめさせるために……。

ただしリリーは、何をやめさせなきゃいけないのかをマイケルにいわなかった。ほっ。

リリーって、やっぱりあたしの親友。もちろん、うたがったことは一度もないけど。っていうか、ほとんど。

「で、教えてくれないかな？　リリーが、今晩ここにどうしてもぼくがこなくちゃいけないと考えた理由を？」マイケルはいいながら、あたしの腰(こし)に手をまわしてきた。

「あ、ほら」あたしはあわてていった。「あたしが前から、マイケルといっしょに自分の卒業プロムにいきたがってたのを知ってるからじゃないかな」

マイケルは笑った。ちょっと皮肉っぽく。

「ラーズ」マイケルは、あたしの頭の上で手をひらひらさせて、ラーズに合図した。「ほんとうのことを教えてくれ。ぼくはあっちにもどって、ＪＰレノルズ－アバナシー四世をぼこぼこにしてやる必要があるのかな？」

　ラーズがうなずいたから、あたしはギョッとした。「わたしの意見では、ありますね」

「ラーズ！」あたしはパニクって叫んだ。「ううん。ちがうの！　マイケル、ＪＰのことはもうおわったの。いま、わかれたし。そんなことする必要ないんだよ」

「そうかな、あるんじゃないかと思うな」マイケルは、ふざけてなかった。顔に笑みも浮かんでなかったし。「とっくの昔にＪＰレノルズ－アバナシー四世をぼこぼこにしていれば、この世界ももっと住みやすくなっていたはずだ。ラーズ？　賛成してくれるか？」

　ラーズは腕時計を見ていった。「深夜の一二時です。真夜中を過ぎたら、人をなぐらないことにしています。ボディーガード協会の規則なので」

「そうか。じゃあ、ＪＰをおさえておいてくれ。ぼくがなぐる」

　キャーッ！

「ね、いい考えがあるの」あたしはまたマイケルの腕をつかんだ。「ラーズ、今日はもう業務終了でいいよ。ね、マイケル、いっしょにマイケルの家にいかない？」

　期待どおり、これでＪＰ殺しミッションからマイケルの気をそらすことができた。マイケルはビックリした顔で、五秒くらいあたしを見つめた。

　それから、いった。「それはかなりすばらしい考えかもしれない」

　ラーズが肩をすくめた。それ以外、しようがないはず。あたしはもう一八歳で、法律的にもオトナだもん。

「かまいませんよ」ラーズはいった。

そういうわけで、あたしはこのリムジンに乗ってる。ダウンタウンをかけぬけて、ソーホーへ。マイケルのロフトへ。

おっと。マイケルに、日記を書くのはいいかげんやめないかっていわれちゃった。少しはこっちにも注意を払ってくれ、って。

あのね。それって、かなりすばらしい考えかもしれない。

5月7日　日曜日　午前10時　マイケルのロフト

雪の結晶ネックレスがもどってきたーーーーーッ！

あの思い出すのもオソロしい晩、あのホテルの部屋であたしが捨てたとき、マイケルが拾っといてくれたの。

で、ずっと持っててくれた。

なぜなら、（マイケルがいうには）あたしをずっと愛してたし、考えてたし、心のなかで……

……あたしと同じことを望んでた。あたしが希望の炎をひそかに燃やしていたのと同じように。

マイケルも、ずっと希望を持ってたんだって。いろんなことがあって悪い方向に進んじゃったけど、はなれている時間が——あたしたちが冷静になれる時間が——解決してくれる、って。

ほかのオトコが出てきてあたしたちの愛を永遠に引き裂くとは考えてもみなかった、って（まあ、マイケルはそういう言い方はしてなかったけど、このほうが、あたしがＪＰとつきあうとは思ってなかった、っていうよりもドラマチックにきこえるから）。

だから、ボリスにあたしを見守ってほしいとたのんだ（監視じゃなくて。ただ、定期連絡を入れるようにって）。

マイケルは（ボリスの報告によって）、ＪＰとあたしがめちゃくちゃ愛し合ってると思った。たぶん、そんなふうに見えるときもあったかも。はたから見れば（とくにボリスだし。生身の人間のことを、とくに自分のカノジョのことを理解してない）、そう思われてもしょうがない。

それでも、マイケルは希望を捨てなかった。だから、ネックレスを持ってた。いちおう念のため。

あの日のコロンビア大学の式典であたしに会って、あたしがやたら挙動不審なのを見てはじめて、もしかしたらボリスのいうことはまちがってるかもしれないって思うようになったんだって。

だけどそのあと、あたしのお誕生日にＪＰが指輪をわたすのを見て、ここはひとつ思い切った手段をとらなきゃいけないと思った。それで、先に帰ったんだって。パパ宛てにカーディオアームを送る段取りを緊急で整えるために（あとは、「あのとき帰らなかったらアイツをたたきのめしそうだったから」って）。

なんか、めちゃくちゃロマンチック！　ティナに話すのが待ちきれない。

ただし、いますぐじゃなくて、そのうち。いまは自分の胸だけにしまっておくつもり。マイケルとあたしだけのヒミツ。少なくとも、もう少しのあいだは。

マイケルは、もしよかったら、あたしがいまつけてるシルバーのじゃなくてダイアモンドの雪の結晶ネックレスをプレゼントしてくれるといった。でもあたしは、じょーだんじゃない、って答えた。

これがいいんだもん。このままがいいの。

きゃぁぁぁぁぁぁぁぁぁぁぁぁぁぁぁぁぁ!!!

きのうの夜、このマイケルのロフトであたしたちのあいだに起きたことを、これ以上細かく書くつもりはない。プライベートなことだもん。いくら日記とはいえ、そこまでプライベートなことは書けない。だって、万一だれかに見られたりしたら？

だけど、ひとつだけいっておきたいことがある。

あたしが今年の夏をジェノヴィアで過ごすと思ったら、パパは大かんちがいしてる。

オーマイガーッ、そういえば、パパ！　選挙の結果、チェックするのを忘れてた！

5月7日　日曜日　午後1時半
セントラルパークにいくリムジンのなか

やった！　パパが選挙で勝った！

わーい、まだ何がどうなったのか、理解できない。マイケルに、最近あたしにしてくれた数々のすばらしいことにくわえて、ジェノヴィアの票を集計する機械を操作したんじゃないかってきいてみた。でもマイケルは、いくらコンピュータにくわしいからってここから何千マイルもはなれたヨーロッパの小国の機械を操作することなんかできない、といった。

しかも、ジェノヴィアの選挙ってマークシート方式だし。

ふたをあけてみたら、パパは大差で勝利してた。ただ、ジェノヴィアの人たちは選挙に慣れてなくて、集計するのにやたら時間がかかっちゃったらしい。予想より投票率が高かったから。

しかもルネが、負けたのが信じられなくて、再集計を要求したらしい。

かわいそうなルネ。でも、だいじょうぶ。パパはちゃんと、内閣にルネのポストを用意するって約束した。たぶん、観光関係じゃないかな。パパ、やるじゃないの。

ここまでの情報は、ぜんぶパパからの電話で知った。それが、国際電話じゃなかったの。パパは、おばあさまのところから電話してきてた。あたしの卒業式のためにこっちにきてるの。開始は、三〇分後。

航空会社の飛行機できたんじゃないのが残念。ここ一週間でこれだけニューヨークとジェノヴィアを往復してたら、どれほどたくさんマイルがたまったか知れないのに。二酸化炭素排出量のことだって、もちろんパパには念押ししておいた。

あたしがマイケルを連れてプロムのドレスを着たままロフトにもどると、みんな、かなりクールな対応をしてくれた。つまり、だれもこっちが恥ずかしくなるようなことをいわなかった。「あら、まあ、ミア、オールナイトでボーリングはどうだった？」とか、「ミア、きのうの夜出かけていったときは、ちがうオトコといっしょじゃなかった？」とか。

ママなんか、マイケルに会えてめちゃくちゃうれしそうだった。あたしがずっと、どんなにマイケルのことを愛してたか知ってるし、マイケルといるとあたしがスゴく幸せなのもわかってる。つまり、ママも幸せってこと。

しかもママは、ＪＰにはがまんならなかったともハッキリいってるし。少なくとも、マイケルがカメレオンになる心配はない。マイケルは、あらゆることに自分の意見を持ってるから。

そしてマイケルは、その意見をかくしたりしない。とくに、反対意見のとき。だからあたしたちはケンカになるし、そのあと……キスしたくなる。主要組織適合遺伝子複合体のなせるわざ。

悲しかったのは、ロッキーがマイケルのことをまったくおぼえてないらしいこと。ムリもないけど。最後に会ったのは二年前だし、まだ三歳にもなってないんだから。

だけどロッキーは、マイケルがかなり気に入ったらしい。さっそくドラムを見せてた。あと、でぶねこルーイの毛を引っぱるのが（ルーイが逃げおくれたとき）どんなにうまいかも実演してた。

というわけで、いまはみんなして、卒業式のためにアップタウンにむかってる。むこうでパパとおばあさまと落ち合う予定。みんなが今日のために選んでくれたドレスを着て（またしてもセバスチャーノの作品。きのうの夜着てたのとそっくりだけど、今日のは純白）、その上にガウンをはおった。

ティナとラナからの八万通のメールと留守電はムシ。どうせあたしがきのうの夜どこへ消えたのかってことだろうから。あ、あとラナの場合は、陸軍士官学校生ののろけ話。

でもね。女の子には、プライバシーってものがあるの。

メールのなかに、ＪＰからのが一通あった。マイケルも車のなかにいるからひらいてないけど。

あと、リリーからも。でも、いいの。だってあと……五分もすれば、みんなに会えるんだもん！

だからどんな内容でも、会ったときに話せばいい。

あ、そろそろおわりにしなくちゃ。ロッキーがサンルーフのボタンを発見しちゃった。うちの弟って、いとこのハンクと共通点が多いから目をはなせない。

5月7日　日曜日　午後2時半
セントラルパークのシープ・メドウ

オーマイガーッ。ケニー――っていうか、ケネス――が、きいたこともないほどタイクツな卒業生代表スピーチをしてる。総代のスピーチなんて、タイクツなものと決まってるけど（少なくとも、あたしがきいたものはぜんぶ）。

でも、これはさすがにヒドすぎ、なにしろ、ダスト微粒子かなんかについて。ダストじゃないかも。

とにかく、なんかの粒子。どうでもいいし。ここの席、めちゃくちゃ暑いんだもん。

だいたい、だれひとりきいちゃいない。ラナなんか、ぐーぐー寝てる。リリーまで、総代のカノジヨだっていうのにだれかにメールしてる。

あーあ、早くここから脱出(だっしゅつ)して、ケーキでも食べたい。そんなふうに思っちゃいけない？
いけないかも。

あ、メールがきた。

ミア、どうしちゃったの？　ずっとメールしてたのよ。何かあった？　きのうの夜、ＪＰがステイシー・チーズマンといっしょにいるところを見たわ。ふたりでエレベーターに乗っていったの。ミアはどこにいたの!!!

あ、ティナ！　うん、それでいいの！　ＪＰとあたし、わかれたんだよ。だけど、一〇〇パーセント合意の上。じつはきのうの夜は、マイケルといっしょだったの。

キャーーーーーーーーーーーーッ！

あたしも同じこといった!!!

なんてロマンチックなの!!!　よかったわね!!!

うん！　あたしもうれしい。マイケルのこと、愛してるもん!!!　マイケルもあたしを愛してるって！

カンペキ。このくだらないスピーチさえおわってくれれば、さっさとケーキ食べにいけるのにね。

ほんとうだわ。ただね、今朝ここにくる途中(とちゅう)、ステイシー・チーズマンがアンドリュー・ローエンスタインとダウンタウンのスタバでイチャイチャしてるのを見た気がするの。でも、そんなはずはないわよね。だって、JPとつきあってるんでしょう？

うん。そうだよ！

　あ、またメールだ。

おはよ、ジェノプリ。きのうの夜、うちの兄とホテルを出てくの見たよ。

　リリーだ!!!

何か問題でも？　リリーにいわれてきたっていってたよ!!!

よかったじゃん。だけど、二度と兄の胸をつぶさないでよ。今度そんなことがあったら、あたしがあんたの顔をつぶしてやるからね。
リリー、今度はもう、だれの胸もつぶれるようなことは起きないよ。あたしたち、もうオトナになったし。

どうだか。とにかく……おかえり、ジェノプリ。

　あーーーーん。

おかえり、リリー。

　そうそう、ＪＰからのメールをあけてみなくちゃ。

ミアへ。あらためて、どんなに残念に思っているかを伝えたかったんだ。ぼくが……いや、すべてのことに対して。「残念」っていうのは不適切かもしれないけれどね。また友だちになれるっていっていたのが、本気であることを願うよ。それ以上うれしいことはないから。あと、ステイシーに電話をするようすすめてくれて、ありがとう。きみのいうとおりだったよ。ステイシーは、すばらしい。あと、芝居の件は心配いらないよ。今朝ショーンの会社から電話があって、契約内容に問題が生じたらしい。法律関係のことだ。だから、映画化されることはないだろうな。だが、心配には及ばない。ぼくはだいじょうぶだから。つぎの脚本のアイデアが浮かんでいるんだ。脚本家が女優と恋に落ちる話だ。ただしその女優が……ちょっと事情が複雑でさ。機会があれば、話してきかせたいな。きみの批評はあてになるからさ。電話をくれたらうれしいよ。ＪＰ

あはは。笑っちゃう。笑うしかない。

ちょっとー、ケニーってば、いいかげんだまらないかしら？　こんなとこにすわってたら、日に焼けちゃーう。そばかすなんかできたら、学校を訴えてやる。そうそう、ヘンジンちゃん、きのうの夜はどこに消えたの？　Sent from BlackBerry

5月7日　日曜日　午後4時
〈タバーン・オン・ザ・グリーン〉12番テーブル

みんな、スピーチをしたり、写真を撮ったり、今日のことは一生忘れないとかいいあってる。

たしかに、ラナはぜったいに今日のことを忘れないはず……お母さんに（あたしがたのんだんだけど、もちろんラナにはナイショ）、何よりもほしかったはずの卒業プレゼントを贈られたから。

そうなの。ヴァインバーガー夫妻は、ずっと前に売っちゃったラナのポニー、バブルズをさがしだして、もう一度プレゼントした。バブルズは、あたしたちが謝恩会のためにここ〈タバーン・オン・ザ・グリーン〉にきたとき、駐車場でラナを待ってた。

あんなにうれしそうな悲鳴、きいたことない。

しかも、やかましい。

ケネスにとっても、忘れられない日になるはず。ご両親から、コロンビア大学からの入学許可の手紙を手わたされたところだから。補欠で連絡待ちだった。

つまり、ケネスとリリーは同じ州にいられるってこと。寮はちがうけど、あっちのテーブルでさかんにうれしそうに抱き合ったり叫んだりしてる。

最初は、モスコーヴィッツ家の人たちがすわってるところにいくのがちょっとキョーフだった。いくらマイケルがうちの親たちとうまくやってるとはいえ、両ドクター・モスコーヴィッツがあたしのことをどう思うか、心配だった。コロンビア大学の式典のときに会ってはいるけど、ずいぶん前みたいな気がするし、それになんか、あのときとはずいぶん事情がちがってるから。きのうの夜（と今日の朝）、何があったかを考えると！

だけどもちろん、ご両親はそんなこと知らないし。それにマイケルは、正々堂々とうちにきてくれた（もちろんいまも、パパやおばあさまとうまくやってる）。だから、あたしだってマイケルのご両親にちゃんとあいさつしなくちゃ。

で、した。

そしてもちろん、なんの問題もなかった。両ドクター・モスコーヴィッツは――もちろんナナ・モスコーヴィッツも――あたしに会えて大よろこびしてくれた。あたしがいると息子が幸せだから。つまり、自分たちも幸せってこと。

ギョッとしたのは、ＪＰがご両親といっしょにこっちのテーブルにあいさつしにきたとき。決まり悪すぎ。

「こんにちは、プリンス・フィリップ」ミスター・レノルズ－アバナシーはいって、悲しそうにパパと握手した。「どうやらわれわれの子どもたちがいっしょにハリウッドにいく計画はなくなったようですな」

もちろん、パパになんの話かわかるわけがない。そんな計画、きかされてないんだから。

「はい？」パパは、ぽかんとした顔でいった。

「ハリウッド？」おばあさまが、ぞっとした顔で叫んだ。

「あ、うん」あたしはあわてていった。「でもそれは、サラ・ローレンスにいくことに決める前の話」

おばあさまは、ものすごい勢いで息を吸った。あたしたちが吸うぶんの空気がよく残ってたと思う。

「サラ・ローレンス？」おばあさまは、超うれしーってカンジで叫んだ。

「サラ・ローレンス？」パパもくりかえした。思えば一年生のとき、パパがあたしのために選んでくれた大学のひとつ。だけど、あたしがホントにそのなかから選ぶとは思ってもみなかったんだろうな。

だけどじっさい、マイケルがいってたみたいに、サラ・ローレンスはＳＡＴの成績を入学資格にカウントしない大学のひとつだった。しかも、ライティングの授業が充実してる。しかも、ニューヨークに近い。いつでもマンハッタンにもどってきて、でぶねこルーイとロッキーに会える。

あと、カレシの首のにおいがかげる。

「ミア、それはいい選択をしたわね」ママが、うれしそうにいった。もちろんママは、あたしが左手にはめてたダイアモンドの指輪がなくなったのに気づいたときからうれしそうだったけど。あと、あたしがマイケルといっしょに家にもどってきたとき。

サラ・ローレンスのことも本気でよろこんでくれてるんだと思う。

「ありがとう」

だけど、いちばんよろこんだのは、おばあさま。

「サラ・ローレンス」ずっとぶつぶついってる。「わたくしも、サラ・ローレンスにいくはずだったのです。アメリアのおじいさまと結婚をしていなければ。アメリアの部屋をどうやって装飾するか、計画を立てなければいけませんねぇ。壁は、バターカップイエローにしましょう。わたくしもサラ・ローレンスにいったらバターカップイエローの壁にするつもりでいたのですよ……」

「さてと、じゃあ」マイケルが、バターカップイエローの壁の妄想にひたってるおばあさまのほうをちらっと見ながらいった。「踊ろうか?」

「もちろん」ほっ。これでテーブルをはなれられる。

で、あたしたちはダンスフロアにいった。ママとジャニーニ先生も、大はしゃぎのロッキーといっしょに踊ってる。リリーとケネスは、自身の発明らしいニューウェーブダンスらしきものを音楽がスローなのも気にせず試してる。ティナとボリスは、だまって抱き合いながら相手の目を見つめてる。

なんたって、ティナと……ボリスだし。あとは、うちのパパと……マーティネス先生？

「うそ」あたしは、ふたりの姿を見てかたまった。「っていうか……うそでしょ」

「ん？」マイケルが振り返った。「どうかした？」

気づくべきだった。っていうか、あのふたり、あたしのお誕生日パーティのときもいっしょに踊ってたし。だけど、あの場かぎりのことだと思ってた。

ちょうどそのとき、パパがマーティネス先生に何やらいって、マーティネス先生がパパのほっぺたを引っぱたくと、ダンスフロアからずんずん遠ざかっていった。

そのときのパパくらいあ然としてる人の顔、見たことない。あとはたぶん、ママ。ママはげらげら笑いだした。

「パパ！」あたしはギョッとして叫んだ。「先生になんていったの？」

パパが、ほっぺたをさすりながらこっちにきた。傷ついたというより、おもしろがってるような顔をしてる。

「たいしたことはいっていない。ただ、うつくしい女性と踊るときにはいつもいっていることにすぎない。ほめ言葉だ」

「パパァ」まったく、いつになったらわかるの？「あたしの元英語の先生になんてこといったの」

「じつに魅力的だ」パパは、先生を目で追いながらうっとりといった。

「オーマイガーッ」あたしはマイケルの首に顔をうずめた。これからパパがどうするつもりかは、わかってる。ミエミエだ。また？　いいかげんにして！「お願いだから、何も起きませんように」

「いや、もう起きてるよ」マイケルがいった。「お父さんがあとを追いながら、名前を呼んでいる……知ってたか？　カレンっていうらしいよ」

「たぶんこれから、何度もきかされるだろうね」あたしはマイケルの首に顔をうずめたまま、息を深く吸いこんだ。はふぅー。

「ああ。今度は追いかけて駐車場を走ってるよ……先生がタクシーをつかまえようとしてるけど……あっ、お父さんが追いついた。ふたりで話してる。あ、待った。先生がお父さんの手をとって……へーえ、ってことは、ふたりが結婚したら、ジャニーニ先生みたいにマーティネス先生って呼ぶのかな？　それとも、カレンって呼べるようになると思う？」

「ううう……うちの家族って、ぜったいおかしい」あたしはうめいた。

「どこの家族もおかしいよ。人間の集まりだからね。おい、ちょっとにおいをかぐのをやめて、顔をあげてくれないかな」

　あたしは顔をあげて、マイケルを見た。「なんで？」

「こうするためさ」マイケルはいって、あたしにキスした。

　キスしてるとき、夕方の日ざしがあたりにあふれてて、ほかのカップルたちがまわりで笑いながらくるくる踊ってて、あたしはあることに気づいた。たぶんスゴく大切なこと。

　四年前はプリンセスだとわかって、これで人生おしまいって思ったけど、じつは正反対だった。じっさい、おかげでいろんなことを学んだ。すごく大切なことも。たとえば、自分を守る方法や、自分らしくいるための方法。自分が望むものを人生で得る方法。あと、カニが出されたときにはおばあちゃんのとなりにすわっちゃいけないってこと。おばあちゃんはカニが大好物で、食べながらしゃべるっていうのが苦手だから、半分はとなりにすわった人にふりかかる結果になるから。

ほかにも、教わったことがある。

オトナになるにつれて、いろんなものを失う。失いたくないものも。なかには、わかりやすいものもある。たとえば、乳歯とか。これから生えてくる大人の歯のためにぬけていく。

だけど年をとるにつれて、もっと大切なものも失ってしまう。たとえば、友だち。悪い友だちを失うのならいいけど……思っていたほど自分にとっていい友だちじゃなかったような人。運がよければ、ほんとうの友だちとずっとつきあっていける。いつもそばにいてくれる友だち……そばにいないような気がしているときでも。

だって、そういう友だちって、世界じゅうのティアラを集めたよりも貴重だから。

むしろ失いたいようなものもある。たとえば、卒業式の日に空中にほうりなげた角帽とか。っていうか、あんなものを大切にしたい人なんている？　高校なんて、つまんない。人生でサイコーの四年間だなんていってる人もいるけど……うそつきだと思う。人生サイコーの年月が高校だなんて、うれしい？　高校なんて、だれもが失うものだもん。

それに、失いたいと思ってたけど、やっぱり失わなくてよかった、と思うものもある。

そのいい例が、おばあさま。おばあさまには四年間、拷問されつづけてきた（カニのことだけじゃなくて）。四年間のプリンセス・レッスンと、イジメと、精神的苦痛。ハッキリいって何回か、シャベルで顔をはたいてやりたいと思ったこともある。

だけど最終的には、そんなことしなくてよかった。おばあさまはあたしに、たくさんのことを教えてくれた。正しいテーブルマナーだけじゃなくて。ある意味、おばあさまが——もちろんママとパパの力もあるし、いうまでもなくリリーと、あとほかの友だちみんなもだけど——プリンセスとはどうあるべきかを教えてくれた。それからもうひとつ、本気で失いたいと思ったものがある。でもやっぱり……

うん、やっぱり、失わなくてよかった。

っていうか、たまにはヤんなっちゃうこともある。プリンセスだなんて。

でも、いまならわかる。なんとかやっていく方法があるし、そうすれば人々を助けることもできるし、もしかしたら最終的に、この世界をもっとステキな場所にできるかも。何も、大きな変化じゃなくていい。だってあたし、ロボットアームを発明して人々の命を救ったりはできないし。

だけどあたしが書いた小説が、マイケルがいったみたいに、愛する人がロボットアームの手術を受けているあいだに待合室で待ってるときの不安をやわらげるかもしれない。

あ、そうそう、それにあたし、ひとつの国にはじめて民主主義をもたらしたし。

たしかに、小さい変化かもしれない。だけど、一度に一歩ずつ。

で、あたしがプリンセスだとわかって、そしてこれからもずっとプリンセスでいられてよかったと思う、いちばん大きい理由は？

もしプリンセスでなかったら、こんなに超(ちょう)サイコーなハッピーエンドをむかえられなかったと思うから。

訳者あとがき

とうとうやってきました、本来なら最終巻だったこの十巻！

八巻でがけっぷちにいたミアは、九巻でとうとう崖の下に落っこちましたが、この十巻ではやっと這いあがってきて、マイケルとは友だちになって（と自分に言いきかせて）、いよいよハイスクールの卒業を迎えます。

原書でも九巻から一年以上あけて刊行されたこの十巻で、本来はシリーズが終了する予定でした。作者メグ・キャボットも「最後までミアにつきあってくれた」読者に謝辞をささげています。ところがうれしいことに、そこから六年以上たって十一巻が、それからまた八年近くのときを経て、十二巻（邦訳『嵐のコロナ・ディスタンス編』は既刊）が刊行されました。

それだけ人気のシリーズだったと、改めて実感しています。だって、ほんとうにおもしろいんですから！

試練つづきだったミアも、ジェノヴィアに立憲君主制をもたらしたり、長編小説を書きあげたり、もうすぐ十八歳の大学生になる名実ともに大人になりました。とはいえもちろん、例によって問題はてんこ盛りで、いまカレのＪＰのことを大好きなはずなのに元カレのマイケルが気になったり、元親友のリリーがどうして怒っているのか未だわからなかったり、夢だったはずのプロムに対する気持ちがすっかり変わってしまったり、悩みは尽きません。

とうとうあと二冊となって寂しいやらホッとするやらの、編集Ｕ子、静山社Ｋりん、訳者Ａ子の打ち合わせは……。

Ｕ子：いやー、リリーキャラとしては、やっと肩の荷がおりました。やっぱり恋と友情って、どっちが大切なんて選べないですね。

Ａ子：ミアに同化しつつバカバカバカってツッコミ続けていたので、わたしもやっと肩が軽くなりました。そして、マイケル！　やっぱりトクベツです。

Ｋりん：（一瞬ＪＰでもいいか、と思ったあの日の自分にバカバカバカとツッコミながら）みんながそれぞれの幸せを見つけて、ほんとよかったです。

とかなんとか、そこからわちゃわちゃと打ち合わせという名の話は尽きずでした。

ミアのハイスクール・プリンセスとしての四年間の話は、この巻で完結します。いろんなものを失って、いろんなものを得て、いろんなものを取り戻した波乱万丈の四年間でした。でも、ずっと変わらないものもたくさんあります。

登場人物たちも、シリーズ刊行に関わったわたしたちも、読者の方々も、みんな、それぞれの幸せを見つけられますように。

あと一巻、どうぞお付き合いくださいませ！

二〇二五年　二月二日　節分の夜

代田亜香子

【著者】
メグ・キャボット　Meg Cabot
作家。別名で歴史ロマンス小説を書いたり、イラストレーターとしても活躍している。ティアラをかぶせてくれる、ほんとうの両親（それってもちろん王様と女王様、ってこと）が迎えにきてくれるのを夢見ている。現在、夫とたくさんの猫たちと一緒にフロリダ州のキー・ウェストに在住。本シリーズは発売当時、ニューヨーク・タイムズのベストセラーリストに20週連続ランクインするなど、アメリカじゅうのティーンエイジャーを魅了した。その後、世界38ヶ国で刊行され、本シリーズを原作とした映画『プリティ・プリンセス』（アン・ハサウェイ主演）も世界中で大ヒット。映画化第3弾も待ち望まれている。

【訳者】
代田亜香子　Akako Daita
翻訳家。立教大学英米文学科卒業。訳書に『ディス・イズ・マイ・トゥルース　わたしの真実』（ヤスミン・ラーマン著）、『イアリーの魔物』シリーズ（トーマス・テイラー著）、『JCオリヴィアのプリティ・プリンセス日記』全2巻（メグ・キャボット著）、『希望のひとしずく』（キース・カラブレーゼ著）、『ひみつの地下図書館』シリーズ（アビー・ロングスタッフ著）『七月の波をつかまえて』（ポール・モーシャー著）など多数。

編集協力　（株）みにさん・田中優子事務所
校正　太田順子

カバーデザイン　田中久子
カバーイラスト　北澤平祐

本書は2010年に河出書房新社より刊行された『プリンセス・ダイアリー　永遠のプリンセス篇』を新たに編集したものです

プリンセス・ダイアリー 10
永遠のプリンセス編

著者　メグ・キャボット
訳者　代田亜香子

2025年4月8日　初版発行

発行者　松岡佑子
発行所　株式会社静山社
〒102-0073　東京都千代田区九段北1-15-15
電話　03-5210-7221
https://www.sayzansha.com

印刷・製本　中央精版印刷株式会社

ISBN978-4-86389-802-8　Printed in Japan